KB235724

# 노 멀리건
### 인 마이 라이프

No Mulligan in my Life

# 노 멀리건
## 인 마이 라이프

No Mulligan in my Life

주선태 지음

집사재

# 노 멀리건
### 인 마이 라이프


초판 1쇄 인쇄일 | 2005년 8월 5일
초판 1쇄 발행일 | 2005년 8월 15일

지은이 | 주선태
발행인 | 유창언
발행처 | 집사재

출판등록 | 1994년 6월 9일
등록번호 | 제10-991호

주소 | 서울시 마포구 서교동 377-13 성은빌딩 301호
전화 | 335-7353~4
팩스 | 325-4305
e-mail | pub95@hanmail.net / pub95@naver.com

ISBN 89-5775-092-4   03810

값 9,000원


※잘못 만들어진 책은 구입처에서 교환해 드립니다.

서른이 되는 해에 '대망' 이라는 소설을 읽던 중 '인생은 무거운 짐을 지고 언덕을 오르는 것' 이라는 문장이 가슴에 '쿵!' 하고 와 닿았습니다. 당시 나는 견디기 무척 힘겨운 삶을 살고 있었을 때였습니다. 인생은 고난의 연속이었고 그 고난들은 예고도 없이 수시로 찾아왔는데 세상에는 나의 고난을 대신해서 해결해 줄 그 어떤 것도 없었습니다. 때문에 나는 도쿠가와 이에야스의 그 말이 참으로 인생을 잘 표현한 적절한 말이라고 생각했습니다.

그런데 마흔이 되는 해에 나는 우연한 계기로 내 어깨에 짊어진 그 무거운 짐을 내려놓게 되었습니다. 돌이켜보면 그것은 정말 기적과도 같은 사건이었는데, 아무튼 그렇게 짐을 내려놓자 나의 인생은 더 이상 언덕을 오르는 고난이 아닌 마치 산길을 산책하는 가벼운 발걸음으로 바뀌었습니다. 나는 그때 하나의 깨달음을 얻었는데, 그것은 내 어깨 위에 있던 그 무거운 짐이 내 스스로 짊어진 '욕심' 이었다는 것을 안 것입니다. 그리고 그 욕심의 짐은 나의 의지로는 절대로 스스로 내릴 수 없다는 것도 알았습니다.

모든 것이 명확해진 그 기적과도 같은 사건 이후, 나는 왜 그 사실을 더 일찍 깨닫지 못했을까 하는 아쉬움이 들었습니다. 서른이 되던

해에 그것을 알았더라면 그렇게 힘들게 살지는 않았을 것이라는 후회 때문이었습니다. 그래서 부족한 글로나마 사랑하는 사람들에게 그것을 말해주고 싶었습니다. 이 소설이 그것입니다.

아마추어 골프경기에는 '멀리건' 이라는 것이 있습니다. 티샷이 골프장 밖으로 날아가 버렸을 때, 벌타 없이 다시 한 번 칠 수 있는 기회를 주는 것을 말합니다. 한마디로 치명적인 실수를 아무런 벌칙도 없이 없던 걸로 해주는 것이지요. 나는 우리 인생에도 그런 멀리건이 있었으면 좋겠다고 자주 생각을 합니다. 끊임없는 실수와 잘못을 저지르며 살 수밖에 없는 우리 인생에도 아주 큰 실수나 잘못을 저질렀을 때, 그냥 없는 걸로 해주고 그때부터 다시 살 수 있는 기회를 준다면 얼마나 좋겠습니까. 만약 나에게도 그런 멀리건이 주어진다면 나는 서른이 되는 해로 돌아가 그 욕심의 무거운 짐을 내려놓고 다시 살고 싶습니다. 그러나 우리 인생에는 그런 멀리건이란 존재할 수 없지요. 그래서 '노 멀리건 인 마이 라이프' 입니다.

하지만, 하지만 말입니다. 소설 속에서 주인공 김병도는 우리 인생에도 멀리건과 같은 것이 있다는 사실을 윤성주를 통해 깨닫게 됩니다. 내가 마흔이 되어서 깨달았던, 실수와 잘못을 저지르며 살아갈 수

밖에 없는 완벽하지 못한 우리들이 그 잘못을 조건 없이 용서받고 다시 태어나듯 살아갈 수 있는 경이로운 방법이 있다는 사실을 김병도는 소설의 마지막 부분에서 깨닫게 됩니다. 부디 이 소설을 읽기 시작하는 독자 여러분들도 김병도가 발견한 그 인생의 멀리건을 찾아내길 소망합니다.

이천오년 칠월 진주 촉석루에서

필로 주선태

# |차 례|

1

**서른 즈음에**

1

인문대학 학생식당은 점심시간 전인데도 많은 학생들로 북적대고 있었다. 여름방학이 끝나고 개학을 한 지 벌써 일주일이나 지났지만 지루한 더위는 계속되고 있었고, 캠퍼스에는 직사광선이 내리쬐는 건조한 뜨거움이 시끄러운 매미 소리와 함께 마지막 여름을 불태우고 있었다.

학생식당에 들어서자마자 입구에서부터 시끄러운 소리와 함께 후덥지근한 열기가 김병도를 덮쳐 왔다. 식당 안에는 많은 학생들이 서로 웃고 떠들고 있었는데, 그 소리는 주방에서 나는 소음과 합쳐져서 식당 안은 가히 무질서한 어수선함으로 가득했다. 에어컨 시설이 없는 학생식당은 무더웠고, 언제나 소란스러웠으며 심할 경우 짜증까지 났지만, 김병도는 교수식당 보다 학생식당을 자주 이용하였다. 그 이유는 학생식당에는 미국에서부터 그의 몸에 익은 자유로움이 있었기 때문이었다.

김병도는 서너 달 전, 미국에서 돌아와 이곳 진주에 있는 경남국립대학교의 농생명과학연구소 연구교수로 부임해 왔다. 그는 서울에 있는 고려대학교에서 생명과학 전공으로 박사학위를 받았고 미국 위스콘신 주립대학에서 박사후연구원 생활을 하였다. 몇 년 전, 영국의 한 과학자가 복제양 돌리를 만들어 낸 후, 세계적으로 복제동물의 생산기술이 핫이슈가 되었는데, 당시 미국에 있던 김병도는 세계 최초로 복제돼지 생산에 성공하여 관련학계의 관심을 한 몸에 받는 젊은 과학자로 떠올랐었다.

김병도는 자신이 생명공학분야의 세계적인 학자였던 위스콘신 주립대학의 중국인 지도교수 지앙을 만난 것이 자기의 인생에 있어 최대의 행운이라고 생각했다. 그도 그럴 것이 한국에서 어렵사리 박사학위를 끝내고 시간강사로 연명하며 박사후연구원 자리를 찾고 있던 그에게 세계적으로 유명세를 떨치고 있던 지앙 교수가 먼저 자신의 연구원으로 일해보지 않겠냐고 제의를 해왔던 것이었다. 외국의 유명한 교수가 국내에서 갓 학위를 받은 햇병아리 박사에게 연구원 자리를 제의하는 것은 그리 흔한 일이 아니었다. 사실 김병도의 박사학위 논문은 그리 자랑스럽게 내세울 만한 것이 아니었다. 그의 논문은 영국의 '제네틱스' 라는 학회지에 보냈다가 퇴짜를 맞고 겨우 국내 학회지인 동물생명과학회지에 실었을 정도의 논문이었다. 그런데 그 분야에서 세계적인 학자인 지앙 교수가 바로 그 논문을 보고 이메일을 보내 왔던 것이었다. 누구보다도 그 논문의 허점을 잘 알고 있을 지앙 교수가 같이 일해보지 않겠냐는 이메일을 보내왔을 때, 김병도는 기쁨보다는 적지 않게 당황하였고 두려움을 느꼈다. 누군가로부터, 그것도 아주 큰 영향력과 능력을 가진 자로부터 선택 당한다는 것은 분명히 기쁜 일이었지만 반면, 무엇 때문에 보잘것없는 자신을 선택했을까 하는 두려움이 앞섰기 때문이었다. 김병도는 지앙 교수가 원하는 만큼의 실력이 자신에게 있다고 생각하지 않았다. 마치 지앙 교수가 뭔가를 착각하고 자신을 선택한 것이라고 생각했다. 그런 만큼 지앙 교수의 선택은 공짜로 얻은 절호의 기회처럼 여겨졌다. 그리고 그는 그 절호의 기회를 놓치지 않기 위해 부단히도 노력하였다.

김병도의 미국생활 3년은 연구실에서 살다시피 한 처절한 시간이었다. 세계최초로 당뇨병 치료제를 생산할 수 있는 형질전환 복제돼지 개발에 성공할 때까지 그는 거의 미친 듯이 연구에만 전념했다. 그는 실험이 실패할 때마다 피를 말리는 갈증을 감내해야 했는데, 그 이유는 세계 각국에서 비슷한 실험들이 동시다발적으로 수행되고 있는 상황이어서 누군가 먼저 복제돼지의 생산을 성공해 버린다면 지금까지의 그의 노력은 허사가 되기 때문이었다.

과학기술이라는 것이 최초의 발견자, 또는 최초의 기술개발만 인정해주는 것이기에 김병도는 그 최초가 되기 위해 미쳐야만 했었다. 그리고 마침내 그는 성공하였다. 세계 최초로 형질전환 복제돼지의 생산기술을 개발하여 그의 논문이 최고의 권위를 자랑하는 학회지인 네이처에 발표되었을 때 학계에서는 그를 21세기 세계 생명과학분야를 이끌어 갈 젊은 과학자 중의 한 사람으로 추켜세웠다.

그 논문이 네이처에 발표된 것을 축하하기 위한 작은 자축연이 지앙 교수의 집에서 열렸을 때였다. 김병도는 수영장 옆에서 맥주를 마시고 있던 지앙 교수에게 자신을 연구원으로 선택한 이유를 처음으로 물어보았었다. 그런데 돌아온 대답은 김병도를 너무나 당황스럽고 부끄럽게 만들었다. 지앙 교수는 김병도의 박사학위 논문이 엉터리였다는 것을 잘 알고 있었다고 했다. 그러나 비록 실험방법이나 결과는 엉터리였지만 결론이 너무도 멋졌다고 너털웃음을 터뜨렸다.

"과학이라는 것이 꿈을 현실로 바꾸는 작업이라면 김박사의 꿈은 너무나 황당무계했지. 그러나 황당무계한 꿈을 꾸는 것은 아무나 할 수 있는 일이 아니야. 꿈을 꿀 수 있는 사람만이 꿈에 접근하기 위한 방법도 찾는 것이고 그러다 보면 그 꿈은 점차 현실이 되는 거지. 하지만 많은 사람들이 이미 자신이 알고 있는 지식에 얽매여 황당무계한 꿈을 꾸지를 못하지. 그것이 사람들의 발목을 붙잡고 있고 그것 때문에 한 발자국도 전진하지 못하는 과학자들이 너무 많아. 나는 김박사의 그 엉터리 논문을 처음 보았을 때 웃음을 참지 못했어. 그런 엉터리 결과를 가지고 그런 꿈과 같은 결론을 도출하는 장면에서는 배꼽을 잡고 웃고 말았지. 그러다가 난 김박사에게 매력을 느끼게 되었던 거야. 김박사라면 그 황당무계한 꿈을 현실로 바꿀 수 있는 잠재력이 있을 거라고 생각했던 거지. 그리고 오늘 우리는 그 황당무계한 꿈을 멋지게 현실로 바꾸었잖아."

지앙교수의 말을 듣고 있던 김병도는 얼굴이 화끈거렸다. 그의 박사학위 논문이 머리 속에서 하나하나 떠올랐기 때문이었다. 그는 나름대로는 열심히 했지만 실험결과가 자기의 의도대로 나오지 않았고 그럴 때마다 조금씩 데이터를 조작했었다. 김병도는 자신의 혼자 힘으로 세계를 깜짝 놀라는 연구결과를 발표하겠다는 허망한 꿈에 도취되어 조작된 엉터리 결과를 만들어 내었고, 지앙 교수가 말한 것처럼 멋대로 그럴듯한 그림을 그렸던 것이었다. 아무도 모르리라고 생각했던 자기 논문의 결과를 지양 교수는 투명하게 비춰 보고 있었다고 생각하니 김병도는 부끄러워 어디론가 도망가고 싶었다. 자신을 미국으로까지 오게 만들었던 대단한 논문이라 생각했는데 이제는 그 논문이 너무나 부끄러워 할 수만 있다면 모두 찾아서 폐기하고 싶었다.

<h1 style="text-align:center">2</h1>

김병도는 천오백원짜리 육개장을 받아들고 창가 옆에 앉았다. 벽에 붙어 있는 선풍기 바람이 머리 위를 스쳐 지나갔지만 더위를 식히기에는 역부족이었다. 오히려 창 밖에서 불어 들어오는 후덥지근한 바람이 더 시원하게 느껴졌다. 식당 한쪽에 설치되어 있는 대형 TV에서는 한국과 이탈리아의 월드컵 8강전 축구경기를 보여주고 있었다. 2002년 월드컵이 끝난 지 벌써 두 달이 다 되어가지만 아직도 한국은 월드컵의 열기가 식지 않고 있었다. 김병도는 안정환이 헤딩으로 볼을 골대에 집어넣는 것을 보고 시뻘건 육개장의 마지막 국물을 서둘러 먹어치웠다. 학생식당의 육개장은 천오백원짜리 치고는 그런 대로 맛도 괜찮았다. 김병도는 육개장을 천오백원 받아서 뭐가 남을까 잠시 생각에 빠졌다가 문득 시계를 보았다. 시계는 이제 막 12시를 넘어서고 있었다.

학교에서 촉석골프랜드까지는 10분 정도 밖에 걸리지 않았다. 김병도는 바쁜 걸음으로 식당을 나와 차를 타고 교문을 빠져 나왔다. 교문 옆 개양오거리를 지나 석류공원을 끼고 새벼리 언덕을 넘어서자 촉석골프랜드의 녹색 그물망이 한눈에 들어왔다. 그곳에 도착해서 90분

동안 운동을 하고 학교로 돌아오면 2시 전까지는 연구실에 들어올 수 있었다. 김병도는 매일 점심시간을 이용하여 촉석골프랜드에서 땀에 흠뻑 젖을 정도로 운동을 하였다. 그렇게 매일 규칙적으로 땀을 빼니 건강이 좋아지는 것을 느끼고 있었다. 무엇보다 미국에서는 받아보지 못했던 레슨프로의 레슨까지 받으니 하얀 골프공이 원하는 방향으로 쭉쭉 날아가서 통쾌하기까지 했다. 그는 요즘 자신의 골프실력이 하루가 다르게 향상되고 있다는 야릇한 성취감을 만끽하고 있었다.

김병도가 처음 골프를 시작한 것은 약 일년 전이었다. 형질전환 복제돼지 연구가 마지막 단계에 이르렀을 때 그의 아내 하영주는 3살 난 아들 종수를 데리고 한국으로 돌아가 버렸다. 하영주는 더 이상 감옥과 같은 생활을 버틸 수 없다는 말과 함께 실질적인 이혼을 요구하고 떠나 버린 것이었다. 당시 김병도는 하영주의 그런 말을 심각하게 받아들이지 않았다. 그는 너무나 실험에 몰두하고 있어 아내나 집안일에 전혀 신경을 쓰지 못하고 있었는데 실험만 성공적으로 끝나면 가족들과 함께 나이아가라 폭포에 여행을 다녀올 계획이었다. 그런데 아내 하영주는 조금만 참으면 될 것을 못 참고 매일 같이 잔소리를 해댔다. 밤낮이 없이 실험실에 붙어 있었던 김병도는 그런 하영주가 못내 못마땅했다. 특히 하영주는 운전이 서툴렀기 때문에 월마트에 장을 보러 갈 때면 꼭 그가 운전을 해주어야만 했는데 항상 시간에 쫓기던 김병도는 그럴 때마다 습관적으로 짜증을 부리곤 하였다.

그러던 어느 날, 월마트에서 장을 보던 하영주와 작은 말싸움이 벌어졌다. 1시간만 장을 보겠다던 아내가 1시간을 넘겨도 돌아갈 생각을 않고 공중전화기를 붙들고 있자, 김병도는 조바심을 못 참고 한마디를 쏘아붙였고, 그 이후로 하영주는 입을 다물어 버렸다. 그리고 그녀는 그렇게 말을 안 한 지 일주일 후 한국으로 떠나 버렸다.

하영주가 3살 난 아들 종수를 데리고 한국으로 떠나 버린 후, 김병도는 연구에만 몰두할 수 있어 좋았었다. 가족이 없는 것이 오히려 연구에는 많은 도움이 되었다. 그는 자신의 연구가 성공만 하면 언제든지 아내의 희생은 충분히 보상해줄 수 있다고 생각했다. 김병도는 그런 믿음이 있었기에 하영주가 한국으로 떠나 버린 것도 크게 개의치 않았다. 그러나 실제 연구가 성공을 하고 모든 것이 그의 뜻대로 되었지만 아내의 문제는 쉽게 해결될 기미가 보이지 않았다.

하영주는 한국으로 돌아간 후, 청량리에 있는 종합병원에서 간호사 일을 다시 시작하였다. 그녀는 간호사 일을 다시 시작한 것에 대해 매우 만족하였으며 미국으로 돌아갈 마음은 눈곱만큼도 없었다. 하영주는 진짜 이혼을 하여 결혼과 함께 잃어 버렸던 자기의 인생을 다시 찾아 살겠다고 굳게 마음먹고 있었던 것이었다.

김병도는 처음에는 여러 번 한국에 전화를 걸어 아내를 설득하려 했지만 워낙 하영주의 의지가 강해서 자포자기의 심정이 되어 버렸다. 몇 번 눈물을 글썽이면서까지 자존심을 버리고 통화를 하였지만 번번이 자존심만 다치고 아무런 효과가 없자 그는 아예 연락을 끊어 버렸다. 그 후, 한동안 김병도의 생활은 엉망진창이 되어 버렸다. 큰일을 해냈다는 포만감도 잠시였고 자신의 가정 하나 제대로 지키지 못했다는 자괴감에 무척 괴로워하였다.

김병도는 미국에 온 지 2년이 지났지만 그때까지 한국유학생들과 의도적으로 어울리지 않았는데, 연구가 성공한 후부터는 본격적으로 여러 모임에 자발적으로 참여하였다. 그러다가 자신을 형처럼 따르던 정병선 박사를 자기 집으로 불러들였다. 만만치 않은 집세를 둘이 나누어 내는 것이 경제적인 부담을 줄일 수 있다는 이유였지만 실제 이유는 외로운 사람들끼리 서로 의지가 되었기 때문이었다.

정치외교학을 전공한 정병선은 미국 생활이 11년째였다. 그는 고등학교를 졸업하던 1991년에 미국으로 유학을 떠나왔었는데, 영어가 서툰 김병도에 비해 오랜 시간 미국생활을 한 정병선은 영어도 유창했고 미국 문화에도 익숙하였다. 그 때문에 김병도는 정병선에게 많은 도움을 받았었다.

정병선은 김병도에게 골프도 가르쳐 주었다. 그리 넉넉하지 않은 집안 환경에서 자란 김병도는 처음에는 골프라는 운동에 대해 썩 좋지 않은 감정을 갖고 있었다. 여러 가지 매체를 통해 골프는 귀족적인 운동으로 자연환경이나 파괴하는 좋지 않은 운동이라는 인식을 갖고 있었기 때문이었다. 먹고 살기도 빠듯한 세상에 한가롭게 풀밭에서 가진 자의 여유를 만끽하는 사람들에 대한 막연한 반감을 가지고 있던 그는 그렇게 한가롭게 풀밭에서 노는 것을 운동이라고 말하는 것 자체가 말이 안 된다고 생각하였다. 그러나 아이러니컬하게도 한편으로는 자신도 빨리 출세를 하고 성공을 하여 그렇게 풀밭에서 성공한 자의 여유를 즐기는 모습을 종종 꿈꾸기도 하였다.

정병선은 김병도에게 인터넷을 통해 중고 골프채를 싼 가격으로 사주었다. 그리고 일과 후 며칠 동안 드라이빙 라운지에 데리고 가서 골프채를 휘두르는 방법과 골프 룰에 대해 가르쳐 주었고, 그렇게 사나흘 연습을 시킨 다음 곧바로 동네에서 가장 가까운 튀윈힐스 골프장으로 데리고 갔다. 김병도는 TV에서나 보던 골프장에 처음 갔었을 때, 자신도 성공한 사람들이나 즐기는 여유의 대열에 합류한다는 뿌듯한 기분이 들어 자기 자신이 대견스럽게 느껴졌다. 그날의 골프는 어떻게 라운딩을 끝냈는지도 모를 정도로 정신이 없었고 엉망진창이었지만 골프를 했다는 그 자체만으로도 이미 김병도는 행복하였다.


# 3


"와장창! 땡그랑……, 창창! 쨍쨍쨍!"

냉면 그릇이 바닥에 떨어지면서 경쾌한 소리를 내는가 싶더니 곧바로 유리컵이 박살나는 소리와 반찬그릇과 젓가락이 떨어지는 소리가 뒤를 이었다.

"은경아! 괜찮아……, 미안해……."

"………"

"아저씨! 제가 치울게요. 나가 계세요."

주방에서 혜은이가 앞치마에 손을 닦으며 황급히 홀로 뛰쳐나왔다. 김은경은 바닥에 떨어진 그녀의 목발을 집어 들고 능숙하게 절뚝거리는 걸음으로 주방 뒷문으로 나가 버렸다. 윤성주는 김은경이 뒤도 돌아보지 않고 사라지는 모습을 슬픈 눈으로 뻘쭉이 서서 지켜보고 있었다. 김병도는 윤성주의 그 눈빛이 하도 서글퍼 보여 자신의 발에 튀어 묻은 냉면국물을 털어 낼 생각도 하지 못하고 있었다. 잠시 동안 휴게실에는 정적이 흐르고 있었다.

"아! 손님, 죄송해요. 제가 닦아 드릴게요."

혜은이가 행주로 김병도의 바지를 잽싸게 닦기 시작했다.

"괜찮습니다. 제가 할게요. 행주를 이리 주세요."

김병도는 혜은이로부터 행주를 뺏다시피 받아들고 바지를 닦았다.

한참을 김은경이 나가 버린 뒷문을 쳐다보고 있던 윤성주는 그때서야 정신이 드는지 김병도에게 다가와서 고개를 숙이며 인사했다.

"미안합니다. 공연히 저 때문에……."

"아닙니다. 별로 많이 묻지도 않았는데요 뭐."

김병도는 촉석골프랜드에 도착해서 한 시간 정도 연습을 하였다. 그리고 반팔 티가 흥건히 젖을 정도로 온몸이 땀으로 뒤범벅이 되자, 그는 잠시 연습을 쉬고 목을 축이기 위해 휴게실에 들어와 시원한 냉커피를 마시고 있던 중이었다. 휴게실 주방에서는 혜은이가 설거지를 하고 있었고 홀에는 김은경이 테이블 위에 있던 빈 그릇들을 치우고 있었다. 김은경은 목발을 짚고 절뚝거리며 테이블 사이를 움직이면서 빈 그릇들을 쟁반에 담고 행주로 테이블을 닦고 있었다. 젊은 나이에 자살한 가수 김광석의 '서른 즈음에' 란 노래가 홀에 조용히 흐르고 있는 한적한 풍경이었다. 김병도는 그 음악이 지금과 같은 늦은 여름이나 초가을의 정오와 잘 어울린다고 생각했다.

그때, 윤성주가 유리문을 열고 휴게실에 들어섰다. 그는 쟁반 가득 빈 그릇을 담아 주방으로 가고 있던 김은경을 보고 거의 반사적인 동작으로 그녀에게 다가가 쟁반을 잡았는데, 김은경이 괜찮다는 몸짓을 하는 도중에 쟁반이 바닥에 떨어져 버렸다. 김병도는 짧은 순간에 윤성주와 김은경이 서로 쳐다보았던 눈빛에서 둘의 관계가 예사 관계가 아니라는 것을 쉽게 짐작할 수 있었다.

"아저씨! 왜 그리 눈치가 없으세요? 사모님이 불편해 하시잖아요."

입술을 씰룩거리며 혜은이가 윤성주에게 쏘아붙이듯 말했다.

"………."

"난 아저씨랑 사모님 둘 다 이해하지 못하겠어요."

혜은이는 바닥에 떨어진 빈 그릇을 다시 쟁반에 주워 담으면서 독백하듯 혼자서 중얼거리더니, 쟁반을 챙겨들고 주방으로 들어가 버렸다. 그리고 혜은이가 김은경이 나간 주방 뒷문을 열고 사라져 버리자 홀에는 윤성주와 김병도 둘만 남게 되어 분위기가 다소 썰렁하고 어색해졌다. 윤성주는 그 어색한 분위기를 깨려는 듯이 쑥스러운 표정을 지으며 김병도에게 말했다.

"여기 다니신 지 한 달 정도 되셨죠?"

"예, 진주에 온 지 네 달이 다 돼 갑니다."

"여기 분이 아닐 거라고 생각했는데, 어디에서 오셨어요?"

"네, 원래 고향은 서울이고요, 얼마 전까지 미국에 있었습니다."

"미국……, 근데 진주에는 왜? 아! 경남국립대에 근무하세요?"

"네, 세 달 전부터."

"아, 교수님이시구나, 너무 젊어 보여서……"

"………"

윤성주는 자신의 짧은 스포츠형 머리를 손으로 한번 쓰다듬었지만 어색한 분위기는 쉽게 풀리지 않았다.

"최프로님이 잘 가르쳐 주지요?"

"예, 미국에서는 혼자 비디오 보면서 독학 골프를 하였는데, 확실히 레슨을 받으니 공이 잘 맞네요."

"예, 아무래도 그렇지요."

윤성주는 김병도가 골프이야기를 하자 목소리 톤이 높아지면서 서먹서먹하던 어색함이 사라지는 것을 느꼈다.

"괜찮으시다면 오늘은 제가 한번 봐드릴까요? 오늘 일에 대한 사과의 뜻으로……"

“예? 아 예…….”

김병도는 윤성주가 골프장에서 일하는 일꾼인 줄만 알았었다. 촉석골프랜드는 1층은 주차장이고 2층부터 4층까지 타석이 있었고 그물망은 130미터까지 처져 있었다. 2층 타석은 전방 30미터까지 어프로치 연습을 할 수 있도록 편평한 바닥으로 되어 있고 그 앞으로 그물망이 처져 있었다. 그래서 시간이 어느 정도 지나면 어프로치 존에 하얀 공들이 가득 쌓이게 되는데 그럴 때마다 10분 정도 손님들을 쉬게 하고 일꾼들이 밀대로 어프로치 존에 쌓여 있는 공들을 밀어 그물망에 떨어뜨렸다. 김병도는 윤성주가 밀대로 어프로치 존에 쌓인 공들을 밀던 모습을 자주 목격하였다.

윤성주는 서른 중반의 나이에 건장한 체격이었고 검게 그을린 피부에 윤기가 흘렀다. 그러나 어딘지 모르게 눈빛은 우수에 찬 슬픔이 어려 있었다. 그 눈빛은 그가 연습장 맨 끝의 구석 타석에서 볼을 칠 때는 더욱 슬퍼 보였다. 윤성주가 아이언 클럽으로 볼을 그물망 끝의 중단을 정확하게 반복적으로 맞추는 것을 보면 레슨프로와 견주어 조금도 뒤지지 않는 실력이라 생각되었다. 그러나 윤성주가 손님들에게 레슨을 하는 모습을 본 적은 없었다. 사무실 벽에 붙어 있는 레슨프로들의 사진 중에도 윤성주의 것은 없었다. 그래서 촉석골프랜드를 찾는 손님들에게 윤성주는 연습장에 허드렛일이나 해주고 그 대가로 공짜연습을 하는 그런 인물 정도로밖에 비춰지지 않았다. 그러나 그렇게 단정적으로 생각하기에 윤성주의 모습과 행동에는 확실히 이상한 점이 많았다. 다른 일꾼들과 비교해 볼 때, 윤성주는 일을 찾아서 하는 모습이었다. 주차장에 떨어진 담배꽁초를 줍는 모습이라든지 볼공급기에 볼을 채워 넣는 모습들은 그가 일꾼이 아니고 마치 주인 같다는 인상을 풍겼다. 그리고 실제 윤성주는 촉석골프랜드에서 월급을 받는 일꾼도 아니었다.

　김병도가 윤성주와 함께 연습타석으로 가기 위해 자리에서 일어나는 데 휴게실 주방 싱크대 위쪽에 나 있는 작은 창 뒤로 김은경의 모습이 얼핏 보였다. 짧은 순간이라 윤성주는 보지 못했지만 김병도의 눈에 담배를 피우고 있는 김은경의 모습이 들어왔다. 그녀는 허공을 향해 깊은 담배 연기를 한숨처럼 내품었는데 그녀의 눈에서 한줄기 눈물이 볼을 타고 흐르고 있었다. 김병도는 혹시 윤성주가 그 모습을 볼까 봐 서둘러 휴게실 문을 열고 나왔다. 왜 그랬는지 모르겠지만 윤성주가 그 모습을 보면 좋지 않을 것 같다는 느낌이 본능적으로 들었기 때문이었다.

　김은경의 남편 전국창은 휴게실이 있는 4층 타석 중앙에서 볼을 치고 있었다. 그는 볼을 치던 것을 잠시 멈추고 윤성주와 김병도가 서둘러 휴게실을 나오는 모습을 물끄러미 바라보고 있었다. 그리고 김은경의 아버지 김기선도 촉석골프랜드 사장실 창가에서 전국창이 그들을 보고 있는 것을 보고 있었다. 시간은 여기저기서 골프공을 치는 소리가 매미소리와 섞여 경쾌하게 들리던 늦은 여름의 한낮이었다.

4

늦은 여름이었지만 따가운 정오의 햇볕은 매미들의 울음소리를 지치게 만들었다. 연습타석에서 볼을 몇 번 치고 나자 김병도의 등에는 금방 땀이 흘러내렸다. 어깨 위에서 흘러내린 땀은 팔뚝을 타고 내려와 반팔 옷소매를 적셨고, 그렇게 젖은 옷소매는 팔뚝에 달라붙어 그의 스윙을 방해하였다. 김병도는 옷소매를 어깨까지 올린 후 스윙을 하였지만 스윙이 끝나면 옷소매는 곧바로 팔뚝으로 내려와 버렸다. 그는 옷소매를 다시 어깨 위로 끌어 올린 후, 허리춤에 찬 하얀 수건으로 이마 밑으로 흘러내리는 땀을 닦으면서 뒤에서 지켜보고 있던 윤성주에게 말했다.

"좀 어떻습니까? 괜찮은가요?"

"예, 좋은데요. 몇 개만 더 쳐 보시지요."

“따악! 따악! 따악!”

김병도는 7번 아이언으로 시원시원하게 볼을 쳤고 윤성주는 뒤에서 그것을 유심히 지켜보고 있었다. 오늘따라 김병도는 볼이 잘 맞는다고 생각했다. 전방 그물 하단에 제법 정확히 볼이 떨어졌다. 좌로나 우로 치우침이 없이 볼이 똑바로 날아가니 김병도는 우쭐한 기분이 들었다. 지난 한 달간 최프로에게 레슨을 받은 효과가 빛을 발하는 순간이었다.

“나이스 샷! 좋습니다.”

윤성주는 박수를 치면서 김병도에게 말했다.

“근데 7번 아이언의 거리가 좀 짧은 것 같지 않나요?”

“글쎄요. 제가 보기에 볼이 떨어지는 거리가 일정하니 별 문제는 없는 것 같은데요. 스윙 폼도 일정하게 안정되어 있고 아주 좋습니다.”

“하하하! 그래도 연습장에서는 잘 되는 데 필드만 나가면 죽을 쑵니다.”

“그래요? 그럼 필드 경험을 더 쌓아야겠는데요.”

“하하하, 맞아요. 전 필드 경험을 더 쌓아야 돼요. 근데 한국에서는 필드에 나가기가 영 쉽지 않네요. 혹시 기회가 되면 다음에 필드에서 한 수 가르쳐 주시죠.”

“예, 그렇게 하지요. 자! 이번엔 3번 우드로 다시 쳐 보시지요.”

윤성주는 오랜만에 말이 통하는 친구를 만난 듯 하얀 이를 드러내고 웃으며 말을 했다. 김병도와 윤성주는 자연스럽게 서로 통성명을 하였는데 공교롭게 둘 다 서른다섯의 동갑내기였다. 김병도가 윤성주에게 자기보다 서너 살은 아래인 줄 알았다고 말하자 윤성주는 자신의 짧은 머리를 쓰다듬으며 활짝 웃어 보였다. 평소 무표정한 얼굴로 묵묵히 일만 하던 윤성주가 그렇게 환하게 웃는 모습은 좀체 보기 힘든 것이었다. 검게 그을린 윤성주의 얼굴과 웃을 때 하얗게 빛나는 이빨이 김병도에게 건강한 매력으로 느껴졌다.

"오늘은 뭔가 좋은 일이 있나 보지 친구!"

김병도의 어깨를 잡고 백스윙 턴을 교정해주고 있던 윤성주의 등 뒤에서 갑자기 전국창의 목소리가 들렸다. 언제부터 와 있었는지 전국창은 그들이 연습을 하고 있는 타석 뒤에 놓인 의자에 앉아 아이언 클럽들의 헤드를 하나하나 정성스레 닦고 있었다. 그는 클럽헤드를 물에 넣고 솔로 문지른 후 물기를 닦아내고 왁스를 바른 후 다시 마른 수건으로 마치 유리를 닦듯이 입김을 불어가며 윤이 나도록 정성스레 닦았다.

"친구가 그렇게 웃는 모습은 정말 오랜만에 보는 것 같은데."

전국창은 아무렇지도 않은 듯한 말투로 아이언을 닦으며 말했지만 김병도가 보기에 윤성주는 당황하는 기색이 완연하였다. 윤성주는 마치 그렇게 당황하는 자신을 들키지 않으려는 듯 전국창의 말에 대답하지 않고 입을 다문 채 바닥에 놓인 볼로 시선을 돌렸다.

"뒤에서 듣자 하니 저 손님 분이 같이 라운딩을 하시고 싶으신 것 같은데 내일 어때? 마침 내일 진주CC에 홍원식이랑 나갈 예정인데."

"어? 거기 빈자리 있습니까? 괜찮다면 저도 같이 끼워주시죠?"

김병도가 전국창의 말에 밑도끝도없이 끼어들었다.

"좋지요. 저는 저 친구랑 같이 라운딩을 해 보는 것이 소원입니다. 저 친구랑 라운딩을 해 본 지가 벌써 5년도 넘었거든요."

"그래요? 그거 참 잘 됐네요. 윤성주씨! 그럼 같이 가시죠?"

　김병도가 흥분한 듯이 약간 상기된 얼굴로 윤성주를 쳐다보자 그는 시선을 돌리며 난처한 표정을 지었다. 윤성주는 고개를 돌려 멀리 그 물망 끝 상단에 걸쳐져 있는 표적판을 뚫어지게 쳐다보았다. 그 순간 김병도는 윤성주의 눈빛이 흔들리며 아련한 과거로 돌아가는 것을 보았다.

**5**

　"아아악! 성주씨! 살려주세요!"

　김은경은 팬티가 찢겨져 나가자 미친 듯이 소리를 질러댔다. 그녀는 거의 미친 여자처럼 발버둥쳤고 그 모습을 윤성주는 보고 있을 수밖에 없었다. 사내 한 놈이 한 손으로 김은경의 머리를 잡고 또 한 손으로는 입을 막고 있었고 다른 한 놈은 그녀의 양팔을 꼼짝달싹하지 못하도록 잡고 있었다. 그리고 또 다른 한 놈은 이제 막 그녀의 팬티를 찢어 손가락에 걸고 휘휘 돌리고 있었다.

　어스름한 달빛에 비친 그녀의 하얀 허벅지가 춤을 추듯 허공을 휘젓고 있었다. 손가락에 걸린 팬티를 집어던진 사내는 김은경의 허벅지를 주먹으로 한 번, 두 번, 세 번, 네 번 가격했다. 그러자 하얗게 춤을 추던 그녀의 두 허벅지는 잠잠히 무너져 내려와 땅에 닿았다. 그녀는 이제 입을 막고 있던 손을 떼었지만 아무 소리도 못 지르고 '꺼억! 꺼억!' 거리기만 했다. 사내는 서둘러 아랫도리를 벗고 그녀 위로 올라갔다. 또 다른 한 놈에게 팔이 뒤로 꺾인 채 얼굴을 땅에 대고 그 모든 광경을 지켜보고 있던 윤성주는 사내가 김은경 위로 올라가자 미친 듯이 몸부림쳤다. 순간적으로 윤성주의 팔을 꺾고 있던 사내는 더 세게 팔을 비틀었다.

"뚜뚜둑!"

윤성주의 팔에서 둔탁한 소리가 나며 팔이 빠지더니 그의 몸이 획 틀어졌다.

"으아악!"

윤성주는 팔이 빠지자 고통의 비명을 지르며 사내의 얼굴을 그대로 자신의 이마로 박치기를 하였다. 사내는 윤성주의 이마에 코를 받치자 얼굴을 두 손으로 감싸고 그 자리에 주저앉았다. 윤성주는 그의 코란도 차가 있는 곳으로 정신없이 뛰어갔다. 오른팔이 덜렁거리며 그의 몸통에 붙어 따라 오는 것 같았다. 차에 올라탄 윤성주는 제정신이 아니었다. 왼손으로 시동을 걸고 곧바로 김은경을 잡고 있던 사내들을 향해 미친 듯이 돌진했고, 김은경의 머리와 팔을 잡고 있던 두 놈의 사내가 돌진해 오는 차를 피해 옆으로 뒹굴었다. 그러나 김은경의 사타구니 위에 있던 놈은 피할 겨를이 없었다. 코란도의 앞 범퍼는 막 일어서려는 그 놈의 머리통을 그대로 받아버렸다. 그리고 쓰러진 사내 위로 지나간 코란도는 큰 소나무를 박고 멈춰 섰다.

1998년 7월의 어느 여름날 밤, 진주 근교 월아산에 위치한 사찰 두 방사로 가는 길목에서 벌어진 일이었다.


# 6


"그럼 같이 가는 줄 알고 준비한다!"

전국창은 뒤돌아서 있는 윤성주의 어깨를 툭 치면서 말을 했다. 그는 티오프 시간이 아침 7시 20분이니 7시 정도에 진주CC 클럽하우스에서 보자고 말한 후, 윤성주의 대답도 듣지 않고 휙 돌아서 가버렸다. 윤성주는 전국창이 가버린 다음에도 한참 동안을 멀리 그물망에 걸려 있는 표적판만 바라보고 있었다.

김병도가 잠시 동안의 냉냉한 분위기가 어색하여 헛기침을 몇 번 하자 그 소리에 윤성주가 뒤를 돌아보았다.

"제가 괜한 짓을 한 것 같아 좀 이상한데요."

"아닙니다. 언젠가는 한번 부닥쳐야 할 일입니다."

"………"

"괜히 김교수님께서 우리 일에 끼어드는 것 같아 오히려 제가 미안합니다."

"아, 예……."

"저 친구는 제 라이벌이거든요."

"아, 예. 라이벌……."

"아까 휴게실에서 보셨던, 다리를 절던 그 여자의 남편입니다. 그리고 한때는 저와 둘도 없이 친했던 불알친구였고요."

"였고요…… 그럼 지금은 아닌가 보죠?"

"예, 지금은 제가 빚쟁이죠. 인생의 빚쟁이."

"아, 예, 인생의 빚쟁이."

"하지만 골프는 아닙니다. 예전에도 그랬고 지금도 제가 한 수 위입니다."

"예, 아무튼 괜히 제가 쓸데없이 윤성주씨에게 폐를 끼친 것 같습니다."

"하하하! 아닙니다. 오히려 제가 오늘 좋은 분을 알게 되어 기쁩니다. 그럼, 내일 아침에 진주CC 클럽하우스에서 뵙겠습니다."

윤성주는 김병도에게 가볍게 인사를 하고 아래층으로 내려갔다. 그가 떠나고 난 다음에도 김병도는 3번 우드로 연습을 계속하였다. 그리고 잠시 후, 멀리 그물망 밖으로 보이는 주차장에 윤성주가 걸어가는 모습이 내려다보였다. 대학생들로 보이는 3명의 여학생들이 윤성주에게 웃으며 인사를 하였고 윤성주는 그들의 어깨를 토닥거리며 승합차에 태운 후 주차장을 빠져 나갔다.

김병도는 윤성주의 승합차가 주차장을 빠져 나가는 것을 아무 생각 없이 내려다보았다. 까맣게 썬팅이 되어 있는 윤성주의 승합차 뒷유리창에는 하얀 글씨가 크게 써 있었다. 김병도는 자기도 모르게 그 글씨들을 한 자, 한 자 조용히 소리를 내어 읽었다.

"하.나.님.은.당.신.을.사.랑.하.십.니.다."

# 7

김병도가 방금 주차장을 빠져 나가는 윤성주의 승합차를 보면서 혼자 중얼거리고 있는데 언제 왔는지 최프로가 다가와 말을 걸었다.

"오늘 윤전도사님과 같이 연습하셨죠?"

윤성주는 갑자기 나타난 최프로를 깜짝 놀라며 쳐다보았다.

"예?아, 예, 근데 윤성주씨가 전도사인가요?"

"말씀 안 하시던가요? 허어, 웬일이래. 나에게는 매일 예수 믿으라고 그렇게 귀찮게 하더니……."

"아, 그렇군요, 윤성주씨가 전도사였군요."

"전과자 전도사예요."

"예?"

최프로는 김병도가 볼을 치던 타석에 들어서서 들고 있는 롱 아이언으로 볼을 힘껏 쳤다. 볼은 빨랫줄처럼 날아가 그물망 중앙에 꽂히더니 밑으로 떨어졌다.

"사람을 죽였거든요. 그때 진주가 떠들썩했지요."

최프로는 또 힘차게 스윙을 했고 이번에도 볼은 그물망 중앙에 정확히 꽂혔다.

"3년이나 감옥에 있었어요. 참 불쌍한 사람이죠."

"무슨 일 때문에요? 참 선하신 분 같던데."

최프로는 타석에서 나와 자신이 가지고 온 음료수를 벌컥벌컥 마셨다.

"이건 뭐 비밀도 아닌, 진주가 다 알고 있는 사실인데요."

최프로는 그렇게 말을 하면서도 혹시 누가 듣기라도 할까 봐 주위를 살피며 조용조용 김병도에게 말을 하기 시작했다.


최프로의 말에 따르면 윤성주, 전국창, 김은경은 어렸을 때부터 집안끼리도 잘 알고 지냈던 막역한 친구들이었다. 윤성주의 아버지 윤태경은 현재 진주에 있는 아파트들의 절반을 차지하고 있는 태경아파트를 지은 (주)태경건축의 회장이었고, 전국창의 아버지 전희만은 진주지방법원의 부장검사였다. 그리고 김은경의 아버지 김기선은 지금은 아파트 단지가 들어서서 땅값이 천장부지로 치솟아 오른 평거동 일대에서 종묘사업을 하던 갑부였다. 아버지들이 진주에서 영향력을 가진 인물들이었고 또 절친한 친구관계라 셋은 어렸을 때부터 자주 만남을 가졌고, 고등학교에 들어가면서부터는 자기들끼리 어울리는 관계로 발전하였다. 진주고등학교에서 한번도 전교 1등을 놓치지 않았던 전국창은 아버지 전희만이 졸업했던 서울대학교 법과대학에 당당히 합격하였고, 윤성주와 김은경은 경남국립대학교 건축학과와 무용학과에 입학했다.

그들이 골프를 시작한 것은 대학생이 되고 난 후였다. 대학 1학년 여름방학에 전국창이 서울에서 진주로 내려왔었을 때, 그들은 거의 매일 만나 함께 돌아다녔는데, 성인이 된 그들을 막을 것은 아무것도 없었다. 진주에서 부유층의 2세들이었던 그 셋은 사람들에게 오렌지 삼총사 불리며 매우 유명했다. 김은경의 아버지 김기선은 묘목들로 가득 찬 평거동 한 귀퉁이에 취미 삼아 조그마한 골프연습장을 만들어 운영했었는데, 당시 진주에는 그런 골프연습장이 처음이었다. 전희만이나 윤태경도 골프를 매우 좋아해서 자주 부산 근교의 골프장에 김기선과 함께 다녔고, 김기선의 그 골프연습장에 모여 많은 시간을 같이 보냈다. 그래서 오렌지 삼총사들도 자연스럽게 그 골프연습장에서 아버지들과 함께 골프를 배울 수 있었다.

그들이 골프를 제법 치기 시작하던 대학 2학년 이후에는 겨울방학 때마다 아버지들과 함께 외국으로 골프여행을 다녀오기도 했다. 아버지들 중 특히 김기선은 골프산업에 관심이 많았는데 후에 진주 유일의 골프장인 진주CC 개발에 최대 주주로 참여하였다. 전국창은 대학을 졸업하고 아버지의 바람대로 사법고시에 합격하였는데, 진주에서 함께 어울려 다니며 같은 대학을 다녔던 윤성주와 김은경은 연인 사이로 발전하였다. 적어도 윤성주가 자신의 자동차로 살인을 저지른 사건이 있기 전까지는 그랬다.

1998년도는 대한민국에서 사업을 하던 모든 사람들이 갑자기 닥친 IMF 때문에 힘들어하던 때였다. 윤태경이 경영하던 (주)태경건설이 520억원을 투자하여 진주에서 최고층인 22층짜리 복합상가를 짓고 도산했던 해도 그 해였다. 또 전국창이 진주에 내려와 변호사 사무실을 오픈 한 해도 바로 그 해였다. 그 해, 윤성주가 강간당하는 애인을 구하다가 자동차로 살인을 저지른 사건은 한 다리만 거치면 다 안다는 작은 진주를 떠들썩하게 만들기에 충분했다. 그리고 그 살인자 친구 윤성주를 위해 변호를 맡은 전국창의 우정도 세간에 큰 화제가 되었고, 나중에 젊은 변호사 전국창은 진주에서 최고의 신랑감이었음에도 불구하고 돈 한 푼 없는 집안의 강간당한 적이 있는 여자, 다리가 한쪽이 없는 불구자로 자신이 변론하였던 친구가 버린 여자, 그 김은경과 사랑의 결혼을 하여 또 한번 화제가 되기도 하였다.

8

최프로에게 윤성주, 전국창, 김은경의 관계에 관해 대략적으로 듣고 학교로 돌아온 김병도는 여러 가지 궁금증이 생겨났다. 특히 그렇게 선한 눈빛을 가진 윤성주가 불구가 된 김은경을 버렸다는 사실은 믿어지지 않았다. 그렇다면 왜 윤성주가 지금은 김은경의 옆에 있단 말인가. 그리고 전국창이나 김기선은 왜 그런 윤성주를 보고만 있는 것일까. 김병도는 뭔가 맞춰지지 않는 퍼즐처럼 그들의 미묘한 관계가 정리되지 않았다.

"내일은 출근하시지 않을 거죠?"

조금 열려 있던 김병도의 연구실 문을 열고 강근호가 들어오면서 말을 했다. 강근호는 김병도의 첫 번째 제자로 그의 수족처럼 모든 스케줄까지 관리를 해주는 대학원생이었다.

"어? 그래. 내일 나는 어디 좀 간다. 토요일인데, 그래도 너희는 나올 거지?"

"예, 내일도 농장에 복실이를 보러 가야 됩니다."

"음, 새끼는 언제쯤 나올 것 같은데?"

"오늘 아침에 보니까, 다음 주 초에는 낳을 것 같던데요."

"흠, 다음 주라. 다음 주에는 진짜 바빠지겠구나."

"참! 그리고요. 아까 서울에서 어떤 여자 분이 전화했습니다. 여기 전화번호를 남겼습니다. 꼭 좀 전화를 달라고 부탁하시던데요."

강근호가 전해 준 쪽지에는 아내 하영주의 전화번호가 적혀 있었다. 김병도는 그 쪽지를 책상 위에 올려놓고 한참을 쳐다보았다. 김병도가 한국으로 돌아온 후 하영주는 줄기차게 이혼을 재촉하고 있었다. 벌써 별거를 한 지 일년이 훌쩍 넘었지만 시간이 가면 누그러질 줄 알았던 아내의 이혼요구는 김병도가 생각했던 것과는 정반대로 더욱 구체화되고 있었다. 하영주는 아들 종수만 자기에게 주면 아무것도 바라지 않는다고 했다. 사실 그들 부부에게는 서로 나누어 가질 만한 재산이 있는 것도 아니었다.

한국에 돌아와서 김병도는 세 번 하영주와 전화통화를 하였는데 세 번 모두 목소리를 높여가며 싸우고 말았다. 김병도는 전화를 걸어 좋은 말로 화해를 시도했지만 하영주는 이런저런 이유를 들어가며 이혼을 해야겠다고 했으며, 그러면 김병도는 끓어오르는 화를 못 참고 버

럭버럭 소리를 지르고 전화를 끊어버렸다. 전화로 김병도는 아들 종
수만은 양보할 수 없다고 윽박질러댔지만 진심은 그렇게 해야만 아내
가 이혼을 못할 거라 생각했던 것이었다. 그리고 그 생각은 맞아 떨어
져 지금은 아내가 오히려 매달리는 형국이 되었다.

'누구 맘대로 이혼을 해! 맘대로 해 보라고. 맘대로……'

김병도는 책상 위에 놓인 메모지를 쳐다보며 혼자 중얼거렸다.


"삐리리릭! 삐리리릭! 삐리리릭!"

김병도가 잠자리에 들어 이런저런 생각을 하고 있을 때 전화기가
울렸다. 그는 침대 옆 탁자 위에 있는 스탠드 등불을 켰다. 시계를 보
니 12시 30분이었다.

"여보세요."

"저예요."

"응, 늦은 시간인데 자지 않구……."

"낮에 전화를 부탁했는데, 전해주지 않던가요?"

"아, 퇴근 경에 전화가 왔다고 들었는데 집에 와서 하려다가 깜빡했
네."

"그래요……, 좀 생각을 해보셨어요?"

"음, 당신도 알다시피 지금 실험실이 진짜 바쁘게 돌아가잖아."

"당신은 언제나 바쁘잖아요."

"정말이야. 나 여기 온 지 세 달밖에 안됐잖아. 이제 막 실험실 세팅
끝났어. 다음 주에는 돼지가 새끼를 낳을 거고, 정신이 하나도 없어."

"그럼, 그렇게 바쁘면 우린 언제 만나서 이혼을 하죠?"

"………"

"당신은 항상 당신 일, 당신만 알죠. 옆에서 피를 말리며 죽어 가는 사람은 보이지 않죠?"

"여보! 우리 내일 이야기하면 안 될까? 나, 내일 아침 일찍 중요한 미팅이 있어 자야 되는데."

"당신은 나를 사랑하지도, 필요하지도 않으면서 왜 이렇게 지저분하게 붙잡고 있어요?"

"………"

"대답을 해 보세요. 당신도 나를 사랑하지 않지요?"

"………"

"거봐요. 나도 이제 당신을 사랑하지 않아요."

"………"

"우리 종수를 위해서라도 이제 그만 끝내요. 아니 제발 끝내주세요."

"………"

"여보! 한때 나를 진심으로 사랑했던 적이 있었다면, 이제 그만……, 그만 나를 자유롭게 놔주세요."

"………"

"……흐허헝! 엉엉……"

"여보! 알았어, 우리 내일 이야기해 응! 내일 이야기하자고……"

"………"

전화를 끊고 김병도는 새벽까지 잠을 이루지 못했다. 아파트 베란다에는 레몬소주병이 뒹굴었고 재떨이에는 담배꽁초가 수북하게 쌓였다.

# 사건의 시작

## 9

새벽기도를 하면서 윤성주는 많이 울었다. 예배당 십자가 바로 밑에서 엎드려 기도하던 그는 언제부턴지 흐느끼기 시작하였고, 한번 시작된 눈물은 쉽게 멈춰지지 않았다. 윤성주는 다른 사람들의 기도에 방해가 될까 봐 이마를 바닥에 댄 채, 한 시간 이상을 소리 죽여 흐느꼈다. 그리고 시간이 한참이나 지나 새벽기도를 하던 교인들이 다 가고 나서야 그는 겨우 몸을 일으켜 추스르고, 무릎 꿇고 앉은 자리에서 펼쳐진 성경책을 보았다. 성경책에는 지난 밤 자신이 썼던 짧은 시가 적힌 종이가 끼워져 있었다.

그대를 위해

새벽 한 시에
달빛 아래에서
그대를 위한 기도를 합니다.

이제는 나의 사람이 아니라
행여 누가 눈치챌까
그대 얼굴 바로 볼 수 없어
달 속에서나마 그댈 그립니다.

낮에는
즐거운 가면을 쓰고
거짓으로 허풍을 떨고
들키지 않을 몸짓으로
애써 그댈 외면하지만

밤이 오고 나와 대면하면
내 속의 나를 속이지 못해
그대를 위한 기도를 합니다.

그대여
내 구질구질한 삶에도
아직까지 버틸 수 있는 것은
그래도 당신이 있기 때문입니다.

나의 지독한 이 외로움을 태워
그대의 행복이 따뜻할 수 있다면
까만 밤을 새벽까지 태우겠습니다.


내 전부인 그대를 위해.


윤성주는 자신이 쓴 그 시의 마지막 구절을 조용히 몇 번이나 반복
적으로 읊조렸다.
"내 전부인 그대를 위해……, 내 전부인 그대를 위해……"
그는 속으로 시의 마지막 구절을 몇 번 더 되뇌고 난 후, 그 종이를
반으로 접어 다시 성경책에 꽂아 넣고 자리에서 일어났다. 통나무를
거칠게 다듬어 만든 십자가가 바로 앞에서 그를 내려다보고 있었다.
그 십자가는 윤성주가 월아산에서 직접 잘라와 만든 것이었다. 그는
월아산에 오를 때도, 울퉁불퉁한 소나무를 자를 때도, 그리고 소나무
의 형태를 그대로 나둔 상태로 십자가를 엮을 때도 눈물을 많이 흘렸
다. 돌이킬 수 없는 자신의 과거를 십자가로 엮어 어깨에 짊어지는 자
신의 운명이 서러웠기 때문이었다.
윤성주는 자리에서 일어나 그 십자가를 쳐다보다가 자신의 눈동자
가 흔들리는 것을 느꼈다. 그것은 마치 십자가에서 눈부신 빛이 쏟아
져 나와 자신을 비추는 바람에 벌거숭이가 되는 것 같은 부끄러운 기
분이 들었기 때문이었다. 그 빛은 그렇게 부끄럽게 서 있는 윤성주의
내부까지 투명하게 비추어 비밀스럽게 감추어 두었던 그의 속마음까
지 온전하게 드러나게 만들었다. 윤성주는 그의 속마음이 드러나자
더 이상 십자가를 똑바로 바라볼 수 없어 고개를 떨어트렸다. 그는 눈

에 눈물이 고이는 것을 참으려고 입술을 깨물어보았나 결국 뜨거운 눈물이 또다시 볼을 타고 흘러내렸다. 윤성주는 눈물 가득한 눈을 감고 십자가를 바라보며 속으로 섧게 울부짖었다.

"저를 용서하세요. 하나님! 잠시만 저를 떠나주세요."

# 10

김병도는 차의 창문을 활짝 열고 운전을 하였다. 시원한 새벽공기가 그의 얼굴을 스치고 지나갔다. 두세 시간 밖에 자지 못한 탓인지 약간의 현기증이 느껴졌는데 차가운 공기를 맞으니 머리 속이 개운해지는 것 같았다. 그는 촉석골프랜드에 들려 잠깐 연습을 하고 가려던 계획을 바꿔 곧바로 진주CC로 가기로 마음을 고쳐먹었다. 클럽하우스에 일찍 도착하여 뜨거운 물에 샤워를 하면서 몸을 푼 다음 라운딩을 하는 것이 좋을 것 같다는 생각이 들었기 때문이었다.

그는 문산읍을 지나치다 길가의 커피자판기를 발견하고 차를 세웠다. 진주시 문산읍은 진주CC 가는 길목에 있는 작은 마을로 진주 시내에서 불과 10분 거리에 있는 가까운 곳이었다. 김병도는 커피 한잔을 뽑아들고 자판기 앞에 있는 평상에 엉덩이를 걸쳤다. 길 건너편에서는 문산식육식당 주인으로 보이는 머리가 하얀 할아버지가 반바지에 러닝셔츠 차림으로 가게 앞에 물을 뿌리고 있었다. 새벽이라 물을 뿌리고 있는 할아버지 이외의 다른 사람은 보이지 않았다. 초록색 호수에서 빠져 나온 투명한 물줄기는 하늘로 솟았다가 방울이 되어 땅으로 떨어졌다. 축축이 젖은 아스팔트 위로 간간히 차들이 빠른 속도로 지나갔다. 자동차 바퀴가 물에 젖은 아스팔트를 스치는 소리가 시원스럽게 느껴졌다.

김병도는 커피 한 모금을 마시자 속이 뜨겁게 씻겨져 나가는 쾌감을 느꼈다. 마치 오장육부에 밤새도록 찌들어 붙어 있던 오물들이 독한 커피에 녹아 내려가는 것 같았다. 그는 담배 한 가치를 입에 물고 불을 붙인 후 깊게 한 모금을 빨아 마시자 몸이 공중으로 붕 뜨는 것을 느꼈다. 김병도는 그 환각을 더욱 깊게 느끼고 싶어 눈을 감았다.

'아무리 힘들어도 나는 이겨낼 수 있어! 세상은 무거운 짐을 지고 언덕을 올라가는 것이야. 이보다 더 힘든 일이 생겨도 난 충분히 이겨낼 거야. 그래, 세상아! 아무리 나를 밟아봐라. 밟아도, 밟아도 일어나는 잡초처럼 내가 얼마나 지독한 놈인지 똑똑히 보여주겠어!'

김병도는 다 마신 종이컵을 힘껏 꾸겨서 쓰레기통에 화풀이하듯 처넣었다.


# 11


"안녕하세요. 반갑습니다."

"예, 안녕하세요. 오늘도 무척 더울 것 같은데요."

진주CC 클럽하우스 문을 열고 나가자 퍼팅그린 앞에 서 있던 전국창이 김병도를 알아보고 먼저 인사를 하였다. 김병도는 막 뜨거운 물로 샤워를 하고 나온 참이라 아직 머리에 물기가 마르지 않아 젖어 있었다.

진주CC는 김병도가 한국에 돌아와서 처음으로 골프를 쳐 본 곳이었다. 한국에는 몇 안 되는 양잔디가 깔려 있는 골프코스로 거리가 그리 길지 않은 것이 조금은 아쉬웠지만 아기자기하게 꾸며진 아름다운 골프장이었다. 미국의 동네 골프장들이 다듬지 않은 자연을 그대로 이용하여 만들어졌다면 진주CC는 산을 깎아 인위적으로 만든 인공미가 물씬 풍겼다.

"이 친구는 제 후배 홍원식입니다."

"처음 뵙겠습니다. 홍원식입니다. 잘 부탁드립니다."

"예, 반갑습니다. 김병도입니다. 오늘 잘 좀 부탁합니다."

김병도는 구십도로 허리를 굽혀 깍듯이 인사하는 홍원식에게 악수를 청하였다. 홍원식은 조직폭력배 스타일의, 소위 각두기 머리였는데 그는 그런 머리 스타일과 어울리게 어깨가 넓었으며 살집이 풍만하여 덩치가 매우 좋았다. 그러나 조직폭력배와 같은 그의 외모와는 달리 얼굴은 너무나 온순하고 천진난만해 보였고 말을 많이 하여 조금은 수다스러운 인상이었지만 김병도는 그런 그의 모습이 귀엽다고 생각했다.

"교수님이시라면서요? 저는요, 학교하고는 담쌓은 놈입니다. 그래서 공부를 많이 한 사람들을 보면 무조건 존경합니다. 이 말은 아부하려고 하는 말이 아니고요, 저는 김교수님을 존경한다는 뜻입니다."

김병도는 처음부터 허물없이 조잘거리는 홍원식이 그리 밉지 않았다.

"저는요, 돌 장사를 합니다. 교수님도 돌이 필요하시면 언제든지 연락 주십시오."

홍원식은 겸연쩍게 웃으면서 자기 명함을 김병도에게 건네주었다. 거기에는 '대성석재 대표 홍원식' 이라고 굵은 글씨체가 촌스럽게 인쇄돼 있어 김병도는 자기도 모르게 웃고 말았다.

"하하하! 제가 무슨 돌이 필요하겠어요?"

"제가요, 경남국립대학교에도 돌 많이 팔았습니다. 지금 교수님 학교에 짓고 있는 박물관 있죠? 거기에 들어가는 돌도 제가 다 공급하고 있습니다. 그러니까 진주에 있는 건물들에 들어간 돌의 거의 절반은 제 돌이라고 보시면 됩니다."

"하하하! 저는 학교에 온 지 세 달밖에 안 되서 잘 모릅니다."

"교수님, 저기 성주형님이 보고 계시는 대형시계 보이시죠? 그 옆에 붙어 있는 돌들도 다 제가 갖다 붙인 겁니다."

김병도는 홍원식이 손가락으로 가리키는 곳을 보았다. 거기에는 아까부터 클럽하우스 건물 정면에 붙어 있는 대형시계를 그 특유의 우수에 가득 찬 눈빛으로 쳐다보고 있는 윤성주가 돌처럼 서 있었다. 윤성주의 눈빛은 과거로 빨려 들어간 듯 초점이 고정되어 있어 김병도와 홍원식이 그의 곁으로 다가가도 모르고 있었다.

"안녕하세요. 잘 주무셨습니까?"

"어? 아, 예……, 잘 잤어요? 제가 잠깐 딴 생각을 했네요."

"무슨 생각을 그렇게 하고 계셨어요?"

"예, 옛날 생각이요. 좋았던……, 아주 좋았던 옛날 생각이요."

그 순간 김병도는 어제 최프로에게 들은 말이 떠올라 더 이상 묻지 않았다.

"교수님요! 성주형님이 이 골프장을 만든 거 모르셨죠?"

"예? 윤성주씨가 이 골프장을 만들어요?"

"그럼요! 처음에 이 골프장이 들어설 때 설계부터……"

"원식아! 넌 지금도 말이 많구나. 하나도 변하지 않았네 그놈. 김교수님! 아직 시간이 좀 남았으니 우리 퍼팅연습이나 좀 하죠."

윤성주는 홍원식의 말을 부드럽게 자르고 퍼팅그린으로 걸어갔다. 퍼팅그린에는 전국창이 다른 사람들 사이에서 퍼팅연습을 하고 있었다. 김병도가 윤성주를 따라 퍼팅 그린으로 가려는데 홍원식이 쪼르르 달려와 그의 귀에 대고 조그마한 소리로 급히 말을 했다.

"이 골프장은요, 처음부터 끝까지 성주형님이 만든 거나 다름없어요. 클럽하우스에서 골프코스 구석구석까지, 잔디며 나무며 돌멩이 하나까지 성주형님 손이 안 닿은 곳이 없을 거예요. 그러니까 한마디로 이 골프장은 성주형님의 작품이라는 말씀이죠."

1번 홀 티박스에서 본 진주CC 골프코스의 전경은 더욱 아름다웠다. 잘 깎아 놓은 푸른 양잔디의 페어웨이가 눈을 시원하게 만들었는데, 페어웨이 옆을 따라 정리정돈이 잘 되어 있는 나무들이 마치 잘 꾸며 놓은 정원처럼 단정해 보였다.


# 12


촉석골프랜드는 출근시간이 되자 한가해지기 시작하였다. 새벽부터 거의 모든 타석에서 골프공 치는 소리가 시끄럽게 울리다가 아침 7시가 넘어서면서부터 사람들이 하나 둘씩 타석을 떠났다.

김은경은 휴게실에 들러 혜은이랑 커피 한 잔을 마셨다. 요즘 젊은 아이들과 달리 억척스러울 정도로 성실한 혜은이는 김은경이 없어도 휴게실을 혼자서 잘 꾸려 나갔다. 혜은이는 요즘 최프로와 눈이 맞아 연애를 하는 눈치였지만 김은경은 모른 체하고 넘어가고 있었다. 최프로는 틈만 나면 휴게실에 들어와 혜은이와 노닥거렸는데 그럴 때마다 혜은이는 최프로를 대놓고 싫다며 구박하였다. 그러나 혜은이가 최프로를 그렇게 구박하면 할수록 그것은 '나는 당신을 싫어하지 않습니다' 라고 하는 것 같았다. 김은경은 최프로도 그것을 알고 있을 것이라고 생각했다. 진실은 아무리 감추고 위장해도 자연스럽게 드러나는 것이었다.

커피를 마신 후 김은경은 아무도 없는 4층 연습장으로 올라갔다. 4층 구석의 1번 타석에 선 김은경은 목발을 의자에 걸쳐 놓고 캐디백에서 7번 아이언을 꺼내 들었다. 손에 익은 그립에 엄지손가락이 닿는 부분이 움푹 들어가 있었다.


"그립 좀 새것으로 바꿔라! 내가 내일 새것으로 갈아줄게."
"아니야, 성주씨! 난 손에 익은 이 그립이 좋아. 새것은 싫단 말이야."


김은경은 닳아 움푹 들어간 부분을 엄지손가락으로 한참을 만지작거리다가 두 손으로 그립을 움켜쥐고 백스윙을 했다. 오른발 의족에 체중이 실리면서 몸이 기우뚱했지만 안정되게 탑이 완성되었고 자연스럽게 다운스윙으로 이어졌다. 그녀의 스윙은 느렸지만 볼은 클럽헤드 중앙에 맞고 앞으로 날아가 그물망 옆에 표시된 90미터 표지판 근처에 떨어졌다.


"나이스 샷! 폼 하나는 죽인다. 죽여! 근데, 은경아! 그 폼에 거리가 그것밖에 안 나가는 것은 정말 불가사리다."

“성주씨는 여자의 골프는 거리가 아니고 폼이라는 소리 못 들어봤어? 나야말로 성주씨가 그렇게 이상한 폼으로 그렇게 멀리 보내는 게 불가사리다.”

“뭐라구? 내 폼이 뭐가 어째서. 볼만 똑바로 잘 나가는구만.”

“난 성주씨 같이 개폼으로 멀리 치느니 차라리 예쁘게 치는 게 낫다고 봐. 메롱!”

“뭐라구? 말 다했어. 너 잡히면 죽어. 이리 안 와!”

“호호호! 오란다고 가는 바보가 세상에 어디 있어. 호호호!”


김은경은 엉거주춤한 피니쉬 폼으로 볼이 떨어진 곳을 바라보다가 눈앞의 시야가 흐려지자 고개를 들어 하늘을 올려보았다. 하늘에는 만화영화에서나 볼 수 있는 하얀 구름 한 조각이 그림처럼 떠 있었다.


# 13


사우스캐롤라이나 머틀비치의 겨울하늘엔 흰 구름이 흩어져 있었다. 블랙리찌 골프클럽 마지막 홀은 파 5로 왼쪽으로 검푸른 대서양이 넘실거렸다. 아무리 골프하기 좋은 사우스캐롤라이나지만 연말의 날씨는 제법 쌀쌀했다. 전국창은 윤성주에게 1타를 뒤지고 마지막 홀에 들어섰다. 아까부터 김은경은 마지막 홀 그린 뒤에서 그들을 기다리고 있었다. 대학교 4학년 졸업을 앞둔, 마지막 겨울방학 때였다.

상기된 표정의 전국창은 힘차게 드라이버를 휘둘렀다. 볼은 페어웨이 중앙을 향해 하얗게 날아갔다. 윤성주도 힘 있게 드라이버를 휘둘렸고 볼은 전국창의 볼이 떨어진 곳보다 10미터 정도 앞에 떨어졌다. 전국창은 3번 우드를 꺼내들고 세컨드 샷을 했다. 페어웨이 왼쪽은 바닷가 바로 옆이라 갈매기들이 떼를 지어 날아다녔다. 전국창의 볼은 그린을 향해 날아가다가 슬라이스가 걸리면서 오른쪽으로 휘었다. 볼은 벙커 쪽으로 굴러가는 것 같았다. 윤성주도 3번 우드를 쳤는데 볼은 페어웨이 중앙을 따라 날아가더니 그린 앞에 떨어져 그린 위로 굴러 올라가는 것처럼 보였다.

윤성주의 볼이 그린 위로 굴러 올라가는 것을 본 전국창은 게임이 끝났다고 생각했다. 페어웨이를 걸어가면서 전국창은 속에서 참을 수 없을 것 같은 분노가 치밀어오르는 것을 억누르고 있었다. 그는 김은경과 윤성주가 친구 이상의 관계로 발전하는 것에 자존심이 매우 상하고 있었다. 어렸을 때부터 그는 윤성주에 비해 뭐든지 나았다. 공부도 잘했고 기타도 더 잘 쳤고, 키도 크고 얼굴도 더 잘생겼었다. 나이트클럽에 놀러가도 윤성주보다 여자들에게 인기도 훨씬 많았다. 그런데 서울에서 공부하기 때문에 학기 중에 진주를 떠나 있는 동안 김은경은 윤성주와 더 친하게 되었고 마치 연인처럼 되어가고 있었다. 전국창은 그것을 참을 수 없었다. 만약 김은경이 윤성주와 자기 중에 한 사람을 연인으로 선택한다면 그건 당연히 자신이어야 한다고 생각했다. 김은경이 윤성주를 연인으로 생각하는 것은 그의 자존심이 도저히 허락하지 않았다.

전국창은 전날 밤 김은경을 따로 호텔 로비에 있는 칵테일 바로 불렀다. 그리고 그의 마음을 전했고 김은경은 매우 혼란스러웠다. 전국창의 성격과 마음을 잘 알고 있던 김은경은 어찌할 바를 몰랐다. 이런 날이 언젠가는 올 것이라 예감하고 있었고 그것이 현실이 되는 순간이었다. 그런데 그 칵테일 바에서 김은경이 울먹이고 있을 때 사건이 터졌다. 윤성주가 언제 나타났는지 전국창의 멱살을 잡고 주먹다짐이 벌어졌다. 그리고 몇 시간 후, 머틀비치 바닷가에서 그들은 그들의 인생에서 가장 유치한, 가장 바보 같은, 돌이킬 수 없는 결정을 하였다. 골프로 승부를 가리기로 한 것이었다. 둘의 골프 실력이 비슷하였기 때문에 그것이 가장 공정한 방법이라고 셋은 동의했다.

전국창은 그의 볼이 떨어져 굴러 들어간 페어웨이 벙커로 들어갔다. 볼은 벙커 한쪽 구석에 숨어 있었다. 그린까지는 약 60미터 정도 남았다. 윤성주는 그린 위로 올라갔는데 그의 볼은 그린 위에 없었다. 볼은 그린을 지나쳐 그린 뒤 턱 높은 벙커 속에 있었다. 전국창이 페어웨이 벙커에서 보니 윤성주가 그린 뒤 벙커로 들어가는 것이 보였다.

전국창은 모래에 발을 깊게 묻고 모래 위에 놓인 볼을 노려보았다. 그런데 볼의 밑에 이상한 로고와 함께 글씨가 쓰여 있었다. 전국창은 고개를 숙여 자세히 볼을 보았다. 그 볼 밑에는 조지아은행 로고가 쓰여 있었다. 순간 전국창은 얼굴이 벌게져서 허리를 펴고 벙커 주변을 살펴보았다. 벙커 옆 러프를 지나 숲이 시작되는 지점에 하얀 볼 하나가 눈에 들어왔다. 그 볼은 도저히 칠 수 없게 나무 밑부분에 붙어 있었는데, 전국창은 그 볼이 자기 볼이라는 것을 직감했다.

전국창은 순간적으로 고개를 돌려 그린 쪽을 쳐다보았다. 그린 뒤 벙커로 들어간 윤성주는 보이지 않았다. 그 벙커 뒤 언덕 위에 서 있는 김은경만 눈에 들어왔다. 김은경은 전국창과 윤성주를 번갈아 쳐다보고 있었다. 전국창은 김은경이 자기의 세컨드 샷 볼이 나무 밑으로 들어간 것을 보았을지 안 보았을지 순간적으로 계산하였다. 그의 머리가 빠르게 계산을 하고 있는 동안 그의 가슴은 거칠게 방망이질을 해

댔다. 골프는 그 어떤 운동보다 매너를 가장 중요하게 여기는 운동이
라 상대를 속이는 행위는 그 무엇보다도 가장 용서받을 수 없는 행위
로 간주되기 때문이었다.

　전국창은 절망에 빠졌다. 만약 벙커에 있는 볼이 자신의 볼이 아님
을 시인하고 나무 밑부분에 붙어 있는 자신의 볼로 경기를 계속한다
면 윤성주에게 패하는 것은 불을 보듯 뻔한 것이었다. 그 순간 전국창
은 김은경을 잃는 것이 죽기보다 싫었다. 아니, 윤성주에게 지는 것이
죽기보다 싫었다. 만약 언덕 위에 서 있는 김은경이 자신의 볼이 나무
밑부분으로 굴러간 것을 보지 못했다면, 그래서 벙커에 있는 볼로 경
기를 한다면 그래도 아직까지는 희망이 남아 있는 상황이었다.

　전국창은 눈을 감았다. 그는 '하나님! 한번만 눈감아 주세요!' 라고
작은 목소리로 몇 번을 중얼거렸다. 그리고 그는 벙커에 있던 볼을 잽
싸게 샌드웨찌로 쳐 올렸는데 볼은 기막히게 잘 맞아 그린 위 홀컵 옆
에 떨어져 멈춰 섰다. 전국창은 빠른 걸음으로 서둘러 그린 위로 올라
와 마크를 하고 볼을 주워 주머니에 넣은 다음 윤성주의 벙커 샷을 지
켜보았다.

　그린 뒤 벙커에서 윤성주가 친 벙커 샷은 홀컵을 지나쳐 떨어진 후
굴렀고 볼은 홀컵에서 10미터 정도의 거리에서 멈춰 섰다. 윤성주는
매우 신중하게 퍼팅을 했는데 볼은 홀컵을 향해 굴러가다가 홀컵 바
로 앞에서 왼쪽으로 살짝 휘어 버렸다. 반면 전국창은 짧은 버디퍼팅
을 성공하여 게임은 전국창의 계산대로 무승부가 되었다.

　윤성주는 전국창과 악수를 하고 김은경이 서 있던 그린 뒤 언덕으
로 올라와 상기된 얼굴로 무승부가 되었다고 말했다. 그러나 김은경
은 전국창을 차가운 표정으로 쳐다보며 게임은 윤성주가 이긴 거라고

단호한 목소리로 말했다. 윤성주가 무슨 소리냐고 물었을 때, 김은경은 얼굴이 벌게진 전국창을 노려보며 그에게 물어보라고 말하고서는 뒤돌아서 뛰어가 버렸다. 윤성주는 뛰어가는 김은경을 쫓아갔고 고개를 숙이고 있던 전국창은 그만 그 자리에 털썩 주저앉고 말았다.

# 4

## 욕심의 잉태

# 14

첫 홀을 마치고 김병도는 자기의 눈이 믿어지지 않았다. 전국창의 골프는 아마추어라고 하기에는 너무나 완벽했다. 김병도는 골프를 시작한 지 일년 반 만에 이렇게 잘 치는 사람은 처음 보았다. 첫 홀에서 전국창은 마치 TV에서나 보던 프로선수와 같은 화려한 플레이로 너무도 쉽게 버디를 하였다.

김병도는 첫 홀에서 더블보기를 하였다. 그는 두 번째 홀로 걸어가면서 긴장을 풀고 정신을 가다듬기 위해 양팔을 좌우로 흔들어 보았다. 그러나 처음 보는 사람들과의 라운딩이라 그런지 쉽게 긴장이 풀리지 않았다. 그는 애써 태연한 척 담배를 꺼내 입에 물고 불을 붙였는데 그때 바지주머니에 있던 핸드폰의 진동이 그의 허벅지를 자극했다. 김병도는 핸드폰을 바지 주머니에서 꺼내 확인하였는데 폴더에

'강근호'라고 떠 있었다.

"응, 나다."

"교수님! 일어나셨군요."

"왜, 무슨 일이 생겼냐?"

"네, 어젯밤에 보니까 복실이가 아무래도 오늘 중에 새끼를 낳을 것 같습니다."

"뭐? 그래, 좀 빠른 것 아닌가?"

"예, 조금 빠를 것 같습니다."

"그래, 그렇다면 바이오제약 사람들에게 연락해서 오라고 하고, 너는 새끼 받을 준비를 하고 기다리고 있어라. 그리고 혹시 모르니 수술 도구도 챙겨 놓고."

"예, 알겠습니다. 근데 교수님은 언제쯤 오시겠습니까?"

"오후에나 갈 수 있을 거야. 그때까지는 별 탈 없겠지."

"예, 그럼 나중에 뵙겠습니다."


강근호가 아침에 살펴보니 복실이의 외음부는 붉게 충혈되어 붓고 늘어져 있었다. 어젯밤부터 자궁경관을 밀폐하고 있던 점액 덩어리가 묽어져서 붉고 투명한 액체가 되어 외음부로부터 흘러내리고 있었는데 그 점액이 오늘 아침부터 불그스름한 갈색으로 변하기 시작했다. 강근호는 복실이의 분만이 가깝다는 것을 직감하였다. 복실이의 유방도 크게 충혈되어 부어 있었고 광택이 났다. 손으로 만져보니 유두가 부드러워졌고, 살짝 눌러보니 유즙이 손가락에 묻어 나왔다. 경험적으로 12시간 이내에 새끼를 낳을 것이 분명하였다. 복실이는 다소 신경질적으로 변했고 불안해하며 어젯밤부터는 사료에 입도 대지 않고 있었다. 그런 복실이를 위해 강근호는 분만사의 불빛을 어둡게 해주었고 적외선 전구를 밝혀 온도를 따뜻하게 유지해주었다.

김병도가 복실이에게 형질전환 복제수정란을 착상시킨 것은 네 달 전쯤이었었다. 복실이가 한국최초의 형질전환 복제돼지를 임신하기까지는 건국대학교 축산학과 출신 김성훈 사장의 역할이 지대했다. 벤처기업인 바이오제약의 CEO 김성훈 사장이 미국 위스콘신에 있는 김병도 박사를 찾은 것은 2001년 겨울이 막 시작되는 시점이었다.

바이오제약은 빈혈치료제인 에리트로포이에틴(Erythropoietin, EPO)을 전문적으로 생산하는 업체로 코스닥에 상장된 성공적인 벤처기업이었다. 그 동안 EPO는 사람의 오줌을 농축하여 생산하였는데 오줌에서 회수되는 EPO의 양이 얼마 되지 않을 뿐만 아니라 농축하는데 드는 노동력도 만만치 않아 매우 비싼 가격에 판매되고 있었다. 30년 전만 해도 학교 화장실이나 공공화장실에는 오줌을 받는 통들이 전국적으로 설치되어 전 국민이 EPO의 생산을 위해 힘쓴 시대도 있었다. 그래서 신부전증 환자들에게 필수적으로 투여하여야 하는 EPO의 가격은 1그람 당 국제가로 팔십칠만원에 거래되는 매우 고가의 의약품이었다.

아버지로부터 바이오제약을 물려받은 김성훈 사장은 EPO를 보다 저렴한 가격으로 생산할 수 있는 방법을 도입하였는데 그것은 햄스터의 난소에서 초세포를 분리하여 배양시키면서 세포 내에 존재하는 EPO를 추출하는 방법이었다. 김성훈 사장은 국내 최초로 도입된 이 기술로 생산된 EPO로 오천억원 시장을 거의 독점하다시피 장악할 수 있었고 회사를 코스닥에 상장시킬 수 있도록 성장시켰다. 그런데 시간이 지나자 경쟁사들도 하나 둘씩 이 방법을 도입하기 시작하면서 바이오제약의 영업은 점차 경쟁력을 잃어가고 있었다. 그러던 어느 날, 김성훈 사장은 CNN 뉴스를 보다가 벌떡 일어나 앉았다. 미국 위스콘신에 있는 한 한국인 박사가 형질전환 복제돼지의 생산을 성공하였는데 그렇게 생산된 복제돼지로부터 인간에게 유용한 각종 의약품을 싼 가격에 생산할 수 있을 것이라는 뉴스였다. 특히 뉴스를 전하는 백인 앵커는 그 각종 의약품의 예로 값비싼 조혈치료제인 EPO를 말하는 것도 빼먹지 않았다.

김성훈 사장은 곧바로 영하 20도를 넘나드는 위스콘신으로 날아가 김병도를 만났고, 자신의 사업을 설명하였는데 김병도는 김성훈 사장의 제안을 전격적으로 받아들였다. 그렇지 않아도 이혼을 요구하고 있던 아내 때문이라도 빨리 귀국해야겠다고 마음을 먹고 있었던 김병도에게 김성훈이 제안한 조건은 매우 전폭적인 것이었다. 김성훈은 연구비 5억원과 스톡옵션으로 1억원 상당의 주식을 제공하는 것 이외에도 한국의 대학에 자리를 잡을 수 있도록 힘을 써주기로 하였다. 김성훈은 자신의 바이오제약이 참여기업으로 거액의 연구비를 지원하고 있던 경남국립대학교 농생명과학연구소의 소장과 친밀한 관계를 유지하고 있던 터라 김병도를 연구교수로 채용하게 하는 것은 그리 어려운 일이 아니었다.

이미 확보된 기술을 바탕으로 그들의 연구는 일사천리로 진행되었다. 김병도는 미국에서 수행하고 있던 연구를 마무리하면서 국내 연구진들과 이메일을 통해 바이오제약의 프로젝트를 진행하였다. 도축장에서 수거한 돼지 난소에서 난자를 채취하고 수정 가능한 단계로 시험관에서 배양시킨 후 난자 내 핵을 제거시켜 공핵을 만든 다음, 인위적으로 EPO 생산 유전자를 접합시킨 핵을 다시 공핵에 집어넣는 구체적인 기술들을 강근호에게 하나하나씩 전수시켰다. 김병도는 강근호를 통해 그렇게 만든 수정란이 300개가 넘었을 때 귀국을 하였다. 그리고 수정란들 중 우수하다고 판단된 것들을 경남국립대학교 부속농장에 있는 처녀돼지 중 가장 튼실한 복실이에게 착상시켰다. 그리고 오늘 마침내 복실이는 드디어 분만을 기다리고 있었다. 만약 복실이가 EPO를 대량생산할 수 있는 형질전환 복제돼지 새끼를 무사히 낳아만 준다면 돼지새끼들은 황금알을 낳는 돼지들이 될 것이었다. 아니, 돼지들의 오줌에는 1리터 당 1그람 정도의 EPO가 들어 있을 것이기 때문에 황금오줌을 싸는 돼지가 되는 것이었다. 돼지오줌 1리터에 팔십칠만원이라면 그럴 만한 소리를 들어도 부족함이 없을 것이었다. 그 동안 김성훈 사장은 애간장을 태우며 오늘이 오기만을 손꼽아 기다리고 있었다.

15

첫 홀에 버디를 한 전국창은 8번 홀까지 파를 기록하고 있었고 윤성주도 첫 홀부터 계속 파를 기록하고 있었다. 반면, 김병도와 홍원식은 보기, 더블보기, 트리플보기를 넘나들었다. 김병도는 전국창과 윤성주의 경이로운 플레이에 주눅이 들어 평소보다 훨씬 못하는 플레이를 펼치고 있었다. 그리고 마침내 진주CC에서 가장 어렵다는 9번 홀에 도착하였다.

문제의 9번 홀은 페어웨이 가운데부터 그린 오른쪽까지 계곡으로 이루어진 홀로, 드라이버로 티샷을 하면 계곡으로 빠지기 쉽게 설계

되어 있었다. 그래서 보통 사람들은 6번 아이언 정도로 페어웨이 중간의 계곡 앞까지 보낸 후, 계곡을 넘기는 롱 아이언이나 우드 샷을 하였다. 그런데 전국창은 드라이버를 들고 티박스에 올라갔다. 그는 페어웨이 왼쪽 숲 끝을 겨냥하고 어드레스를 취했다. 드라이버를 칠 경우 계곡을 넘겨 떨어트리기 위해서는 왼쪽 숲쪽으로 쳐야 안전할 수 있기 때문이었다. 김병도는 숨을 죽이고 전국창의 드라이버 티샷을 지켜보고 있었다. 전국창은 여느 때와 마찬가지로 자신 있게 스윙을 하였고 볼은 그의 의도대로 계곡 건너편 페어웨이 왼편에 안착하였다. 캐디는 물론 김병도와 홍원식도 손뼉까지 쳐가며 "나이스 샷!"이라고 외쳤다.

"굿 샷!"

윤성주는 티박스를 내려오는 전국창에게 빙그레 웃으며 작은 목소리로 말했다. 그는 7번 아이언으로 계곡 앞 페어웨이 중앙에 가볍게 볼을 떨어트렸다. 김병도와 홍원식도 6번 아이언으로 티샷을 했는데 김병도의 볼은 페어웨이 왼쪽을 향해, 홍원식의 볼은 오른쪽을 향해 날아갔다. 김병도는 세컨드 샷을 하기 위해 페어웨이로 걸어가면서 처음으로 윤성주에게 조언을 구했다.

"저기서는 어떻게 치는 게 좋을까요?"

"음, 글쎄요……."

"그래도 3번 우드로 쳐야겠죠?"

"3번 우드로 쳐서 그린에 올릴 자신이 있나요?"

"아뇨! 제 실력에 그게 가능하겠습니까. 잘 맞으면 모를까."

"그런데 왜 3번 우드를 치시려고 하는데요?"

"그거야, 그린까지 거리가 200미터 정도 더 남았으니까요."

"음……, 교수님이 가장 자신 있는 클럽이 뭐예요?"

"아무래도 7번 아이언이 가장 자신 있지요."

"그럼, 7번 아이언으로 치세요."

"예? 7번 아이언으로요?"

"7번 아이언으로 치면 계곡에 절대 안 빠지지요?"

"그거야 그렇지만……"

"김교수님! 그럼 꼭 7번 아이언으로 치세요."

윤성주는 그렇게 말하고 빙그레 웃으며 자기 볼 쪽으로 걸어 가버렸다. 김병도는 3번 우드와 7번 아이언 사이에서 잠시 고민을 하였다. 그리고 윤성주의 말을 따르기로 하고 7번 아이언을 집어들었다.

김병도의 7번 아이언 샷은 너무 쉽게 클럽헤드 중앙에 맞았고 볼은 계곡을 넘어가 그린 50미터 앞 페어웨이 중앙에 안착했다. 볼이 계곡을 넘어가는 것을 본 윤성주는 김병도에게 엄지손가락을 세워 보이며 활짝 웃었다. 반면, 홍원식은 3번 우드로 세컨드 샷을 했는데, 볼은 그린 왼쪽에 떨어지더니 그린 옆 계곡으로 또르륵 굴러 들어가 버렸다. 홍원식은 들고 있던 우드를 땅바닥에 집어던지며 무척 안타까워하였다. 그는 투털거리며 OB 티박스에서 5타째를 쳤는데 볼은 그린 뒤쪽 벙커로 들어갔고 벙커에서 친 볼은 홀컵을 지나 다시 반대편 그린 밖으로 굴러갔다. 그러나 다행히 7타째 친 어프로치 샷이 홀컵 옆에 붙어 컨시드를 받았다. 김병도는 그린 앞에서 어프로치 샷을 하였는데 운이 좋았는지 홀컵 근처에 볼이 멈춰 섰고 너무도 쉽게 파를 하였다.

아웃코스와 인코스 중간에 있는 휴게실에는 많은 사람들이 있었다. 인코스가 시작되는 10번 홀 티박스 앞에는 3대의 전동 카트가 순서를 기다리고 있었고 그 주변으로 드라이버를 든 사람들이 삼사오오 모여 몸을 풀면서 담소를 나누고 있었다. 휴게실 앞에서 담배를 피우고 있는 김병도의 등은 이미 땀으로 축축이 젖어 있었다. 날씨는 무더워졌고 본격적인 뙤약볕이 내리쬐고 있었다. 휴게실에서 나온 윤성주가 시원한 이온음료 캔 하나를 김병도에게 건넸다.

"이거 시원합니다. 목 좀 축이세요."

"예, 고맙습니다."

김병도는 캔을 따서 한 모금 마시면서 말을 했다.

"저는 오늘 정말 많이 배웠습니다."

"김교수님은 금방 실력이 느실 것 같던데요."

"하하하! 아닙니다. 오늘 두 분의 골프를 보니, 전 엄두가 안 나던데요."

"아닙니다. 교수님의 골프는 참 좋습니다. 금방 싱글골퍼가 되실 겁니다."

"그런 말 마십시오. 전반에만 벌써 13개나 오버했는데요 뭐."

김병도는 속이 타는지 캔에 든 음료수를 벌컥벌컥 마셨다.

"김교수님, 오늘은요, 스코어는 별로 중요하지 않습니다. 방금 9번 홀에서 교수님이 세컨드 샷을 7번 아이언으로 했다는 것이 중요합니다."

"아! 그거요. 참 이상한 게 골프예요. 계속 죽을 쑤다가 그만 포기하려고 하니 가장 어려운 홀에서 파를 잡고 말입니다."

"교수님! 골프는 욕심을 죽이는 운동이라는 거 아시죠? 오늘 교수님은 그 욕심을 죽이는 법을 배우셨어요. 아까 원식이는 욕심을 못 죽여 더블파를 했잖아요. 제가 보기에 원식이와 교수님은 같은 보기플레이어가 아닙니다.”

“하하하! 그렇게 말씀해주시니 고맙습니다. 전 아까 지난 홀에 전변호사님의 드라이버 티샷과 세컨드 샷을 보고 나는 언제나 저렇게 쳐보나 기가 팍 죽더라고요.”

윤성주는 소리 없이 빙그레 웃더니 고개를 돌리며 먼 곳을 바라보며 독백을 하듯 말을 하였다.

“김교수님! 전반에 전변호사가 나보다 훨씬 잘 친 것 같죠? 그러나 스코어는 둘 다 같은 이븐이랍니다. 화려하고 현란한 플레이는 골프를 어렵게 하는 것이랍니다.”

윤성주는 다시 고개를 돌려 김병도를 보며 부드럽게 웃으며 말을 이었다.

“김교수님! 사람들은 쉬운 길을 놔두고 자기를 드러내기 위해 어려운 길을 택하고, 또 그것 때문에 힘들어한 답니다. 자기를 죽이고, 자기의 연약함을 인정하면 훨씬 더 편해질 텐데, 사람들은 자기를 드러내기 위해 어렵고 힘든 길을 일부러 택하는 거지요.”

윤성주는 들고 있던 캔을 입에 대고 한 모금 마신 후 다시 말을 이었다.

“교수님! 저는 어렸을 때 프로야구를 즐겨 보았는데, 외야수들이 중전안타성 타구를 열심히 달려와 슬라이딩하면서 아슬아슬하게 잡아내는 모습이 너무 멋지다고 생각했어요. 그런데 나중에 프로야구선수인 친구에게 들으니 타자가 볼을 치자마자 예상 낙하지점으로 달려가서 기다렸다가 안전하게 잡을 수 있는 것도 한 템포 늦췄다가 나중에야 열심히 달려가 슬라이딩을 하면서 잡는다는 거예요. 그래야 관중들에게 아슬아슬하게 보이고 멋지게 보인다는 거죠. 하하하! 전변호

사도 교수님에게 멋지게 보이고 싶었나 봐요. 그게 전변호사의 골프
고 그의 인생이랍니다. 자신의 실력을 한껏 드러내는 플레이에서 만
족과 위안을 찾고, 그러다가 또 원식이처럼 OB를 내고 넘어져서 아파
하고 말입니다. 그렇게 사람들은 힘들고 어렵게 사는 게 좋은가 봐요.
자기의 연약함을 인정하고 자기를 드러내는 것만 죽이면, 쉽고 편한
길이 있는데……"
　김병도는 윤성주의 말을 알아들었다는 듯 고개를 끄덕였다.
　"좋은 말씀입니다. 그러니까 골프를 쉽게 치라는 거지요?"
　김병도의 말에 윤성주는 고개를 돌려 그의 얼굴을 쳐다보다가 다시
먼 산으로 시선을 돌리며 혼잣말처럼 중얼거렸다.
　"교수님도 조금만 지나면 아실 거예요. 그 사람의 골프가 그 사람이
라는 것을……"


# 16


　아무도 없는 축석골프랜드 4층 구석타석에서 김은경이 혼자 볼을
치고 있을 때, 언제부턴지 김기선이 그녀의 뒤에서 그녀가 볼을 치고
있는 것을 조용히 지켜보고 있었다. 김은경은 김기선이 뒤에서 보고
있다는 것을 전혀 눈치채지 못하고 있었다. 그녀는 백스윙을 할 때마
다 체중이 오른발 의족에 실리면서 오른쪽 엉덩이가 뒤로 기우뚱거리
며 빠져 나왔고, 다운스윙할 때는 왼발로 체중이 순간적으로 옮겨지
는 바람에 피니쉬가 끝까지 이루어지지 못하고 어정쩡한 자세가 되었
다.

　그렇게 그녀가 우스꽝스러운 폼으로 백스윙과 다운스윙을 할 때마다 뒤에서 그것을 지켜보고 있던 김기선의 가슴은 벌떡거리는 심장에 소금을 뿌려 놓은 듯 쓰라리고 아팠다. 얼마나 가슴이 메어지는지 목구멍 아래에서 한 움큼씩 신물이 넘어와 입안 가득 고였다. 김기선은 그 신물을 삼키고 또 삼키고 있었다. 그러나 목이 메어 신물이 목구멍을 넘어갈 때마다 목을 턱턱 죄는 것 같았다. 눈에 넣어도 안 아플 외동딸이 한쪽 다리가 없는 불구자가 되어 자기의 눈앞에서 엉덩이를 씰룩거리며 볼을 치고 있는 모습이 도무지 현실이 아닌 것만 같았다.

　그 동안 김기선은 매일 이 시간에 4층 타석에서 김은경이 혼자서 볼을 친다는 것을 알고 있었지만 한번도 올라와 보질 않았다. 처음에는 그가 나타나면 그녀가 볼을 치는 것을 중단할 것 같아서 못 올라왔었지만 나중에는 그가 도저히 그녀의 모습을 볼 수 없을 것 같아서 못 올라왔었다.

　"아빠, 언제부터 거기 계셨어요?"

　김기선의 눈동자에 눈물이 아른거리고 있을 찰나, 김은경은 어드레스를 풀고 뒤도 돌아보지 않은 채 말을 했다.

　"……, 조금 되었다."

　"제가 볼을 치는 모습이 많이 웃기죠?"

　"아니다! 아빠는 다시 네가 볼을 치는 것을 보니 너무 좋아서 눈물이 다 난다."

　"………."

　김은경은 뒤돌아서 있는 채 고개를 숙였다. 도저히 돌아서서 눈물을 참고 있을 것 같은 아버지를 볼 수가 없었다.

　"아빠! 왜……, 그때, 왜 저를 살리셨어요?"

“………”

“그냥 놔두었으면 이런 꼴도 보지 않았을 것 아니에요.”

“은경아!”

김은경은 들고 있던 골프채로 발 앞에 있는 볼을 툭 건드렸다. 볼은 떼구르르 굴러 그물망 아래로 떨어졌다. 김기선은 고개를 숙이고 있는 그녀에게 다가가 꼭 껴안아주고 싶은 것을 꾹 참고 있었다.

“아빠 제가 행복해 보이나요?”

“………”

“이렇게 살라고 그 사람과 결혼하게 하셨나요?”

“………”

“하루……, 하루를 버티고 있는 제 모습이 그렇게 보고 싶으셨어요?”

김은경의 눈에서 나온 한 방울의 눈물이 그녀의 발 앞에 놓인 하얀 골프공 위에 떨어졌다.

“그래도 전서방이 나 몰라라 하고 가버린 그 놈보다는 백배는 낫잖니?”

“아빠는 잘 모르시면서 그 사람만 미워하지 마세요.”

“그래, 아빠는 지금도 너를 그 꼴로 만든 그 놈을 어떻게 해야 복수를 해줄까……, 하루에도 몇 번이고 야구방망이를 들고 그놈을 원 없이 패 버릴까……, 아니, 다리몽둥이를 분질러 쫓아버릴까……”

“아빠! 정말 왜 그러세요?”

김은경은 갑자기 소리를 지르며 휙 돌아서서 김기선을 보았다. 그녀는 울먹이는 큰 목소리로 소리쳤다.

“그 사람을 여기에 못 나오게 하시면 제가 용서하지 않을 거라 그랬

죠? 그 사람은 제가 이렇게 쩔뚝거리며 걷는 모습을 보아야 한다고 했
죠? 제가 전서방이랑 같이 밥을 먹는 모습을, 웃고 행복해 하는 모습
을 그 사람은 보아야 한다고요! 알겠어요?”

김은경은 흐르는 눈물을 닦지도 않고 계속 소리치듯 말했다.

“이제 조금만 있으면 난 그 사람과 같이 골프도 칠 거예요. 그 사람
은 제가 이렇게 웃기는 모습으로 골프하는 것을 보아야 해요. 알겠어
요? 알겠나고요?”

김기선은 울부짖는 김은경을 차마 볼 수가 없었다. 그는 고개를 들
어 천장을 보면서 소리를 내어 울었다. 엉엉 우는 그의 두 뺨 위로 눈
물이 흘러내려와 목을 타고 가슴을 적셨다.

## 17

“아버님! 은경이는 제가 책임을 지겠습니다. 아버님도 아시잖아요.
제가 은경이를 얼마나 사랑하는지.”

동맥을 끊고 자살을 기도한 김은경의 병실에서 전국창은 김기선에
게 조용조용 속삭이듯 말하고 있었다.

“그래도 우리가 어떻게……, 우리도 염치가 있지……”

눈에 눈물이 가득한 김기선은 고개를 숙인 채 말을 더듬고 있었다.

“아버님! 아버님 눈에는 제가 동정심으로 이러는 것으로 보입니까?
아버님도 잘 아시다시피 저도 처음부터 은경이를 사랑했습니다. 그
동안은 성주 때문에 이러지도 저러지도 못하고 있었지만 이제는 아닙
니다. 이제는 저도 제 사랑을 찾아야겠습니다. 은경이가 한쪽 발이 아

닌 두 발이 다 없어진다고 하더라도 은경이에 대한 제 사랑은 변하지 않습니다. 전 꼭 은경이와 결혼을 하여 은경이를 행복하게 만들어 주겠습니다."

전국창은 그렇게 말하면서 대학 4학년 겨울 방학 때 사우스캐롤라이나 블랙리찌 골프클럽 마지막 홀에서 김은경에게 당했던 수모를 떠올렸다. 전국창은 자신의 인생에 있어 가장 치욕적이었던 그 날의 일을 한시도 잊어본 적이 없었다. 다음날 혼자 비행기를 타고 한국으로 돌아오면서 그는 자기 자신이 너무 부끄러워 태평양에 그대로 빠져버렸으면 좋겠다고 생각했었다.

그 후, 전국창은 마치 아무 일도 없었다는 듯이 윤성주와 김은경과 함께 어울려 다녔지만, 윤성주에 대한 질투심과 김은경에 대한 복수심은 날이 갈수록 더해만 갔었다. 전국창은 참을 수 없는 그 분노를 매일매일 삭히며 살아왔었다. 그리고 드디어 김은경에 대한 복수를 할 기회가 온 것이었다. 김은경에 대한 처절한 복수는 망가질 대로 망가진 그녀와 결혼을 하여 그녀를 행복하게 만들어 주는 것이었다. 그래서 그녀의 입에서 지난날 그녀가 자기에게 했던 일이 잘못된 것이라고, 그녀가 어리석었노라고 말하게 하는 것이었다.


전국창이 김기선에게 자기의 청혼을 허락해 달라고 말하고 있을 때 의식을 잃고 침대에 누워 있던 김은경의 눈에서는 뜨거운 눈물이 흘렀다. 그녀는 윤성주가 전국창에게 자기를 부탁한다고 말했다는 것이 도저히 믿어지지 않았다. 아무리 험한 일이 닥쳐도 죽음까지 같이 하자고 맹세했던 윤성주였다. 손에 익은 그립이 아무리 닳고 헐어도 쉽게 바꾸지 않는 김은경을 보고, 자기도 앞으로는 어떤 물건이라도 오

래되고 낡아도 쉽게 버리지 않겠노라고 그녀와 새끼손가락 걸고 약속
했던 윤성주였다. 그런 윤성주가 자기의 다리 한쪽을 없앴다는 자책
감 때문에, 감옥에 들어가야 하기 때문에 자기를 행복하게 할 수 없다
고 전국창에게 자기를 맡기고 떠나간다는 것이 말도 안됐다. 김은경
은 자기야말로 애인이 보는 앞에서 강간당한 몸으로 다리 한쪽마저
절단하고 없는 현실에, 사랑하는 사람마저 감옥으로 가는 희망이 없
는 상황이 버거워 동맥을 끊고 삶을 마감하기로 결심했었다.

김은경은 자기의 인생이 서러워 눈물이 그치지 않았다. 자기를 죽
게 내버려두지 않고 병원으로 들쳐 업고 온 아버지가 너무나 원망스
러웠다. 김은경은 하늘을 보고 하나님에게 따지고 싶었다. 이러는 게
아니라고, 이건 너무 하는 거라고 엉엉 울면서 따지고 싶었다.

그 시간, 윤성주는 감옥의 벽에 머리를 쿵쿵 박고 있었다. 울고 있
을 것만 같은 김은경의 얼굴이 떠올라 미칠 것만 같았다.

"너만 행복하면 되는 거야. 난 아무렇게나 되도 좋아. 너만 행복하
면 되는 거야."

윤성주는 같은 말만 되풀이하면서 머리를 차가운 벽돌 벽에 쿵쿵
박고 있었다. 어느 순간 그의 이마가 뭉개지면서 한줄기 피가 흘러나
왔다. 그 피는 이마를 타고 그의 눈으로 들어가 눈물과 함께 흘러내려
그의 얼굴을 온통 피눈물의 범벅으로 만들고 있었다.

## 18

　사천재건냉면집에서 윤성주, 전국창, 홍원식과 함께 냉면을 먹고 있던 김병도는 강근호의 전화를 받자마자 황급히 식사를 마치고 음식점을 나왔다. 그들은 진주CC에서 골프를 마친 후, 시원한 냉면 한 그릇을 먹기 위해 고속도로를 타고 사천까지 나왔다.

　사천재건냉면집은 진주 일대에서 매우 유명한 냉면집이었다. 사천재건냉면은 시커먼 메밀면발도 감칠맛이 있었지만 면발 위에 얹은 고물이 일품이었는데, 얇게 여민 고기산적을 고물로 아낌없이 얹어 놓아 냉면 한 그릇을 다 먹으면 배가 부르다고 느낄 정도로 양이 많았다. 진주 인근에서 소문이 자자한 이 냉면집은 규모도 웬만한 중소기업과 견줄 만해서 사천시 세금의 절반은 이 집에서 나온다고 소문날 정도였다.

강근호의 전화 목소리는 매우 다급하고 당황스럽게 들렸다. 강근호는 흥분된 목소리로 복실이가 파수를 시작했으며 꼬리를 말아 올리고 진통을 계속하고 있어 곧 첫 번째 새끼가 만출될 것 같다고 했다. 전화를 받은 김병도는 차를 타고 곧바로 냉면집 옆에 있는 사천IC로 진입했다. 그는 남해고속도로를 타고 경남국립대학교 부속농장까지 20분도 안 걸려 도착하였다. 토요일 오후가 되면 고속도로에 통행차량들이 평소보다 많아지기 때문에 시간이 더 걸릴 수도 있을 것으로 생각했으나 김병도가 추월차선을 따라 빠른 속도로 달리는 동안 다행히 정체현상은 일어나지 않았다.

김병도는 부속농장의 돈사 앞에 차를 급히 주차시켰다. 돈사의 분만사 앞에는 바이오제약의 잠바를 입고 있는 사내 3명이 서 있었고 세콤회사 직원들이 분만사 출입문에 무인경비시스템을 설치하고 있었다. 김병도가 차에서 내려 분만사 쪽으로 걸어오자 바이오제약 직원들이 그를 보고 정중히 인사를 하였다.

"교수님, 안녕하십니까? 아직 새끼는 안 나오고 있답니다."

"아, 그래요. 그런데 저건 뭐죠?"

"예, 세콤입니다. 사장님께서 혹시 모른다고 설치하라고 지시하셨습니다."

"김사장님도 오늘 새끼 낳는 것을 아시나요?"

"그럼요. 보고를 받자마자 지금 서울에서 내려오시고 계십니다."

김병도가 짧게 인사를 하고 분만사의 문을 열고 들어가자 강근호가 그를 보고 살았다는 안도의 눈빛으로 달려왔다. 강근호는 벌게진 얼굴로 다소 호들갑스럽게 말했다.

"교수님, 아무래도 초산이다 보니, 난산이 될 것 같습니다."

"음, 원래 랜드레이스가 초산에는 좀 그런 경향이 있지."

김병도는 분만틀에 누워 씩씩거리는 복실이를 이리저리 살펴보았다. 복실이는 진통이 심한 지 몸을 좌우로 흔들며 용을 쓰고 있었다.

"옥시토신은 준비해 두었지?"

"그럼요. 여기 있습니다."

강근호는 옥시토신과 주사기가 들어 있는 스텐레스 쟁반을 들어 보였다.

"파수된 지 얼마나 됐지?"

"예, 한 두 시간쯤."

김병도는 손을 물로 씻은 다음 알코올로 다시 소독하였다. 그리고 올리브기름을 손등까지 묻힌 다음 복실이의 음부에 손을 집어넣었다. 뜨거운 열기가 그의 손끝에서 손등까지 전달되어 왔다. 김병도가 손등까지 음부 깊숙이 집어넣자 태아가 그의 손끝에 걸렸다.

"새끼가 산도에 걸려 못 내려오고 있었네. 근데, 이 놈 새끼 벌써 죽은 거 아녀?"

"예? 아직 죽을 만큼 시간이 오래된 건 아닌데요."

김병도 옆에서 땀을 뻘뻘 흘리며 서 있던 강근호는 새끼가 죽었을지도 모른다는 말에 어쩔 줄 몰라 했다.

"어디 보자. 음……, 그래 살아 있다. 죽지는 않았네."

김병도가 강근호를 보면서 윙크를 해 보이자 강근호는 금방 얼굴에 화기가 돌았다. 김병도는 손가락 끝으로 태아의 크기와 위치 및 체위를 확인하고 태아의 앞다리 사이에 태아의 머리를 넣고 두 다리를 꽉 쥐었다. 그는 왼손으로 씩씩거리는 복실이의 등을 쓰다듬으며 다정다감한 목소리로 말했다.

"복실아! 준비됐으니까 힘줘. 이제 네가 도와줄 차례야."

김병도가 복실이에게 '힘 줘!'라고 말하자 복실이는 마치 그 말을 알아들은 것처럼 진통을 시작했다. 그러나 실상은 복실이의 진통에 맞추어 김병도의 손이 움직였지만 강근호가 보기에는 복실이가 김병도의 말을 듣는 것처럼 신기하게 보였다.

"자, 나온다. 거즈 준비해라!"

김병도의 손에 드디어 태아의 앞다리가 잡혀서 나오고 있었다. 언제 들어왔는지 김병도의 등 뒤로 대학원생들과 바이오제약 직원들이 손뼉을 치기 시작하였다.

"쉿! 복실이 놀라니까, 조용히!"

김병도는 뒤를 돌아보며 조용히 말한 후, 씩씩거리고 있는 복실이를 보았다. 복실이는 자기가 새끼를 낳는다는 것을 아는지 눈가에 눈물이 고여 있었다. 김병도는 젖은 거즈로 새끼를 닦으면서 자기 새끼를 낳는 것은 세상에서 가장 아름답고 가치 있는 일이라고 생각했다. 자기 새끼는 자기 목숨보다 귀중하고 소중한 것이다. 복실이는 이 새끼를 위해 과연 죽을 수 있을까? 누가 이 새끼를 죽인다고 하면 목숨을 걸고 싸울 수 있을까? 두 손으로 한국 최초의 복제돼지를 들고 김병도는 자신의 아들 종수를 떠올렸다. 그는 종수를 위해서라도 이혼만은 절대로 안 된다고 생각했다.

김병도는 강근호에게 강심제와 옥시토신을 복실이에게 주사하라고 지시한 뒤 분만사를 나왔다. 이제 복실이는 나머지 3마리의 태아를 쉽게 낳을 수 있을 것이었다. 김병도는 분만사 밖으로 나와 담배를 피워 물고 파란 하늘을 보면서 오늘 윤성주가 한 말들을 곱씹어 생각해 보았다. 김병도는 오늘 라운딩에서 윤성주에게 많은 것을 배웠다. 그것은 단지 골프의 기술이나 전략 이상의 것이었다.

"그 사람의 골프가 그 사람이라고……."

김병도는 윤성주가 했던 말을 자기도 모르게 중얼거렸다. 윤성주의 그 말은 그 사람의 골프를 보면 그 사람의 사는 방식을 알 수 있다는 말로 이해되었다. 그리고 그는 그 말이 맞는 말이라고 생각했다. 그렇다면 오늘 보여준 전국창의 골프에서 전국창의 삶을 단편적으로 알 수 있을 것도 같았다.

오늘 전국창의 골프는 환상적이었다. 단 한 번의 보기도 없었고, 버디 두 개와 나머지 홀은 모두 파로 장식하였다. 그는 언더파를 친 것이 오늘로 세 번째라고 하였다. 전국창은 매 샷마다 최선의 노력을 다 하였다. 세컨드 샷에 그린을 놓쳐도 너무도 진지하게 파를 세이브하였다. 홀컵을 향한 계획적이고 공격적인 그의 골프실력은 이미 아마추어 단계를 넘어선 것처럼 보였다. 꾸준한 연습으로 단련된 기술을 바탕으로 한 거침없는 자신감을 가지고 모든 홀들을 공략하였다. 반면 윤성주의 플레이는 너무 싱거워 보였다. 그러면서도 그는 버디 하나에 모든 홀을 파로 마감하는 경이로움을 보여주었다. 특히 후반 두 번째 홀, 파 5에서는 버디가 가능했는데도 불구하고 의도적으로 파를 한 것처럼 비춰지기도 하였다. 윤성주의 말에 따르면 그것이 윤성주의 골프고 그의 인생이었다. 오늘 윤성주는 전국창을 상대로 최대한 인내하는 골프를 하면서도, 철저하게 자신을 지키는 골프를 하였다.

# 19

"성주야! 판사랑 삼년 정도로 합의를 보았다."

전국창은 구치소 면회실에서 낡은 탁자를 사이에 두고 윤성주와 앉아 있었다. 윤성주가 구치소에 들어온 지 반년이 지나가고 있는 겨울이었다. 초췌한 모습의 윤성주는 탁자 위에 놓인 전국창의 검은 서류 가방에 시선을 고정한 채 미동도 하지 않고 있었다.

"미안하다. 이게 내가 할 수 있는 최선이야."

전국창의 눈에는 눈물이 아른거렸다. 그는 폐인과 같은 모습으로 넋을 잃고 앉아 있는 윤성주에게 연민을 느꼈다.

"유가족들과는 내가 알아서 보상해주기로 했으니 넌 신경 쓰지 말고……."

전국창은 손수건을 꺼내 이마를 닦는 척하면서 눈에 맺힌 눈물을 찍어냈다. 윤성주는 가방만 보고 있었지만 그가 눈물을 닦았다는 것을 느낄 수 있었다.

"그래, 고맙다. 친구가 변호사니 이렇게 도움을 받는구나."

윤성주는 그렇게 말하면서 손가락으로 탁자 위에 동그라미를 조그맣게 그렸다. 그 동그라미 안에 김은경의 얼굴이 나타났다가 사라졌다. 순간적으로 윤성주의 눈에도 눈물이 맺혔다.

"야! 이 새끼야!"

전국창은 더 이상 못 참겠다는 듯이 자리를 박차고 일어나며 소리쳤다.

"이제, 어떻게 할 거야? 너는 그렇다 치고 은경이는 또 어쩔 거냐고!"

전국창은 출입문 쪽으로 뒤돌아서서 고개를 들어 천장을 보았다.

"그래……, 우리 은경이는 어떠니…… 어쩌고 있니……"

윤성주는 초점 없는 눈동자로 울먹였다. 세상의 막다른 곳에 갇혀 꼼짝달싹 할 수 없는 자신이었다. 더 이상 도망갈 곳도 없는 곳에 갇혀 절대자의 처분만 기다리고 있는 형국이었다.

"나……, 많이……, 많이……, 미워하지. 나……, 어…… 떡…… 하니 국창아."

"이 새끼야! 뭘 어떡해!"

전국창은 휙 돌아서서 탁자를 손바닥으로 내려치면서 말했다.

"나도 몰라, 이제 은경이가 죽든지 살든지 나도 모른다고!"

윤성주는 고개를 푹 숙였고 전국창은 고개를 들어 천장을 보았다. 한동안 그렇게 침묵이 흐르고 윤성주는 조용히 고개를 들었다. 그리고 탁자를 집고 있는 전국창의 손위로 자기의 손을 올렸다.

"국창아, 너마저……, 너마저 은경이를 모른다고 하면 안 되지. 우린 다 친구잖아. 너라도 은경이를 지켜주어야지."

"뭐라고? 넌 일을 이 따위로 벌여놓고, 이제 와서 나보고 은경이를 지켜달라고?"

전국창은 그럴 수 없다는 표정으로 윤성주의 멱살을 움켜쥐었다.

"그럼 어떡하니……, 이제 믿을 사람은 너밖에 없는데……."

윤성주는 멱살을 잡힌 채 시선을 천장으로 옮기며 말했다. 눈물 가득한 그의 눈동자에는 며칠 전에 찾아온 김기선의 증오에 가득 찬 얼굴이 새겨져 있었다.

# 20

김기선은 말없이 윤성주를 노려보고 있었다. 그의 눈빛은 형용할 수 없는 분노와 증오로 가득 차 있었다. 윤성주는 그런 김기선을 바로 볼 수 없어 고개를 푹 숙이고 있었다. 그는 용서받을 수 없는 죄인의 모습으로 죽고만 싶었다.

"넌 알고 있었지?"

김기선의 섬뜩한 말에 윤성주는 고개를 들었다. 김기선의 갑작스런 말이 무슨 뜻인지 몰랐기 때문이었다.

"넌 알고 있었지?"

조용하지만 금방이라도 폭발할 듯 떨리는 목소리로 김기선이 다시 물었다. 윤성주는 그 말이 무슨 뜻인지 정말 모르겠다는 눈빛으로 김기선을 쳐다보았다.

"넌 우리 은경이가 임신을 했다는 것을 알고 있었을 것 아니야!"

커다란 망치가 윤성주의 뒤통수를 때리고 지나갔다. 윤성주는 정신이 혼미해졌다. 김은경이 임신을 했다는 것은 처음 듣는 일이었다. 순식간에 그의 머리는 빠른 속도로 돌아갔다. 그리고 마침내 그의 생각이 뱃속에 있었다는 아이의 상태에 도달했을 때, 김기선은 차갑고 증오에 찬 눈초리로 윤성주를 노려보며 말을 했다.

"넌……, 네가 차로 죽인 그 놈만 죽인 게 아니야. 우리 은경이도 죽였고, 네 새끼까지 죽였어. 알아들었어?"

"아버님!"

윤성주는 참을 수 없다는 듯이 벌떡 일어나며 소리를 쳤다. 그러나 그는 그 뒷말을 잇지 못하고 멍하니 서 있었다. 할 말이 없었다.

"난 지금 너를 죽여 버리고 싶어. 그러나 은경이 때문에 참는 거야. 한쪽 다리를 잘라내고, 뱃속의 아이까지 유산된 불쌍한 은경이 때문에……, 그래도, 은경이는 너를 용서하라고, 너는 잘못이 없다고 하지만 난 죽어도 널 용서 못한다."

김기선의 단호한 말에 윤성주는 다시 고개를 숙였다. 할 말이 있는 것 같았으나, 변명의 한마디라도 하고 싶었지만 다시 생각해 보니 자신은 지울 수 없는 죄를 지은 죄인이었다.

"이제 너와 우리와의 인연은 이것으로 정리하자. 내가 너에게 해 줄 수 있는 최대한의 용서가 이것이다. 네 아버지에게도 말을 했고, 네 아버지와의 관계도 정리가 끝났다."

윤성주는 고개를 들어 김기선을 보았다.

"아버님……"

윤성주의 눈에서 뜨거운 눈물이 흘렀다. 김기선은 눈물을 흘리는 윤성주를 쳐다보다가 시선을 피하며 떨리는 목소리로 말을 이었다.

"한편으로는 나도 네가 불쌍하다고 생각해. 하지만 우리의 인연은 더 이상 엮일 수 없나 보다. 네 새끼가 세상에 나오기도 전에 벌써 관계를 정리한 것처럼 우리의 관계도 더 일찍, 아니 시작을 하지 않았으면 좋았을 것을…… 이놈아! 나도 부자가 같이 구치소에 있는 것을 보는 것이 쉽지 않다고……, 은경이를 볼 때마다 네가 죽이고 싶도록 미워지는 것을 참는 것도 힘들고……, 알았어?"

김기선은 말을 채 끝내지도 않고 뒤돌아 출입문 쪽으로 걸어갔다. 그리고 문을 열고 나가려다가 잠시 멈춰 서서 한마디를 더 했다.

"앞으로 다시는 우리 서로 보지 않도록 하자!"

윤성주는 김기선이 나간 문을 한참이나 뚫어지게 바라보고 있었다.

그는 김기선의 마음을 충분히 이해할 수 있을 것만 같았다. 불행은 몰려다닌다고 했다. 윤성주가 사건을 저지르고 구치소에 구치된 직후, 윤성주의 아버지 윤태경이 경영하던 (주)태경건축은 부도가 났다. 520억원이나 투자해서 진주시청 앞에 지은 22층 복합상가가 완공을 앞둔 시점이었다. IMF에도 불구하고 (주)태경건축은 그 건물의 건축을 계속 진행시켜 왔었다. 건축자재 값이 하루가 다르게 인상되고 있던 때라 여기저기서 건축회사들의 부도가 줄을 이었다. 결국 자금상태가 좋았던 (주)태경건축도 자금난에 봉착했고 윤태경은 친구인 김기선의 도움을 받기에 이르렀다. 그러나 김기선도 거의 전 재산을 투자해서 설립한 진주CC가 IMF 이후 회원권의 폭락과 함께 부도직전까지 몰렸었다. 둘의 평생 친구관계는 그렇게 돈 앞에서 금이 가고 있었다. 그리고 (주)태경건축의 부도와 함께 김기선의 진주CC도 다른 사람의 손으로 넘어갔다. 땡전 한 푼 없이 전 재산이 날아간 상황에서 하나밖에 없는 딸은 한쪽 다리를 절단하고 병원에 누워 있었다. 가장 친한 친구는 자신의 전재산을, 그 친구의 아들은 딸의 인생을 송두리째 앗아간 것이었다.

윤성주는 그런 김기선의 분노를 충분히 이해하고 있었다. 아버지와의 평생 우정 때문에 분노를 누르고 있는 김기선에게 윤성주는 아무 말도 할 수가 없었다. 그저 갚을 수 없는 죄를 지은 죄인일 뿐이었다.


# 21


사천재건냉면집 앞뜰에서 전국창은 윤성주와 단 둘이 서 있었다.

전국창은 배가 부른지 오른손으로 배를 쓰다듬으며 담배를 피워 물었다. 김병도는 전화를 받고 일찍 자리를 떴고 조금 있다가 홍원식도 바쁜 일이 있다고 서둘러 가버린 후였다. 윤성주와 전국창은 서로 말이 없는 어색한 분위기로 한참 동안을 그렇게 시간을 보내고 있었다. 윤성주는 멋드러지게 휘어진 노송을 이리저리 살피며 만지고 있었고, 전국창은 향로처럼 생긴 커다란 휴지통 옆에서 담배를 피우고 있었다.

"오랜만에 필드에 나와도 실력은 하나도 변하지 않았던데."

윤성주는 빙그레 웃으며 노송의 껍질을 만지며 대답을 했다.

"너야말로 실력이 많이 늘었던걸. 오늘 베스트 스코어를 기록했지?"

"하하하! 난 오늘 너에게 한번 보여주려고 온 힘을 다했지."

"그래, 너 실력이 많이 늘었더라. 이제는 나보다 더 잘 치더라. 네가……."

"오호, 무슨 소리. 다른 건 몰라도 골프는 항상 네가 나보다 한 수 위지. 오늘 너는 감회가 새로워서 그런지 전투의욕이 전혀 없던데. 예전의 너의 모습이 전혀 없었어."

"예전의 나의 모습은 어땠는데?"

"아, 왜 있잖아. 결정적일 때, 꼭 넣어야 할 때 꼭 집어넣는 집요함. 그럴 때 너의 눈빛은 정말 먹이를 노려보는 독수리 같았지. 그런데 오늘 너의 눈빛은……, 뭐랄까 왠지 세상을 달관한 듯한 느낌까지 들던데. 들어가도 그만, 안 들어가도 그만이라는……."

"그래? 내가 오늘 그렇게 골프를 쳤나?"

전국창은 다시 담배를 깊이 한 모금 빨아 마신 후, 허공을 향해

'후!' 하고 연기를 뱉어냈다.

"그래서 오늘 너와의 승부는 진정한 우리들의 승부가 아니었지."

윤성주는 전국창의 말에 또 말없이 빙그레 웃었다.

"성주야! 나는 너와 다시 한 번 진검으로 붙고 싶어. 예전에 우리가 마치 인생을 걸고 붙었던 것처럼 난 너랑 진검승부를 하고 싶어."

"하하하! 너의 쌈닭 기질은 아직도 변함이 없구나."

"어차피 사는 게 경쟁이라면 그 경쟁도 즐기면서 살아야지. 안 그러냐? 그런데 다른 놈들과의 게임은 너하고 만큼 재미가 없어. 너와 골프를 할 때만큼의 긴장감을 주지는 못해."

"………"

윤성주는 노송에서 눈을 돌려 전국창을 바라보았다. 그의 눈빛은 언제나 젖어 있는 듯했다. 그는 떨리는 듯한 눈빛으로 무엇인가를 말하려고 하다가 멈추었다. 전국창은 그런 윤성주를 한번 힐긋 쳐다본 후 다시 말을 했다.

"왜? 이제는 나와 골프를 치는 게 별로 재미가 없냐?"

"………"

"나는 예전의 우리끼리 골프를 치던 그 시절이 너무 그리운데, 넌 아닌가 보지?"

윤성주는 노송을 바라보던 시선을 돌려 전국창의 얼굴을 보면서 차분한 목소리로 말했다.

"넌……, 너무 승부욕이 강해. 그래서 골프에 너무 많은 의미를 부여하고. 그런데 나는 또 그런 너에게만은 지고 싶지 않아 했었지. 아마 우리가 너무 친했던 친구였기 때문에 그랬을 거야. 하지만 이제는 그런 것이 모두 내게는 의미가 없어져 버렸어. 나는 이제 너의 라이벌도 아니고, 너는 우리들 인생의 승리자야.”

윤성주는 그렇게 말하고 다시 시선을 노송 쪽으로 돌리며 말을 이었다.

“한번 댄싱 간 스타킹은 아무리 노력해도 새것처럼 고칠 수 없는 것처럼, 이미 한번 댄싱 간 내 인생에서 너와의 승부가 무슨 의미가 있겠니. 이제 나의 골프는 승부가 아닌 추억이고, 아픔이고, 그리고 회복이야.”

세상을 초월한 듯한 윤성주의 말에 전국창은 담배꽁초를 재떨이에 비벼 껐다. 담배꽁초는 한순간에 까만 재를 남기고 쓰레기 통속으로 들어갔고 전국창은 자신의 손끝이 파르르 떨리는 것을 느꼈다.

‘한번 댄싱 간 인생이라……’

방금 윤성주가 한 말이 전국창의 머리 속에서 윙윙거리며 맴돌았다.


# 22


“김은경! 이제 그만……, 한 번만 내 부탁을 들어주면 안 되냐?”

잠결에 들려오는 전국창의 목소리 때문에 김은경은 눈을 떴다. 어두침침한 병실에 전국창이 그녀가 누워 있는 침대에 머리를 기대고 그녀의 손을 잡고 있었다. 전국창에게서 지독한 술 냄새가 풍겨왔다. 그녀는 전국창에게 잡혀 있는 자신의 손을 빼려고 하다가, 그러면 전국창이 눈치챌까 봐 가만히 있기로 했다.

“나는 너에게 다 주고 싶은데, 너는 왜 나를 한번도 받아주지 않는 거니?"

전국창은 잠꼬대를 하듯이 혀가 꼬부라진 목소리로 혼잣말을 계속했다. 그가 말을 할 때마다 술 냄새는 농도를 더했고 그 술 냄새 사이로 여자의 싸구려 향수냄새가 역겹게 묻어 나왔다. 그는 여자가 있는 술집에서 술을 마신 게 틀림없었다.

"나도 두려워. 너와 결혼을 하여 행복할 수 있을까…… 나도 모르겠어……."

전국창은 술의 힘을 빌려 그렇게 넋두리하듯 말을 하고 있었지만 자신의 깊숙한 진심은 이건 일종의 도박과 같은 배팅이라고 말을 했다. 김은경과의 결혼은 아버지와 어머니의 말처럼 동정도 아니었고 김기선에게 말을 한 것처럼 사랑도 아니었다. 더 솔직한 심정은 김은경에게 복수를 해야겠다는 이유였고, 윤성주에게 그런 자신의 모습을 보여주어야겠다는 치기였다. 그것은 세상 사람들에게 그렇게 보여주고 싶다는 욕망이었고, 그러한 자신의 모습을 생각해 보면 만족할 것 같은 이기였다. 그리고 더 깊숙한 생각의 끝에는 자신에게 당할 김은경이 불쌍했고, 그 뒤에는 그렇게 할 수밖에 없는 자신도 불쌍했다. 결국 생각은 모든 일을 이렇게 만든 윤성주에 대한 증오로 이어졌다. 처음부터 윤성주만 없었어도 모두가 행복할 수 있었을 것 같았다. 아니, 윤성주가 그때 져주기만 했었어도 모두가 행복했을 것이다.

전국창에게 있어 자신보다 못한 놈에게 진다는 것은 참을 수 없는 고통이었다. 고통을 이겨내기 위해서는 고통의 근원을 없애버리는 것이었다. 전국창은 그것을 위해 노력했고, 그리고 이제 마침표만 찍으면 되는데, 그는 마음 한 구석이 자꾸만 불편함을 느끼고 있었다. 그래서 오늘밤에는 모르는 여자를 안고 술을 마셨다. 술을 마시고 윤성주와 김은경을 마음껏 원망하였다.

"다 너희들이 벌린 일들이야. 너희들 책임이라고! 너희들 때문에 내 인생까지 금이 가 버렸다고!"

전국창은 비틀거리며 병원까지 오면서 그렇게 소리를 질러댔다.

## 23

"좋아! 그럼 부탁 하나만 들어줘라."

전국창은 노송을 보고 있는 윤성주의 어깨에 손을 올리며 말했다. 윤성주는 고개를 돌려 전국창을 보았다. 이제껏 한번도 자기에게 부탁이라는 것을 해 본 적 없는 전국창이었다.

"너는 내 부탁을 들어 줄 의무가 있다고 생각하니까."

윤성주는 전국창의 말뜻을 잘 알고 있었다. 언젠가 전국창에게 말했던 것처럼 윤성주는 전국창에게 인생의 빚쟁이였다. 언제든지 부탁을 해 온다면 무조건 들어줘야 할 의무가 있었다.

"내가 꼭 밟아주고 싶은 놈이 둘이 있는데, 둘 다 초고수야."

전국창은 또 담배를 피워 물었다.

"이놈들은 전국구 타짜들인데, 내가 한번도 이겨 보질 못했어. 한 놈은 부산에 있는 놈이고, 또 한 놈은 서울에서 사업을 하는 놈이야. 다음 주 토요일에 순천에 있는 승주CC에서 한 판 붙기로 되어 있는데, 네가 꼭 좀 도와주어야겠다."

윤성주는 담배를 피우고 있는 전국창의 눈을 보았다. 누구에게든지 지고는 못 사는 전국창이 매서운 눈빛으로 노송을 노려보며 말했다.

"부산에 있는 놈은 신천웅이라는 놈으로 아마 우리나라 최고의 왼손잡이 골퍼일 거야. 그리고 서울에 있는 놈은 김덕상이라는 놈인데, 내가 이때까지 본 놈들 중 숏게임을 제일 잘하는 놈이야. 숏게임을 정말 귀신처럼 하지."

전국창의 말을 듣고 있던 윤성주는 조금 어이가 없었다. 세상에 부러울 것 하나 없을 것 같은 성공한 인생의 전국창이 세상 막다른 곳에 서 있는 자신에게 부탁한다는 것이 고작 자기보다 골프 좀 잘 친다는 사람을 꺾어 달라는 것이었다. 윤성주는 그런 전국창의 코미디 같은 부탁을 들으며 사람은 아무리 행복해도 결코 만족하지 못하는 존재라고 생각했다.

"웃기게 들리겠지만, 이건 장난이 아니야. 내 자존심이 걸린 문제고, 명예가 걸린 문제지."

전국창의 단호한 말에 윤성주는 자기도 모르게 하마터면 웃음이 나올 뻔했다. 갑자기 자존심과 명예까지 들먹이는 전국창이 이상해 보였다.

"네가 감옥에 들어간 후, 진주에는 나와 대적할 만한 골퍼가 없었어. 그래서 슬슬 원정골프를 다니다가 타짜들의 세계에 빠져들었지. 처음에는 그냥 재미삼아 시작을 하였는데 돈을 잃은 것이 문제가 아니고 나중에는 자존심이 상해서 더 깊숙이 빠져들게 되었어. 매주 지역을 바꿔가며 혈투를 벌리며 여러 놈들과 붙었었는데, 그 동안 내가 한번도 이겨 보지 못한 놈들이 바로 이 두 놈이야. 신천웅과 김덕상!"

윤성주는 더 이상 참지 못하고 웃어 버렸다. 코미디 같은 이야기를 너무나 진지하게 말하는 전국창이 웃겨 보였다.

"하하하! 알았다. 다음 주에 같이 가자."

윤성주는 그 코미디를 끝내고 싶어 쉽게 대답을 하였다.

"그렇게 웃을 일이 아니라니까. 이건 네가 알고 있는 그런 골프가 아니란 말이야."

전국창은 너무 쉽게 대답을 한 윤성주를 똑바로 보면서 말했다. 하지만 윤성주는 웃음을 멈추지 못하고 손을 내저으며 말했다.

"알았어, 알았다니까. 대신 넌 돈이나 준비해라. 난 네가 알다시피 돈이 한 푼도 없는 무일푼이니까."


# 24


김병도는 일요일 아침에 신문을 보면서 매우 당황하고 있었다. 신문 일면에 '세계최초 형질전환 복제돼지 성공'이라는 글씨가 대문자로 크게 인쇄되어 있었다. 그리고 그 밑에는 장황한 부연 설명이 민망스럽게 붙어 있었다. 마치 금방이라도 형질전환 복제돼지를 통해 전 세계 신부전증 환자들이 치료를 받을 수 있을 것처럼 호들갑스런 문구들이 써 있었다. 아무리 언론이 시사성 있는 기사에 목말라 있다고 하지만 김병도는 자신을 영웅처럼 떠벌리는 기사들이 민망하기 그지없었다. 이제 실험의 시작단계인데 이미 다 끝난 것처럼 기사가 나간 것에 그는 약간의 부화도 치밀어올랐다.

복실이가 새끼를 낳은 직후, 김성훈 사장은 서울에서 몇 명의 기자들을 대동하고 진주에 내려왔었다. 홍보도 사업에 있어 중요하다는 그의 말에 일리가 있어 김병도는 복실이가 낳은 돼지새끼들을 안고 사진도 찍었었다. 그런데 그 사진이 다음 날 아침에 이렇게 신문에 대문짝만 하게 나올 것이라고는 전혀 예상하지 못했다. 그리고 일요일 아침인데 여기저기서 전화가 걸려오기 시작했다. 지역 라디오 방송에서부터 서울 중앙방송까지 거의 모든 언론에서 연락을 해오는 것처럼 느껴졌다. 바이오제약 측에서 보도자료를 만들어 언론에 돌렸다고 했다.

김성훈 사장은 모든 것은 바이오제약에서 알아서 할 것이니 김병도는 기자들에게 있는 그대로만 말해달라고 당부했다. 김병도는 기자들에게 현재 첫 번째 형질전환 복제돼지가 태어났으며, 앞으로 이 돼지들이 정말 형질전환이 된 것인지 확인작업을 거쳐야 한다고 말을 했다. 그런데 모든 언론에서는 복제돼지의 출산에만 열광을 하였다. 김병도는 당황스러웠지만 복제돼지가 태어난 것은 사실이기 때문에 더 이상 토를 달지 않기로 하였다.

월요일 아침부터 김병도는 TV의 방송출연을 시작했다. 그는 만약 복실이의 새끼들이 형질전환 돼지로 확인되면 신부전증 환자들에게는 획기적인 소식이 될 것이라고 말을 했다. 바이오제약의 주식은 매일 상한가를 기록하며 치솟기 시작했다. 동시에 코스닥 시장에서는 생명공학 주가들도 동반 상승을 하였다. 주당 오천원하던 바이오제약의 주가가 열 배인 오만원을 돌파하기까지 이주일도 채 걸리지 않았다.

# 6

# 흔들리는 세상

## 25

아까부터 김은경은 촉석골프랜드 휴게실 창밖을 보고 있었다. 모든 타석에서는 사람들이 말없이 연습을 하고 있었다. 볼공급기에 볼이 와르륵 쏟아져 들어가는 소리와 클럽헤드에 볼이 맞는 소리가 여기저기서 산만하게 들렸다. 드라이버에 맞은 볼은 경쾌한 '땅!' 소리를 내며 하얗게 날아가 그물망에 꽂혔고, 아이언에 맞은 볼은 둔탁한 '딱!' 소리와 함께 직구로 날아갔다. 몇몇 사람들은 피칭웨찌를 들고 톡톡 볼을 앞으로 보내고 있었다. 마치 침묵의 오후처럼 사람들은 대화 없는 스윙만 반복하고 있었다.

김은경은 그 모습이 마치 볼을 치는 기계들이 땅! 딱! 톡! 서로 번갈아 가며 볼을 치는 것처럼 규칙적으로 바쁘게 돌아가는 공장 같다고 생각했다. 사람들은 왜 저렇게 땀을 뻘뻘 흘리며 볼을 치고 있을까?

무슨 생각을 하고 있기에 모두 입을 굳게 다물고 있을까? 저 사람들도 나와 마찬가지로 생각하지 않는 훈련을 하고 있는 것일까? 김은경은 머리로는 그런 생각을 하고 있었지만 그녀의 눈동자는 불안한 눈빛으로 아까부터 뭔가를 찾고 있었다. 그러다가 문득 그녀는 그녀가 찾고 있는 것이 무엇인지 알아내고는 깜짝 놀라며 얼굴이 벌겋게 달아올랐다. 그녀가 무의식적으로 찾고 있던 것은 윤성주였다. 오늘은 아침부터 그의 모습이 보이지 않고 있었다. 김은경은 자신이 윤성주를 찾고 있었다는 사실을 감지하자 당황하였다. 혹시 주방에서 책을 읽고 있는 혜은이가 눈치를 챌까 봐 김은경은 들고 있던 커피를 급하게 한 모금 마셨다. 그때, 전국창이 휴게실의 유리문을 활짝 열고 들어왔다.

"혜은아! 시원한 콜라 한 잔만 줄래?"

김은경은 힐끗 전국창을 한번 보고 재빨리 고개를 창밖으로 돌려버렸다. 방금 전까지 윤성주를 찾고 있던 자신을 들킬까 봐 가슴이 방망이질을 해댔다. 혜은이가 주방에서 나와 얼음이 담긴 콜라를 전국창에게 건넸다. 그는 갈증이 났었는지 단숨에 콜라를 다 마신 후, 컵을 탁자 위에 올려놓고 김은경을 쳐다보았다.

"오늘도 많이 더웠지? 당신은 뭐했어?"

"그냥 아침부터 여기에 있었어요. 오늘은 어땠어요?"

"하하하! 오늘 라이프 베스트 스코어를 기록했어. 2언더파."

"잘 하셨군요. 좋았겠네요."

"음, 좋았지. 더군다나 정말 오랜만에 저기 있는 성주랑 라운딩을 했거든."

전국창이 김은경 옆으로 다가와 턱으로 창밖을 가리키며 말했다. 창밖에는 언제 왔는지 윤성주가 타석 주변을 돌면서 주변정리를 하고 있었다. 윤성주는 타석 옆 탁자 위에 아무렇게나 널려져 있는 하얀 물수건들을 파란 플라스틱 바구니에 담기도 하고, 재떨이를 비우거나 바닥에 굴러다니는 볼들을 볼통에 넣기도 하였다. 그러다가 어떤 아주머니가 그에게 손짓을 하며 뭐라고 하자 윤성주는 허리를 굽실거리며 뭐라고 대답하였다. 그 아주머니는 무엇인가 불만에 차 있는 얼굴이었고 윤성주는 연신 죄송하다는 몸짓을 해 보이고 있었다.

"저 자식, 참 이해할 수 없어. 저런다고 뭐가 달라진다고 말이야."

창밖의 윤성주를 바라보며 전국창이 중얼거렸다. 김은경은 속으로 전국창은 윤성주를 죽어도 모를 거라고 생각했다. 그녀는 연신 굽실거리고 있는 윤성주의 얼굴을 보았다. 미안해 죽겠다는 그의 표정이 차라리 평안해 보였다.


# 26


김은경은 면회실의 유리창 건너편에 서 있는 윤성주를 보고 있었다. 윤성주는 뒤돌아서서 꼼짝도 하지 않고 있었다. 짧은 면회시간이 다 끝나가고 있었다. 시간은 그렇게 대화 없는 그 둘의 공간을 무심하게 흐르고 있었다. 김은경은 돌아서 있는 윤성주의 등을 보고 억장이 무너지는 말을 하고 있었고, 윤성주도 등 뒤에 서 있는 김은경에게 소리 없는 눈물로 대답을 하고 있었다.

'바보야! 이게 뭐야? 꼭 이래야 맘이 편하겠어?'

'은경아! 이해해줘. 지금 난 네 얼굴을 똑바로 볼 수가 없어.'

'그래도 나를 봐! 나, 김은경이는 아직 이렇게 살아 있다고!'

'그래, 그래서 그런 너를 보면 난 눈물을 참을 수 없을 거야. 은경아! 그래서 널 못 보겠어.'

'나는 성주씨 얼굴이 보고 싶어. 이게 마지막이라며?'

'그래, 이게 마지막이야. 그래서 더욱 너의 얼굴을 볼 수가 없어.'

'………'

'………'

'바보야! 네가 죽인 게 아니야. 난 다 보았다고.'

'은경아! 난 너만 행복하면 돼.'

'성주씨! 우리 아버지에게 미안해 할 필요도 없어.'

'은경아! 내가 너를 행복하게 해줄 수 없다는 것이 나를 미치게 해.'

'성주씨의 아버님이 자살하신 것만으로도 충분한단 말이야!'

'정말, 이런 식으로 내 사랑을 표현할 수밖에 없을 줄 정말 몰랐어.'

'성주씨! 내가 미안해. 내가 왜 그랬는지 나도 모르겠어.'

'너를 위해 내가 너를 보내게 될 줄은 정말 상상도 못했어.'

'그때, 국창씨가 그런 거라고 말했어야 했는데.'

'은경아! 나 하나 망가지는 것으로 충분해. 너만 괜찮다면 난 아무래도 좋아.'

'성주씨! 난……, 무서웠어. 어떻게 해야 할지 정말 몰랐어.'

'자! 이제 가! 은경아! 뒤도 돌아보지 말고 가는 거야. 응?'

'성주씨! 정말 미안해. 내가 너무 어렸었나 봐.'

'은경아! 사랑해……, 난 그것 하나면 충분해.'

# 27

김은경은 아직도 자기가 보았던 것이 환상처럼 느껴져 자신이 없었다. 사고가 있었던 날은 모든 것이 꿈 속 같은 몽롱한 상태였다. 아마도 피를 너무 많이 흘린 후라 더욱 그랬었던 것 같았다. 윤성주가 코란도를 몰고 돌진해 오던 것은 뚜렷이 기억이 났다. 그리고 그녀를 덮치고 있던 놈의 머리가 코란도 범퍼에 부딪히는 것도 보았다. 그 순간 그녀는 오른쪽 다리가 뜨거워지는 것을 느꼈고 바로 의식을 잃었었다.

시간이 얼마나 흘렀을까. 김은경은 꿈에서 깨어났다. 눈이 반쯤 밖에 떠지지 않았다. 왼쪽 옆으로 소나무를 박고 멈춰서 있는 코란도가 보였다. 어렴풋이 운전석 핸들에 윤성주가 고개를 숙이고 있는 것도 보였다. 윤성주는 움직이지 않고 있었고 코란도 앞부분에서는 하얀 연기가 솟아오르고 있었다.

김은경은 힘에 겨워 다시 눈을 감았는데 바로 옆에서 신음 소리가 들렸다. 자신을 덮쳤던 바로 그놈의 신음소리였다. 김은경은 차마 눈을 뜨고 그 놈을 볼 수가 없었다. 그리고 다시 잠이 들었다가 '퍽!' 하는 소리를 듣고 꿈에서 깨었다. 끈적끈적하고 뜨거운 액체가 그녀의 얼굴 위로 튀었다.

김은경은 다시 눈을 떴다. 어두컴컴한 공간에 한 사내가 골프채 같은 것을 들고 서 있었다. 김은경은 달빛을 뒤로 하고 시커멓게 서 있는 그 사내가 전국창이라는 것을 한 눈에 알 수 있었다. 그녀는 손가락 하나 움직일 수 없어 반쯤 뜬 눈으로 그를 보았다. 전국창은 다시 하늘로 골프채를 치켜들고 내리쳤다. '퍽!' 소리와 함께 다시 끈적끈적한 액체가 그녀의 얼굴 위로 튀었다. 김은경은 눈을 감았다. 악몽이라면 너

무 잔혹했고 차라리 꿈에서 깨지 않는 게 좋겠다고 생각했다. 너무 무
서워 눈도 못 뜨고 있었는데 멀리서 앰뷸런스 사이렌 소리가 들렸다.
그리고 그녀가 잠에서 깨어 눈을 뜨니 하얀 병원이었다.

# 28

　김은경이 처음이자 마지막으로 윤성주를 면회 오기 한 달 전, 윤성
주는 청천벽력과 같은 소식을 접했다. 구치소에서 검찰의 조사를 받
던 아버지가 죽었다는 소식이었다. 창살에 목을 매고 죽어 있는 것을
새벽에 간수가 발견했다고 했다. 너무나 충격적인 소식이라 윤성주는
어찌할 바를 몰랐다. 아버지가 자살을 하였다는 소식도 충격적인데,
자신은 감옥에 갇혀 아무것도 할 수 없다는 현실이 막막하고 서러웠
다. 그런 윤성주에게 간수는 아버지가 남겼다는 유서를 전해주었다.
윤태경은 윤성주에게 달랑 몇 줄이 적힌 유서 한 장을 남겼다.
　'내 아들 성주야! 아버지를 용서해라. 너의 죄값까지 아버지가 대신
갚았으면 좋겠구나. 정말 내 죽음으로 너의 모든 것이 새롭게 될 수 있
기를 바란다. 그리고 은경이 아버지를 이해하고 은경이도 끝까지 지
켜주고 사랑해주길 부탁한다. 성주야! 미안하다.'
　편지봉투에 넣어 아버지가 읽던 책 사이에 꽂혀 있었다는 유서에는
아버지 윤태경이 흘렸을 것으로 추정되는 눈물자국이 있었다. 윤성주
는 넋이 나간 눈빛으로 그 유서를 읽고 또 읽었다. 아버지의 눈물 자국
을 보면서 가슴이 메어 숨이 턱턱 막혔다. 모든 것을 자신에게 떠넘기
고 죽어 버린 아버지가 무책임하다고 느껴져 원망스럽기까지 하였다.

그러면서도 그렇게 죽을 수밖에 없었을 아버지가 불쌍해서 억장이 무너져 내렸다. 윤성주는 벽에 등을 기대고 앉아 허공을 보면서 울부짖었다.

"어떻게 이렇게 가버린 아버지를 용서하라고요? 아버지가 무슨 예수님이라도 된다고 아들의 죄값을 대신해서 죽는단 말입니까? 아버지가 죽으면 모든 게 새롭게 다시 시작하나요? 제가 앞으로 어떻게 은경이를 사랑할 수 있단 말입니까?"

윤태경이 남긴 유서 위로 울부짖는 윤성주의 눈물 한 방울이 떨어지더니 순식간에 번져 나갔다.


# 29


"성주씨는 여전히 골프를 잘 치던가요?"

"흠, 그 실력이 어디 녹슬었겠어. 오히려 예전보다 더 나은 것 같던데."

"그래요?"

휴게실 창밖으로 김은경은 윤성주를 흔들리는 눈빛으로 보고 있었다. 윤성주는 어프로치 존에 떨어져 있는 하얀 공들을 밀대로 밀고 있었다. 검게 그을린 그의 목을 타고 땀이 흘러 내려 햇빛에 반사되었다. 어프로치 존 반대편에서 아르바이트 학생이 서툰 밀대질을 하고 있었는데 윤성주는 그 학생을 손짓해서 부르더니 웃으며 밀대질의 시범을 보여주었다. 검게 그을린 그의 얼굴에 대비되어 그의 이가 하얗게 빛났다.

하얀 이를 드러내며 밀대를 밀고 있는 윤성주를 촉석골프랜드 사장실 창가에서 김기선도 말없이 지켜보고 있었다. 그는 윤성주를 보면서 한편으로는 분노가 치밀어올랐으며 또 한편으로는 아이러니컬하게도 측은함이 느껴졌다. 김기선은 진열장으로 고개를 돌려 진열장 중앙에 있는 한 액자를 응시하였다. 액자 속에는 자신과 지금은 사돈이 된 전희만과 죽은 윤태경이 골프채를 손에 들고 활짝 웃고 찍은 사진이 있었다.

김기선은 윤태경의 얼굴을 손가락으로 쓰다듬었다. 진주지방검찰청의 부장검사이던 전희만보다 (주)태경건축의 회장이었던 윤태경이 김기선과 더 친하게 지냈다. 둘은 서로 사업을 하면서 금전적인 거래도 서슴없이 하였으며 그들의 우정은 친형제보다 더하면 더했지 못하지 않다고 자랑하곤 했었다. 그리고 가장 친한 친구가 부장검사로 있어 진주에서 그 둘은 영향력 있게 사업을 확장해 나갈 수 있었었다.

"이 나쁜 친구야!"

윤태경의 얼굴을 만지던 김기선은 자신도 모르게 한탄이 흘러나왔다.

"나 보고 이 고통을 혼자 감내하라고……"

김기선은 고개를 숙이고 윤태경이 자신에게 남긴 유서를 떠올렸다. 그 유서는 김기선이 구치소에 갇힌 윤태경을 면회하고 온 지 사흘 후에 받은 것이었다. 면회를 하는 동안 윤태경은 단 한마디도 하지 않았다. 단지 김기선만 몇 마디 했을 뿐이었다. 김기선은 담담하고 차분하게 자신의 심경을 윤태경에게 간단히 말했다. 인생 말년에 접어들면서 무일푼 상태로 전락한 비참함을, 눈에 넣어도 안 아플 외동딸이 한쪽 다리를 잃은 슬픔을, 당장이라도 어떻게 해 버리고 싶은 그의 분노를 말했다. 그리고 김기선은 그들의 우정과 사업과 인생의 연은 여기까지라고 어렵게 말을 뱉어버렸다.

윤태경은 그 모든 책임이 자신과 아들 윤성주에게 있다는 사실에 할 말이 없었는지 고개를 숙인 채 묵묵히 김기선의 말을 듣고만 있었다. 그리고 며칠 후 김기선에게 전해진 유서에는 단지 한 줄의 글만 있었다.

'용서하게. 내 죽음으로 성주의 죄값까지 덮어주게나.'


# 30


퇴근 후, 김병도는 촉석루 한정식집으로 향했다. 촉석루 한정식집은 남강을 가로지르는 다리 중 가장 서쪽에 있는 천수교를 지나자마자 왼편에 있었다. 퇴근 시간이라 그런지 천수교 위에는 강 건너편 신안동으로 가기 위한 차량들이 꼬리에 꼬리를 물고 늘어서 있었다.

김병도는 정체된 차 안에서 오른쪽으로 보이는 진주성의 서장대를 올려다보았다. 서장대는 깎아지른 듯한 절벽 위에 당당히 서 있었다. 김병도는 서장대 위에 서서 밀려오는 왜군들을 노려보았을 충무공 김시민 장군을 떠올렸다. 서장대 밑에서 보니 절벽 위에 있는 진주성은 난공불락처럼 보였다. 그는 그 옛날에 십만의 왜군들이 이 성을 무너트리기 위해 흘려야 했을 피를 생각했다. 그 핏물이 남강을 뒤덮었을 것이다.

차가 천수교 중간쯤에 도착하자 왜 그렇게 차가 밀렸는지 원인이 드러났다. 서장대 밑에 있는 소싸움터에서 한참 소싸움이 진행되고 있었다. 많은 군중들이 다리 위에서 그것을 지켜보고 있었고 지나가는 차량들도 서행을 하면서 그 광경을 힐끗힐끗 보고 있었다.

진주는 우리나라 소싸움의 발원지라는 자부심을 가지고 있었는데 최근 경상북도 청도가 소싸움으로 유명해지기 시작하자 진주시민들은 그 자존심에 상처를 받고 있었다. 그래서 그런지 요즈음은 자주 규모가 큰 소싸움 대회가 개최되고 있었다. 전국에서 모여든 싸움소들이 혈투를 벌리는 동안 서장대 밑에는 진주시민뿐만 아니라 근교 시골에서 올라온 사람들로 가득했다.

김병도의 차가 서장대 밑을 지나칠 무렵 검붉은 소 한 마리가 누런 황소를 노려보고 있는 것이 눈에 들어왔다. 그 소들은 이미 몇 번의 충돌이 있었는지 서로 씩씩대며 쳐다보고 있었다. 김병도가 자세히 보니 그 검붉은 소는 칡소였다. 칡소는 경남 하동과 함양 근처에서 사육하는 한우혈통의 소로 타고난 체형이 크고 성질이 난폭하여 싸움소로 각광을 받고 있었다. 특히 성장이 좋은 칡소는 24개월령이 되면 800kg을 넘어갈 정도로 큰 덩치를 자랑하여 무제한급에 자주 등장하는 싸움소였다.

누런 황소는 귀 뒤로 시뻘건 피를 흘리고 있었다. 이미 전의를 상실한 듯한 그 황소를 향해 칡소가 뾰족한 뿔을 치켜들고 달려들었다. 이마에 난 소들의 뿔들이 서로 교차하면서 함성소리가 크게 울렸다. 커다란 앰프에서는 아나운서가 마이크를 잡고 뭐라고 떠들고 있는 소리가 시끄럽게 울려나왔다. 누런 황소는 힘이 드는지 뒤로 한 발 두 발 밀리고 있었다. 그러다가 칡소가 공격을 멈추고 뒤로 물러나더니 다시 돌진했다. 황소는 돌진해 오는 칡소의 뿔을 피해 머리를 돌렸으나 칡소의 뾰족한 뿔에 목덜미를 그대로 받쳤다. 황소의 목덜미에서 또 다시 시뻘건 피가 허공으로 튀어올랐다. 그러자 열광하는 사람들의 함성소리는 한층 톤이 높아졌다. 황소는 재빨리 몸을 돌려 엉덩이를 보이며 도망쳤고 칡소는 도망치는 황소 뒤를 쫓았다. 사람들의 함성소리와 웃음소리가 천수교 위로 크게 들려왔다. 다리 밑으로 칡소의 주인으로 보이는 사람이 칡소를 자랑스럽게 잡고 있는 모습이 보였다.

촉석루 한정식집에는 벌써 많은 교수님들이 와 있었다. 경남국립대학교에 근무하는 고려대학교 출신 교수들의 개강모임이었다. 아직 경남국립대학교에 발령받은 지 얼마 되지 않은 김병도는 여러 선배교수들에게 인사를 하면서 소주를 한잔씩 받아 마셨다. 월요일부터 각종 메스컴을 통해 김병도가 알려지면서 많은 선배교수들의 관심이 그에게 집중되었다. 김병도가 소주를 열 잔 정도 마셨을 때 고상용 교수가 잔을 들고 그에게 왔다. 고상용 교수는 잔을 김병도에게 건네며 그 옆으로 앉았다.

"그래, 자네가 그 유명한 김병도야?"

"아, 예……."

김병도는 무릎을 꿇고 고상용 교수가 따라 주는 술을 받았다. 예전부터 진주는 지역적인 특성 때문에 보수적인 경향이 짙었는데 아직도 술자리에서는 윗사람이 술을 따르면 아랫사람은 무릎을 꿇고 잔을 받았다. 고상용 교수는 백발의 긴 머리를 뒤로 묶은 꽁지머리를 하고 있었다. 마치 유명한 화가를 연상케 하는 그의 모습에 김병도는 고상용 교수가 범상치 않은 인물일 거라는 느낌을 받았다.

"난 건축학과의 고상용이야. 63학번이지. 가만, 김교수는 몇 학번이랬지?"

“예, 87학번입니다.”

“흠, 87학번이면 나랑 30년도 차이가 나지 않네 뭐. 하하하! 자 편하게 앉게.”

정년을 몇 년 남기지 않은 원로교수답게 넉넉한 인품을 소유한 고상용 교수는 김병도를 마치 후배가 아닌 아들처럼 정겹게 대했다. 그는 다양한 방면에 박식하였는데 일주일에 두세 권의 책을 읽는 독서광이라고 했다. 전공이 건축학인지라 진주의 유명한 건물들은 다 그의 손을 거쳤다고도 했다. 김병도는 그 이야기를 듣자 퍼뜩 윤성주가 생각났다. 윤성주도 건축학과를 졸업했다는 것이 떠올랐기 때문이었다.

“저……, 혹시, 제 또래의 윤성주라는 분을 아시나요?”

“어? 자네가 그 친구를 어떻게 알아?”

“아, 아시는군요.”

“알다마다. 윤성주는 우리과 졸업생이고 내가 아끼는 제자인데. 근데 자네는 어떻게 윤성주를 아나?”

“네, 얼마 전에 같이 골프를 쳤습니다.”

“엉? 윤성주가 다시 골프를 친다고? 허어, 그 친구 손 한번 봐줘야겠군. 내가 그렇게 필드레슨을 부탁해도 꼼짝도 하지 않더니.”

“아, 예, 두 분이 친하신 관계였군요.”

“친하다 뿐인가. 내가 그 놈의 진주CC 클럽하우스도 설계해줬잖아.”

“예? 선배님께서 클럽하우스를요?”

“하하하, 설계해주고 회사 망하는 통에 설계비 대신 회원권을 받았잖아. 성주 그 놈, 참 운이 안 좋은 놈이야. 왜 하필 그때 IMF가 터져

가지고……, 그런데 자네도 골프하나?"

"예, 이제 막 배웠습니다."

"오호, 그래? 얼마나 치는데?"

"이제 겨우 보기플레이어입니다."

"흠, 한참 재미있을 때구만."

"예."

"가만 있자, 그럼 이번 주 토요일에 라운딩 가능하나?"

"예?"

"이번 주 토요일 오전에 서울에서 내려올 내 딸네미하고 진주CC에서 같이 한 게임하기로 했거든. 그런데 마침 그날 학교에 급한 일이 생겨서 대타를 찾고 있었는데."

"제가 가도 됩니까?"

"하모, 하모! 가만 자네 87학번이랬지. 그럼 나이도 우리 딸네미하고 같겠네."

"아, 예……."

"하하하! 우리 딸네미 골프실력이 만만치 않아. 여자라고 얕잡아보다간 큰코다칠 거야. 그 녀석 사실 골프하고 관련된 일을 하고 있거든. 그래서 거의 싱글에 가까운 실력을 겸비하고 있어."

"골프에 관련된 일이요? 무슨 일을 하는데요?"

"그 녀석 대한경제신문사에서 골프전문 기자로 일하고 있지. 골프계에서는 고영순이라고 하면 제법 이름이 있다고 하던데. 암튼, 이번 주 토요일에 한번 만나보라고. 재미있을 거야."

고상용 교수는 자신의 잔을 한번에 들이키고 그 잔을 김병도에게 건넸다.

## 31

　촉석루 한정식집에서 김병도는 만취가 되었다. 오랜만에 신입교수가 왔다고 모든 선배들이 김병도에게 술을 권했다. 김병도는 몇 번 화장실에 가는 척하면서 마신 술을 토해냈지만 어느 순간부터는 기억이 끊어져 버렸다. 그러다가 시끄러운 음악소리에 눈을 뜨니 아가씨 한 명이 김병도의 이마를 물수건으로 닦고 있었다. 소파에 누워 있던 김병도는 살며시 일어나 앉았다. 멀티미디어 화면이 있는 무대 위에서 선배교수 몇 명이 아가씨들과 뒤엉켜 노래를 부르며 춤을 추고 있었다.

　김병도는 자기가 어떻게 여기까지 왔는지 기억이 나지 않았다. 촉석루 한정식집 앞에서 원로교수들에게 인사를 하고 몇몇 선배들에게 이끌려 택시를 탄 것까지는 기억이 났다. 그러나 그 후부터는 전혀 기억이 나지 않았다. 김병도는 머리가 깨질 것 같은 심한 두통을 느꼈다. 그는 속이 메스꺼워 자리에서 일어나 문을 열고 나왔다. 그곳은 복도의 바닥이 대리석으로 깔려 있는 룸싸롱이었다. 천장으로부터 밝은 불빛이 내려와 눈이 아리도록 부셨다.

　김병도는 담배를 피우기 위해 주머니를 뒤졌다. 그때 옆방의 문이 열리면서 누군가 나왔고 시끄러운 음악소리가 복도로 밀려나왔다. 김병도는 방문 앞을 지나치다가 자기도 모르게 힐끗 안을 들여다보았다. 그 방은 방금 김병도가 나온 방보다 더 난장판이었다. 아슬아슬한 옷차림의 아가씨들과 일단의 사내무리들이 뒤엉켜서 빠른 음악에 맞춰 몸을 흔들고 있었다. 한 사내가 마이크를 잡고 고래고래 소리를 지르며 김건모의 잘못된 만남을 부르고 있었고, 그 사내 주위로 남녀들이 손뼉을 치거나 탬버린을 치고 있었다. 그런데 김병도 눈에 열려져 있는 방문과 일직선상으로 특이한 모습의 한 사내가 들어왔다. 그 사내는 머리 위에 여자 팬티를 뒤집어쓰고 이마에는 넥타이를 두르고 있었는데, 이마에 두른 넥타이에는 나무젓가락 하나가 입 쪽을 향해 꽂혀 있었고 나무젓가락 끝에는 작고 빨간 방울토마토가 꽂혀 있었다. 또 그 특이한 사내는 왼쪽 눈 위에 오백원짜리 동전을 꽂아 넣고 어깨에는 빨간 소화기통을 메고 마치 카메라로 촬영하는 포즈를 취하고 있었다. 사내는 노래를 부르고 있는 사내를 촬영하듯이 소화기를 들고 움직이다가 소화기의 끝이 방문 밖에서 안을 보고 있던 김병도에게 향하자 소화기를 내려놓고 김병도에게 손짓을 해 보였다. 그리고 왼쪽 눈 위에 박아 놓은 오백원짜리 동전을 빼냈다. 그 기묘한 사내는 며칠 전 같이 골프를 쳤던, 돌 장사를 한다던 홍원식이었다.

"아이고, 교수님! 교수님도 이런데 오십니까?"

홍원식은 반갑다는 듯이 복도로 뛰쳐나와 김병도의 손을 잡았다. 김병도는 두통을 느끼며 복도를 지나 카운터 옆에 있는 소파에 앉았다. 김병도가 담배를 꺼내 입에 물자 옆에 앉은 홍원식이 불을 붙여주었다.

"고맙습니다. 홍사장님."

"별 말씀을요. 이런데서 교수님을 만나니 교수님이 다시 보입니다."

"예?"

"교수님들은 공부만 하는 줄 알았는데 우리처럼 골프도 하고, 또 술집에도 다니시고, 정말 존경합니다!"

홍원식은 술에 취했는지 김병도에게 과장된 몸짓으로 고개를 숙이며 인사를 했다. 그리고 김병도가 담배 한 가치를 다 태우는 동안 물어보지도 않은 말들을 끊임없이 떠들어댔다. 그는 지금 같이 술을 마시고 있는 사람들은 서울에서 내려온 큰 건축회사 사람들이라고 했다. 그들에게 잘 보여야 하청받기 쉽게 된다고 말했고, 그래서 자기 직원들과 같이 접대를 하고 있다고 하면서 자기 직원들은 다 주먹출신들이라고 자랑스럽게 말했다. 홍원식은 그런 주먹들을 데리고 있는 자신이 대견하다는 듯 어깨를 으쓱 하면서도 그들의 관리가 보통 힘든 일이 아니라고 얼굴을 찌푸렸다. 그리고 그들이 말썽을 피울 때마다 전국창이 뒤를 돌봐준다고도 말했다. 홍원식이 고등학교 선배인 전국창을 쫓아다니는 것도 다 그 이유라고 하며 웃었다. 그러나 그는 전국창이 그의 사업을 돌봐줄 수밖에 없는 말 못할 이유는 따로 있다고 말했다. 홍원식은 김병도의 귀에 입을 바싹대고 귓속말로 전국창과 자기는 둘만 알고 있는 비밀이 있다고 자신을 과시하듯 속삭였다.

김병도는 쉬지 않고 떠들어대는 홍원식의 말에 귀가 윙윙거렸다. 그는 머리가 깨질 듯이 아파 두 손으로 머리를 감싸쥐었다. 그러자 홍원식이 지나가는 아가씨를 불러세웠다.

"아가야! 우리 교수님 머리 아프신 것 같다. 술 깨는 약 좀 가져 와라. 잉!"

홍원식은 그 아가씨의 엉덩이를 손바닥으로 한번 쳤다. 그는 아가씨가 알약과 드링크를 가져오자 직접 병마개를 따서 김병도에게 건넸다.

"고맙습니다. 홍사장님!"

김병도는 알약을 입에 넣고 드링크제를 마시는 동안에도 정신이 가물가물해지는 것을 느꼈다. 금방이라도 다시 구토가 나올 것만 같았다. 홍원식은 김병도가 드링크제를 다 마시자 구십도로 인사를 하고 노래 소리가 시끄러운 그 방으로 다시 들어갔다. 김병도는 담배 한 개를 피워 물다가 이번에는 정말로 구토가 나올 것 같아 화장실로 뛰어들어갔다. 그러나 변기통에 머리를 박았지만 속에서는 아무것도 나오지 않았다. 김병도는 손가락을 목구멍 끝까지 집어넣었다. 그러자 속에서 무엇인가 '울컥!' 하고 나왔는데 방금 마신 드링크제로 생각되는 액체만 조금 나오는 데 그쳤다.

김병도는 너무 힘이 들었다. 세면대의 물을 틀어 손을 닦고 입을 헹구고 거울을 보았다. 두 눈이 벌겋게 충혈된 한 사내가 거기 있었다. 김병도는 그 사내의 충혈된 눈동자에 자신의 시선을 고정시켰다.

"넌 이겨낼 수 있어! 아무리 힘들어도 넌 세상의 승리자가 될 거야!"

그는 눈에 힘을 주며 조용히 혼잣말을 하였다. 이번 주부터 김병도는 이혼에 대해 다시 생각하고 있었다. 매스컴에 김병도가 복제돼지 생산에 성공했다는 뉴스가 나오자 바이오제약 주식은 하루가 다르게 오르고 있던 시점이었다. 평소 돈에 대한 개념이 없었던 김병도는 자신이 바이오제약과 계약을 체결할 때 스톡옵션으로 받았던 1억원이 이렇게 가치가 달라질 줄 몰랐다. 김성훈 사장이 1억원을 주식으로 준다고 했을 때도 김병도는 그것은 자신을 묶어 두기 위한 종이조각에 불과하다고 생각했다. 그런데 이것이 두 배가 되고 세 배가 되고 있었다. 당장 이것을 내다 팔아도 삼사억원이 현찰로 들어온다고 생각하니 실로 믿겨지지 않았다. 지금까지 한번도 자신의 재산이라고 생각할 만한 돈을 가져보지 못했던 그였다. 그런데 자고 났더니 현찰이, 그것도 수억원이 자기 주머니에 있었다.

아내 하영주는 이혼만 해준다면 아들 종수 외에는 아무것도 필요

없다고 하였다. 그것은 그들 부부의 재산이 없었을 때 이야기였다. 그러나 이렇게 재산이 급속히 불어나니 김병도는 위자료 문제가 걱정되었다. 아내는 자기가 바이오제약 주식을 갖고 있다는 사실을 전혀 모르고 있을 것이었다. 김병도는 매일 오르고 있는 주식 값을 보면서 하루라도 빨리 이혼을 해 버리는 게 좋지 않을까 생각했다. 그러나 그러면서도 돈 앞에서 무너지는 자신이 무척 부끄럽게 느껴졌다. 최소한의 양심에 따라 돈 때문에 이혼을 한다는 자신이 용납되지 않았다.

한국으로 돌아온 얼마 후, 김병도는 서울에 있는 친한 친구에게서 한 통의 전화를 받은 적이 있었다. 우연히 하영주를 청량리역 광장에서 보았는데 어떤 남자와 같이 걸어가고 있었고 둘의 사이가 보통관계가 아닌 것으로 보였다고 했다. 김병도는 애써 그 말을 무시하였다. 아내가 바람을 피울 정도의 인물이 아니라고 굳게 믿고 싶었기 때문이었다. 그런데 이틀을 건너 이혼을 요구하는 아내의 전화에 짜증이 나던 그는 혹시 아내에게 정말 남자가 생긴 게 아닐까 하는 의심이 들기 시작했다. 이혼을 요구하는 아내의 입에서도 종수의 이야기가 서서히 빠지고 있었다. 아내는 무조건 이혼부터 하자고 조르고 있었다. 그리고 어제는 드디어 종수는 누가 키워도 좋다는 말까지 하였다.

김병도는 화가 치밀어올랐다. 아무리 생각해도 자신은 이혼을 당할 이유가 없었다. 단지 일을 하느라고 가정에 조금 소홀했을 뿐이었고 그 정도의 희생은 어느 가정에서나 있는 일이라고 생각했다. 자신이 다른 여자와 바람이라도 피웠다면 깨끗하게 헤어지겠는데 아무 잘못도 없이 이렇게 이혼을 당한다는 것이 참을 수 없었다. 그는 어젯밤에도 아내에게 소리 소리를 질러댔다.

"너 맘대로 해! 날 이혼법정에 세워보라고! 누가 이혼을 해준대!"

# 7

## 존재의 변명

## 32

  김병도는 자신의 아파트 11층 베란다에서 술을 마시고 있었다. 체질적으로 술을 좋아하지 않았던 그였는데 최근 들어 술에 취하는 일이 잦아지고 있었다. 한국으로 돌아온 후 이혼문제가 구체화되고 있었고, 김병도는 그 혼란한 문제의 무게를 감당치 못 하고 도피의 방법을 찾기 위해 부단히도 노력하고 있었다. 그는 매일 연구실에서 지나치다 싶을 정도로 실험에 몰두하였고 또 틈만 나면 골프연습장에 가서 땀을 뻘뻘 흘리며 볼을 쳐댔다. 그러나 그렇게 지칠 대로 지친 몸을 이끌고 텅 빈 아파트에 돌아오지만 쉽게 잠을 이루지 못하고 자리에서 일어나 베란다로 나오기 일쑤였다. 밤하늘을 쳐다보며 피워대는 흡연량도 부쩍 늘었다. 술을 잘 못 마시는 그는 알코올 농도가 다소 약한 레몬소주를 즐겨 마셨다. 레몬소주는 일반 소주보다 알코올 함량

이 절반 밖에 되지 않았고 레몬향의 냄새 때문에 부드럽고 쉽게 목을 타고 넘어갔기 때문이었다. 김병도는 그렇게라도 취하지 않고서는 도저히 잠을 이룰 수가 없었다. 사는 것이 너무 힘들어 차라리 어디론가 잠적해 버리고 싶다는 간절한 생각이 치밀어오르는 것을 꾹꾹 참으며 하루하루를 버티고 있었다.

방금 전에도 김병도는 아내 하영주와 전화통화를 하였다. 매번 그랬듯이 같은 내용의 대화들이 오고 갔고 김병도는 또 미친놈처럼 소리를 질러대고 말았다. 그는 유리컵을 현관문을 향해 던져서 박살을 냈고 전화기도 벽에 집어던지는 바람에 수화기가 흉물스럽게 두 쪽이 나버렸다. 김병도는 씩씩거리며 베란다로 나와 담배를 피워 물었다. 그러나 불끈불끈 솟아오르는 화를 삭이지 못하고 벌벌 떨리는 손으로 부리나케 냉장고로 뛰어가서 레몬소주를 들고 와 병째 입에 물고 벌컥벌컥 마셨다. 마치 그렇게 레몬소주를 마시지 않으면 금방이라도 죽어 버릴 것 같았다. 하지만 레몬소주를 반병이나 단숨에 들이켜도 그 놈의 갈증과 분노는 가시지 않았다.

김병도는 담배를 아무리 많이 피워도, 알코올을 아무리 많이 마셔도 분이 삭여지지 않았고 오히려 그를 괴롭히는 고통의 무게는 무게를 더해만 갔다. 아무리 생각해도 자신이 이렇게 고통당해야 할 이유가 없었다. 누가 보아도 성공하는 인생을 향해 질주하고 있는 그였다. 젊은 나이에 세상 사람들로부터 인정받는 과학자가 되었고 이제 어마어마한 돈도 손에 있었으며 그 돈은 하루가 다르게 배가 되고 있었다. 지금이야말로 자신의 인생에 있어 최고의 행복을 누릴 시간이었다. 그런데 바보 같은 아내가 협조해주지 않고 있었다. 가장 행복해야 할 시간을 가장 고통스런 시간으로 만들고 있는 아내에 대한 증오와 분노로 김병도는 미칠 것만 같았다.

눈이 벌겋게 충혈된 김병도는 복수를 생각하고 있었다. 절대로 이혼하지 않고 버틸 때까지 버티겠다고 이를 악물었다. 절대로 아내가 원하는 대로 해주지 않을 거라고 소리를 지르며 주먹으로 벽을 쳤다. 자신이 지금 고통받는 것만큼 그대로 돌려주겠다고 결심하였다. 아니, 그 이상의 고통으로 앙갚음해 주겠노라고 작심하고 있었다. 그런 생각으로 취해 가자 김병도는 그의 첫사랑이었던 강효선이 떠올랐다.

지금은 뉴질랜드에서 살고 있다는 강효선은 김병도가 대학생 때부터 5년 동안이나 사귀었던 산악부 여자후배로 둘은 결혼을 앞둔 시점에 전격적으로 헤어졌다. 당시 강효선은 김병도와 같은 대학의 영문학과를 졸업하고 비교적 대우가 좋은 외국인 은행에 근무하고 있었다. 그런데 강효선의 아버지는 불투명한 미래에 목을 매고 있던 대학원생인 김병도와의 결혼을 극렬히 반대하였다. 강효선의 아버지는 축산학과의 대학원을 나와서 밥벌이나 제대로 하겠냐고 핀잔을 주기 일쑤였다. 강효선의 아버지로부터 자존심에 상처를 받아오던 김병도는 시간이 지날수록 강효선에게 신경질을 부리는 횟수가 많아졌었고, 그러던 어느 날 김병도가 다른 여학생들과 어울리는 것이 문제가 되어 둘은 한바탕 심하게 싸우고 난 뒤 전격적으로 헤어져버렸다. 강효선은 김병도와 헤어지고 난 뒤에도 몇 번이나 그를 찾아와 빌다시피 애걸하였지만 한번 돌아선 김병도의 마음은 차갑기만 하였다.

김병도는 자신이 지금 아내와의 이혼문제로 고통을 받고 있는 것이 그 옛날 강효선에게 했던 자신의 잘못에 대한 응분의 대가라고 생각되어졌다. 자신에게 버림을 받고 방황하던 강효선은 뉴질랜드로 가버렸고, 훗날 그곳에서 교포 2세와 결혼을 하였다는 소식을 들었다. 김병도도 강효선과 헤어지고 난 뒤, 심하게 방황을 하였다. 그러다가 지금의 아내를 소개받고, 얼마 후 바로 결혼을 해 버렸다. 생각해 보니, 그는 자신도 지금의 아내와 사람들이 말하는 절절한 사랑 없이 결혼을 할 때가 되어서 그냥 결혼을 한 것처럼 느껴졌다. 당시 김병도는 여자라는 것이 다 거기서 거기고, 사랑이라는 것도 살다보면 생겼다가 또 없어지기도 하는 삶의 액세서리 정도로 생각했던 것 같았다. 그리고 그 생각은 결혼 초기에는 그의 예상과 일치하였던 것도 사실이었다. 강효선이 말없이 뉴질랜드에서 잘 살고 있었던 것처럼 김병도도 별 큰 문제없이 무난한 결혼생활을 하고 있었다. 적어도 김병도에게만큼은 정말 아무런 문제가 없었다.

<h1 style="text-align:center">33</h1>

"안녕하세요. 고영순입니다. 김병도 교수님 맞지요?"

김병도가 허겁지겁 진주CC 클럽하우스로 뛰어들어가자 고영순이 하얀 이를 드러내고 밝게 웃으며 인사를 하였다.

"예, 반갑습니다. 제가 좀 늦었죠."

"아니에요. 아직 티오프 시간이 10분이나 남았는데요 뭐."

김병도는 밝게 웃으며 말하는 고영순의 하얀 이가 인상적이라고 생각했다. 고영순은 미소가 따뜻한 여자였는데, 밝게 웃는 그녀의 얼굴은 마치 어두운 밤하늘을 환하게 비추는 밝은 보름달과 같았다. 그녀는 백발의 꽁지머리를 하고 있던 고상용 교수의 딸이라고는 믿어지지 않을 정도로 뛰어난 미모를 소유하고 있었다.

"김교수님은 TV에서 봤던 것보다 훨씬 젊어 보이시는데요."

"하하하! 그래요? 감사합니다."

"참! 그리고 여기는 오늘 같이 라운딩할 제 친구예요."

고영순은 소파에 다소곳이 앉아 있는 여자를 가리켰다. 목발을 소파에 기대고 앉아 김병도에게 조용히 목례를 하는 여자는 김은경이었다. 김병도는 촉석골프랜드 휴게실에서 보았던 김은경을 소개받고 잠시 당황하였다. 윤성주와 실랑이를 하던 중 냉면그릇을 떨어트려 자신의 바지를 적셨던 바로 그 김은경이었다. 전국창 변호사의 아내이자 윤성주의 옛 연인이었던 김은경에 관해 김병도는 알게 모르게 이미 많은 사실을 알고 있었기 때문에 다소 당황하였던 것이었다. 그러나 다행히 김은경은 김병도를 몰라보는 것 같았다.

락커룸에서 옷을 갈아입으면서 김병도의 머리 속에는 윤성주, 김은경, 그리고 전국창 변호사의 관계에 대해 여러 가지 생각들이 빠르게 움직이고 있었다. 그는 어젯밤에 늦게까지 술을 마신 탓인지 입에서는 아직도 술냄새가 나고 있었고 아침에 물만 한 컵 마시고 부랴부랴 뛰쳐나오는 바람에 속도 쓰려왔다. 김병도는 라커룸 입구에 설치된 정수기에서 물을 받아 연속으로 두 컵을 벌컥벌컥 마신 후 클럽하우스를 서둘러 나왔다.

진주CC 아웃코스 1번 홀 티박스 앞에는 3대의 카트가 밀려 있었다. 그 카트들은 4개의 캐디백 뒤에서 캐디가 핸들을 조정하는 것들이었는데, 김병도 팀의 카트는 다리가 불편한 김은경을 배려한 이유인지 사람이 앉을 수 있는 것으로 배정되어 있었고 거기에 김은경이 앉아 있었다. 티박스 주변의 사람들은 그 카트에 앉아 있는 김은경을 힐끗힐끗 보면서 뭐라고 자기들끼리 조용히 수군거렸다. 그러나 김은경은 그런 눈빛을 의식하지 않고 페어웨이 끝으로 내려다보이는 연못에 시선을 고정시키고 마치 마네킹처럼 앉아 있었다. 김병도는 김은경의 그 모습이 며칠 전 윤성주와 라운딩을 했을 때 보았던 바로 윤성주의 눈빛과 닮았다고 느꼈다. 분명 그 둘의 감정은 시차를 달리 해서 교감하고 있는 것 같았다. 김병도가 티박스에 올라 페어웨이 한 가운데로 티샷을 날릴 때도 김은경의 젖은 눈빛은 그 연못을 떠나지 않고 지키고 있었다.

"나이스 샷! 시원한 티샷이었습니다."

고영순이 티박스를 내려오는 김병도에게 특유의 환한 웃음과 함께 하얀 이를 드러내며 말했다. 김병도는 고개를 숙여 고영순에게 인사를 하고 티박스를 내려오면서 고영순의 친절한 미소가 가슴 한 구석에 따뜻하게 꽂히는 것을 느꼈다. 서른다섯의 나이에 미혼이라는 고영순은 남자를 편하게 만드는 기술이 몸에 배어 있는 듯했다. 그녀의 친절한 태도와 따뜻한 미소, 특히 유머감각이 뛰어난, 그러면서도 마음이 전해지는 말들은 처음 보는 남자들이라고 할지라도 쉽게 친밀감을 느끼게 만들었다.

김병도도 고영순의 그런 매력에 상당한 호감을 느꼈다. 그는 고영순이 김은경과 함께 레이디 티박스로 걸어가는 뒷모습을 보면서 저렇게 이해심 많고 따뜻한 여자랑 살면 참 편할 것 같다는 생각이 들었다. 그러자 순간적으로 차라리 당장 하영주와 이혼을 해 버리고 더 나은 여자를 만나는 것이 앞으로 남은 그의 인생을 더 행복하게 보낼 수 있는 방법이 아닐까라는 생각을 했다. 하지만 그는 그럴 수 없다고 재빨리 생각을 고쳐먹었다. 더 많은 고통을 아내에게 주고 난 뒤에 더 나은 여자를 찾아도 전혀 늦지 않다는 생각이 더 강하게 들었다. 지금은 시간을 질질 끌면서 아내를 괴롭히는 것이 그에게는 최대의 복수였다.

드디어 김은경이 목발을 집고 절뚝거리며 티박스에 올라갔을 때, 예상대로 밀려 있던 뒷팀의 많은 사람들이 호기심 가득한 눈빛으로 숨을 죽이고 그녀를 지켜보았다. 거기에 있던 대부분의 사람들은 김은경이 누구인지를 잘 알고 있는 듯했다. 어떤 사람은 김은경이 누구인지 모르는 옆에 있는 사람에게 그녀에 대해 귓속말로 설명하는 모습도 보였다. 김병도는 애써 그들의 시선을 외면하려고 노력했다. 그러나 그러면 그럴수록 그의 시선은 자신도 모르게 저절로 그들의 움직이는 입술들로 향했다.

"저 여자가 그 여자야?"

"참 안됐지. 강간당하고 한쪽 다리 잃고 애인한테 버림받고……."

"그래도 지금은 살 만한가 봐. 골프도 치러 나오고 말이야."

"어휴, 불쌍해서 못 봐주겠네. 저렇게 절뚝거리면서도 골프를 치고 싶을까?"

김병도는 그 입술들이 마치 그렇게 말하고 있는 것처럼 느껴졌다. 그는 어드레스를 취한 김은경의 뒷모습에서 시선을 돌리지 않으려고 노력했다. 그러나 당장이라도 고개를 돌려 무슨 구경났냐고, 그렇게 쳐다보는 게 얼마나 잔인한 일이냐고 소리치고 싶었다. 김병도는 그런 충동이 밀려오는 것을 꾹꾹 억누르고 있었다.

김은경도 그들의 시선을 의식하지 않으려는지 눈을 감았다. 그녀는 실로 5년 만에 티박스 위에 서 있었다. 찡한 코끝으로부터 뜨거운 눈물이 올라와 닫혀 있는 눈동자를 적셨다. 세상이 자신에게 준 불구는 어느새 익숙한 일상이 되었지만, 절뚝거리는 자신을 쳐다보는 동정 어린 호기심의 눈빛은 아직도 그녀에게 서러움의 원인이 되고 있었다. 그러나 언제부턴가 김은경은 그 서러움을 이겨내고 싶었다.

'언제부터였을까……'

김은경은 그 시기가 윤성주가 감옥에서 나와 자신 앞에 나타났을 때부터라는 것을 잘 알고 있었다. 다시 목발을 짚고 몰래 연습을 시작한 것도 윤성주가 촉석골프랜드에 나타난 후부터였다.

'나는 살고 싶어……'

김은경은 친구인 고영순을 조르고 졸라 오늘의 라운딩을 준비했다. 마침 고영순도 3주 후에 있을 경남일보사 주최 전국아마추어골프대회 겸 진주CC 클럽챔피언 선발전에 참석 및 취재차 진주에 내려올 일이 생겼다. 그 대회는 진주시의 개천예술제 기간에 벌어지는 연례행사였다.

'내가 살아 있는 모습을 그에게 보여주고 싶어……'

김은경은 드라이버를 낮게 뒤로 빼어 탑으로 향하였다. 그녀의 체중이 의족인 오른발로 실리면서 오른쪽 엉덩이가 급격히 뒤로 밀렸다. 그리고 씰룩거리며 의족에 실린 체중이 왼발로 옮겨가면서 탑에서 드라이버 헤드가 아크를 그리며 티 위에 놓인 하얀 볼로 향했다.

"깡!"

경쾌한 소리와 함께 하얀 볼이 포물선을 그리며 파란 페어웨이 중앙으로 날아갔다. 그 순간, 뒤에서 지켜보고 있던 사람들이 일제히 환호성을 질렀다. 숨죽이며 그녀의 티샷을 지켜보고 있던 사람들은 누가 먼저라고 할 것도 없이 박수를 치기도 하고 또 어떤 사람은 휘파람까지 불어주며 환호해 주었다. 그녀가 엉성한 폼으로 피니쉬 동작을 풀자 고영순이 티박스 위로 뛰어올라갔다. 언제부턴지 고영순의 눈가에도 눈물이 맺혀 있었다. 잔디 위에 꽂혀 있는 티를 뽑기 위해 허리를 숙이는 김은경의 눈에서 눈물 한 방울이 떨어졌다.

"나이스 샷! 김은경! 나이스 샷!……."

고영순은 두 팔을 벌려 김은경을 깊게 안아주었다.

"영순아! 나 괜찮았지? 나……, 이렇게 살아도 돼지?"

"그럼! 그럼, 김은경이 누군데……."

김병도는 그녀들이 포옹을 하고 있는 동안 다른 사람들과 마찬가지로 열심히 박수를 치고 있었다. 그는 오늘따라 하늘이 더욱 청명하다고 생각했다.

## 34

김병도, 고영순, 김은경이 진주CC에서 골프를 시작하던 시간에, 전남 순천에 있는 승주CC에서는 윤성주와 전국창이 부산에서 온 신천웅과 서울에서 온 김덕상과 첫 홀 티박스에 서 있었다. 전국창은 그들에게 윤성주를 자신이 숨겨둔 비장의 카드라고 소개를 하였고, 신천웅과 김덕상은 윤성주를 경계의 눈빛으로 훑어보았다. 사십대 중반으로 보이는 김덕상은 까맣게 그을린 얼굴과 팔뚝에서 전국구 타짜의 냄새가 물씬 풍겼고, 역시 사십대 중반으로 보이는 신천웅은 마치 잘 훈련된 강인한 군인 같은 느낌이었다.

"혹시, 윤성주씨는 저희들이 모르는 프로는 아니겠죠?"

신천웅이 드라이버를 허공에 휘두르며 스쳐 지나가는 말처럼 윤성주에게 물었다.

"예, 예전에는 프로가 될까 하는 생각도 했었습니다만……."

윤성주가 신천웅의 질문에 대답을 다 하기도 전에 전국창이 급히 끼어들었다.

"하하하! 선배님들 그런 걱정은 마십시오. 이 친구는 직업이 전도사입니다. 아! 왜 있잖습니까? 예수쟁이 환자 말입니다. 믿씁니다! 하하하!"

전국창은 두 손을 들고 광신도들의 흉내를 과장된 동작으로 해 보였다.

"하하하! 그래도 예전에 프로가 되려고 생각했었다면 실력이 만만치 않을 것 같은데 그래. 그건 그렇고, 우리 룰에 대해 설명은 충분히 해줬겠지?"

신천웅이 말한 룰이라는 것은 전형적인 내기골프의 노터치 플레이를 말하는 것이었다. 노터치 플레이는 구제받을 수 있는 곳에 볼이 떨어져도 무벌타 드롭을 할 수 없고 그냥 있는 대로 쳐야만 하는 타짜들만의 내기골프 룰이었다. 만약 볼이 떨어진 그 자리에서 도저히 치지 못하는 경우에는 1벌타 후, 두 클럽 이내에 드롭하는 룰이었다. 그래서 그들은 볼이 카트길인 아스팔트 위에 놓여 있어도 그냥 쳤으며, 심지어는 배수구에 볼이 빠져도 쳐낼 수 있다고 판단되면 그냥 쳤다. 스트로크 게임에서 타당 십만원짜리 내기골프는 웬만한 월급쟁이로서는 엄두도 못 낼 큰 금액이었다. 그래서 그들은 한 타, 한 타에 온 신경을 곤두세우고 정신을 집중했는데, 자칫 한 타의 실수가 보기로 이어지고 누군가가 버디를 한다면 몇십만원이 순식간에 나가는 부담을 감수해야 했기 때문이었다.

전국창은 윤성주가 볼을 칠 때마다 잔뜩 긴장한 얼굴로 그의 샷을 지켜보았다. 혹시 윤성주가 타짜들과의 판돈 큰 라운딩의 부담감 때문에 제대로 플레이를 하지 못하면 어떡하나 하는 기우 때문이었다. 그러나 전국창의 그 기우는 정말 기우에 지나지 않았다. 윤성주는 그리 짧지 않은 드라이버 티샷을 페어웨이 중앙을 향해 힘차게 날려 보냈고, 아이언 샷은 그린 중앙에 정확히 볼을 떨어트렸다. 누가 보아도 윤성주는 부담감을 느끼고 있거나 주눅이 들었다고 할 수 없는 자신감 넘치는 플레이를 하였다. 그것은 전국창이 예상하고 기대했던 것 이상이었다.

확실히 윤성주의 플레이는 지난번 전국창과 함께 진주CC에서 볼을 치던 그런 골프가 아니었다. 오늘 윤성주는 마치 오랜 갈증에 시달려 온 독수리처럼 보였다. 그는 가능한 그린과 홀컵을 직접 공략하는 적극적인 공격을 보여주고 있었다. 일반적으로 아무리 배포가 큰 사람이라고 할지라도 십만원짜리 노터치 내기골프에서는 공격적인 플레이를 하기가 힘든 것이 보편적인 것이었다. 한번의 실수에 너무 많은 금액을 잃을 수 있기 때문이었고, 그 실수로 인해 남은 홀까지 회복하기 어려운 지경에 빠질 수 있기 때문이었다. 더욱이 지금처럼 전국에서 내노라는 내기골프 고수들과의 게임에서는 무리한 버디보다는 안전한 파를 유지하는 것이 훨씬 전략적이었다. 안전하게 파를 유지하면서 상대방이 무너지기를 기다리는 형국이 일반적으로 이 노터치 내기골프의 효과적인 전략인 것이었다. 그런데 윤성주는 게임 초반부터 매우 공격적인 플레이를 펼치고 있었다. 물론 내기에 걸린 돈이 자신의 돈이 아닌 전국창의 돈이기 때문에 부담감이 덜할 수 있다는 이유도 있었겠지만 그렇다고 하기에는 윤성주의 플레이가 너무나 공격적이었다.

윤성주가 파 5홀에서 세컨드 샷을 그린 위에 올리자 신천웅과 김덕상은 얼굴이 벌겋게 달아올랐다. 그리고 15미터도 더 되 보이는 윤성주의 이글퍼팅이 홀컵 옆을 아슬아슬하게 스쳐 지나갈 때는 모두 오금을 저렸다. 윤성주는 이글퍼팅 후, 가볍게 짧은 버디퍼팅을 홀컵에 떨어트리고 나서 전국창을 보고 윙크를 해 보였다. 전국창은 윙크를 하고 돌아서는 윤성주의 뒷모습을 보고 소름이 돋는 전율을 느꼈다. 그는 윤성주가 무엇을 생각하고 있는지 전혀 감이 잡히지 않았다. 윤성주의 삶에서 남은 것은 무엇일까라는 공허한 생각까지 들었다. 이런 내기골프에서 느끼는 짜릿함만 남아 있는 것은 아닐 텐데 윤성주가 보여준 이글퍼팅은 세상을 향한 그의 절규 같은 느낌을 주었다. 그것은 한순간에 굴절되어 버린 그의 인생, 그것을 보상해 줄 수 있는 것 하나 없는 암흑과 같은 어두운 삶의 동굴 깊숙한 곳에서 목청껏 질러대는 야수의 포효와 같은 절규의 퍼팅이었다.

"오늘 너무 무리하게 공격적인 거 아니야?"

5번 홀을 마치고 휴게실 앞에서 커피를 마시고 있는 윤성주에게 화장실에서 나온 전국창이 담뱃불을 붙이며 말했다.

"글쎄, 오늘은 한번 맘껏 쳐보고 싶네."

"너, 마치 5년을 굶은 독수리 같아. 살기가 느껴질 정도로 말이야. 하하하!"

"후훗, 걱정 마. 네 돈은 안 잃게 해줄 테니까."

"하하하! 돈이 문제가 아니지. 돈을 잃는 것은 괜찮은데. 괜히 겁나는 라이벌 하나가 부활하는 것은 아닌가 걱정이 되어서 말이야."

"그래? 그랬지. 너와 나는 라이벌이었지……."

전국창은 담배 연기를 깊게 빨아 마신 후 허공으로 '후!' 하고 불었다.

“다 지난 일이다. 이제 아픈 것들은 서로 잊어야지.”

“후훗, 국창아! 내가 어떻게 그 날 일을 잊을 수가 있겠니. 너에게 지운 나의 죄의 무게는 잊어서도 안 되고 잊을 수도 없어.”

전국창은 다시 담배 연기를 깊숙이 빨아 마신 후, 윤성주로부터 등을 돌리고 돌아서서 허공을 향해 다시 연기를 품었다.

“앞으로 그런 말……, 하지 마. 네가 나에게 지운 죄의 무게라니. 나야말로 괜히 은경이를 힘들게 하고 있다고 생각하고 있는데.”

“무슨 소리야? 은경이를 힘들게 하고 있다니?”

“처음에는 정말 은경이랑 결혼을 해서 행복하게 만들어주고 싶었어. 식물인간처럼 허공만 바라보고 있는 은경이가 언젠가는 나에게도 시선을 줄 거라고 생각했었지. 그런데 부모 병간호 삼년에 효자 없다고, 내가 먼저 지쳐 버렸어. 주변 사람들이 처음에는 나의 사랑이 대단하다고 떠들어대서 나도 사실 우쭐했던 것이 사실이야. 아무나 할 수 없는 사랑을 하고 있다는 자만이었겠지. 그런데 이제 점점 자신이 없어지고 있어. 내 욕심에 괜히 은경이만 힘들고, 그래서 나도 힘들고……”

전국창은 다시 담배 연기를 허공에 품은 후 고개를 숙이며 작은 목소리로 말했다.

“우리 부부관계도 안 한 지……, 벌써 일년도 넘었다.”

윤성주는 뒤돌아서서 고개를 숙이고 이야기하고 있는 전국창의 어깨를 잡고 돌려세웠다. 심하게 떨리는 윤성주의 눈동자 속에 고개를 숙이고 있는 전국창이 흔들리고 있었다.

## 35

윤성주는 정신없이 전국창에게 핸드폰을 하였고, 전국창은 어느새 달려와 윤성주를 내려다보고 있었다. 이마에서 피를 흘리며 운전석에 앉아 있던 윤성주는 벌벌 떠는 눈빛으로 전국창을 보고 있었다. 김은경을 덮쳤던 다른 사내들은 어디론가 도망쳐 버린 후였다.

"정신 차려 새끼야! 어떻게 된 거야?"

전국창은 윤성주의 멱살을 잡고 흔들었다. 윤성주는 넋이 나간 눈으로 차창 밖에 쓰러져 있는 그 놈과 김은경을 내려보았다.

"국창아! 내가……, 은경이를……, 죽였나 봐……, 흐허엉……"

전국창은 쓰러져 신음을 하고 있는 놈에게 달려갔다. 그 놈은 전국창의 얼굴을 보더니 뭐라고 다급히 말을 하려고 하였다. 전국창은 김은경의 상태를 급히 살펴보았다. 하반신이 벗겨진 채로 김은경은 오른쪽 다리가 완전히 부스러져 하얀 뼛조각들이 달빛에 드러났다. 비릿한 피냄새가 진동을 하였으나 김은경의 맥박은 뛰고 있었다. 전국창이 김은경의 맥을 집어보다가 일어나서 윤성주의 코란도 차로 가려는데 쓰러져 신음하던 놈이 그의 바지를 붙잡았다. 그는 살려달라는 처절한 눈빛을 전국창에게 보내고 있었다. 순간 전국창의 가슴에서 분노가 치밀어올랐다.

"너 같은 놈은 살면 안돼! 너 같은 놈이 살아나면 세상이 더 복잡해져!"

전국창은 화가 머리끝까지 치솟은 얼굴로 자신의 차에서 뒷문을 열고 골프채 하나를 꺼내들었다. 그리고 그는 미친 야수처럼 그 놈에게 다가가 골프채를 휘둘렀다.

"너는 죽어야 돼! 에부리 바디가 해피하기 위해서 너 같은 놈은 죽어야 돼!"

골프채의 클럽헤드가 쓰러져 있는 놈의 이마를 강타하자 피가 솟구쳐 튀어올랐고 전국창은 이미 이성을 잃어버렸다. 전국창이 골프채를 두 번째 휘두르자 그 놈의 머리에서 하얀 골수가 삐져나왔다. 피범벅이 된 전국창은 다시 윤성주에게 다가가 멱살을 잡고 흔들었다.

"정신차려 새끼야! 지금부터 내 말 잘 들어! 앞으로 이 일은 내가 다 알아서 처리할 테니까 너는 내 말만 들어! 알았어! 새끼야?"

전국창은 번쩍번쩍 빛나는 살기등등한 눈빛으로 윤성주의 손에 들려 있는 핸드폰을 뺏어들었다. 그리고 피 묻은 골프채를 자신의 차에 던져 넣고 핸드폰으로 119를 눌렀다.

# 8

# 수렁 속으로


## 36


결혼식을 앞둔 전국창은 서재에 혼자 앉아 담배를 피우고 있었다. 그는 헝클어져 있는 그의 생각들을 냉정히 정리해 보려고 노력하였다. 하지만 생각을 하면 할수록 그의 머릿속은 더욱 어지럽게 혼란스러워졌다. 김은경과의 결혼은 모든 것이 완벽하진 않았지만 지금까지는 그가 원하는 대로 순조롭게 진행되고 있는 상황이었다. 하지만 정체모를 찜찜함이 가슴 깊게 숨겨 둔 양심을 붙들고 그를 혼란스럽게 만들고 있었다.

김은경과의 결혼은 전국창이 지난 세월 동안 너무나 절실히 원해왔던 일이었다. 그가 속으로 간절히 바래왔던 대로 윤성주는 김은경으로부터 떠나갔고, 그 동안 그는 김은경과의 결혼을 위해 그가 할 수 있는 모든 노력을 다해 왔다. 그리고 이제 세상 사람들에게 자신의 헌

신적이고 지독한 사랑을 드러내며 내일 결혼식장에서 멋지게 완성된 종지부만 찍으면 되는 것이었다. 그런데 전국창의 마음은 왠지 불안하였다. 모든 것이 그의 생각대로 이루어지고 있었음에도 불구하고 뭔지 모를 기분 나쁜 불안감이 그를 괴롭히고 있었다. 김은경의 초점 없이 허공을 바라보는 허망한 눈동자도 마음에 걸렸고, 이마에 붕대를 감고 있던 윤성주의 절망적인 젖은 눈빛도 전국창의 뇌리를 떠나지 않고 맴돌았다. 그것은 마치 내일 이대로 결혼을 해 버린다면 이제는 절대로 풀리지 않을 실타래처럼 그들의 삶이 돌이킬 수 없도록 매듭이 지어진다는 불안감이었다. 아니, 그것은 다시는 올라올 수 없는 깊고 어두운 나락으로 걷잡을 수 없이 빨려들어 가버릴 것 같은 두려움이었다. 하지만 그렇다고 전국창이 여기서 지금까지 달려 온 걸음을 멈춘다는 것은 더더욱 있을 수 없는 일이었다. 위대한 역사는 생각을 행동으로 옮기는 자에 의해서만 쓰여지는 것처럼 전국창은 순전히 자신의 혼자 힘으로 그의 역사를 쓰고 있다고 믿었다. 그는 또 이미 그렇게 쓰여진 역사를 되돌려 지우고 싶지도 않았다. 없던 걸로 하기에는 이미 너무 많이 달려왔고 이제는 마지막 마침표만 찍으면 되는 상황이었다.

전국창은 자신이 느끼는 불안감의 원인이 무엇인지에 대해 골몰히 계산하며 따져보았다. 그리고 담배를 수십 개나 더 핀 뒤에야 지금 자신을 불안하게 만드는 두려움의 정체가 바로 자신이라는 것을 깨달았다. 결혼생활의 미래를 확실하게 감당할 수 없을 것 같은 두려움의 근본적인 원인은 바로 전국창 자신이었다. 김은경으로부터 사랑을 얻을지 얻지 못할지는 그리 중요하지 않았다. 사람들이 김은경을 향한 그의 사랑을 치기어린 객기라고 하거나 또는 질투의 오기라고 한다 해도 그건 무시하면 되는 일이었다. 그가 살아오면서 언제나 그랬던 것처럼 최선의 노력을 다하면 안 되는 일은 없는 것이었다. 자신이 가지고 있는 모든 것을 진심으로 베푼다면 언젠가는 김은경도 마음의 문을 열 것이 분명하였다. 그러나 문제는 자신이 그 노력의 과정을 참고 버틸 수 있을까 하는 의구심이 그를 집요하게 흔들고 있었다. 누구보다 자신에 대해 잘 알고 있는 전국창은 어느 순간에 변해 버릴 것 같은 자신이 두려웠다.

지난 어린 날, 사우스캐롤라이나 머틀비치의 블랙리찌 골프클럽에서 김은경에게 당했던 수모에 대한 복수를 가슴에 품고 살아왔던 그였다. 그리고 그가 그렇게 바라던 복수의 완성이 눈앞에 있었다. 처참하게 망가진 인생의 김은경을 백마 탄 왕자처럼 구원하여 사는 것도 사람들로부터 존경받을 수 있는 멋진 일이었다. 세상 사람들로부터 대단한 사람으로 평가받고 그들의 시선을 의식하며 사는 일은 분명 기분 으쓱한 일이었다. 더욱이 김은경으로부터 지난날 자신이 아닌 윤성주를 연인으로 선택했던 것이 잘못된 것이었다고 말하게 만드는 것은 생각만 해도 짜릿하고 통쾌한 일이 아닐 수 없었다. 그것이야말로 진정한 복수의 하이라이트 부분이었다. 돌 하나로 두 마리의 새를 잡듯이 사람들로부터 존경을 받으면서도 복수를 완성하는 것은 훌륭한 자기만족이었고, 그것은 순전히 자신의 노력으로, 자기 혼자의 힘으로 만들어내는 멋진 행복이었다.

그랬다. 처음부터 끝까지 자신의 힘으로만 계획하고 노력해서 이루어내는 일이라 김은경과의 결혼은 더욱 가치 있고 의미가 있는 진정한 행복감이었다. 그러나 지금 전국창이 두려워하는 것처럼 만에 하나 그 행복에 싫증이 난다면 그것은 큰일이 아닐 수 없었다. 더 이상 세상 사람들의 평가조차 귀찮아지고, 김은경에 대한 복수도 의미를 잃어버려 그 멋진 행복이 맛을 잃고 식어버린 커피처럼 싫증난 행복이 된다면 그것은 또 다른 불행이라고 할 수 있을 것이며, 전국창은 자신이 불행해지는 그것이 두려웠다. 자신의 인생이 불행해지고 실패로 평가받는다는 것은 자존심 강한 전국창으로서는 참을 수 없는 일이었다. 그래서 김은경과 결혼을 한 이상, 전국창은 결혼생활이 아무리 불행해도 행복으로 가장해야 하고, 또 그것을 무슨 일이 있어도 감내해야 할 것이었다. 무조건 행복해야만 되는 것이었다.

## 37

전반 나인 홀을 마치고 후반 첫 홀에 들어섰을 때, 전국창은 마음을 새롭게 먹고 있었다. 그는 전반 나인 홀 동안 윤성주의 플레이에 정신을 팔고 있었다. 전반을 끝내고 스코어 카드를 보던 전국창은 정신이 번쩍 들었다. 윤성주가 잘 칠 것이라고 기대는 하였지만 이렇게 잘 할 줄은 몰랐다. 아니, 전국창은 내심 윤성주가 무너지기를 기대했는지도 몰랐다. 5년 만에 진검승부를 펼치는 윤성주를 대한민국 최고의 타짜들과 부담감 많은 내기골프에 불러들인 이유도 윤성주의 실력을 확인하려는 의도보다는 쩔쩔 매는 그의 모습을 보고 싶었던 마음이 있었던 것도 사실이었다. 그런데, 그의 그런 의도와 달리 윤성주는 경기를 압도하고 있었다. 오히려 윤성주는 그 동안의 갈증을 풀기라도 하듯이 무섭게 질러대고 있었다.

전국창은 그런 윤성주의 플레이에 당황하였고 그 때문에 정작 자신의 플레이에는 집중하지 못했다. 그리고 전반이 끝나고 후반 나인으로 걸어오면서 그는 자신을 심하게 책망하였다. 오늘의 라운딩은 신천웅과 김덕상을 이기기 위한 자기의 라운딩이어야 했다. 윤성주를 위한 경기가 아닌데, 마치 윤성주를 위한 경기처럼 되고 있었다. 전국창은 윤성주를 엑스트라로 끼워 넣고 주인공은 자신이 되어야 한다고 생각했다. 신천웅과 김덕상이 처음 보는 윤성주의 플레이에 신경을 쓰고 접전을 펼칠 때, 전국창은 차분히 자신의 플레이를 지켜 승리한다는 것이 원래 그의 전략이었다. 그런데 윤성주의 플레이에 자신이 더 신경을 곤두세웠고, 그 결과 오히려 신천웅과 김덕상보다 못한 플레이를 펼치고 말았다.

전국창은 후반을 시작하면서 이제부터라도 정신을 바짝 차리고 전세를 역전시켜야 한다고 다짐했다. 윤성주에게 빼앗긴 게임의 주도권을 찾아와야 한다고 생각했다. 그러나 후반 첫 번째 홀에서 전국창은 치명적인 실수를 범하고 말았다. 윤성주가 변함없이 공격적인 드라이브 티샷을 날린 것을 보고 전국창도 그와 같은 방향으로 공격적인 티샷을 했으나 볼은 비행거리가 짧아 턱이 높은 벙커에 빠지고 말았다. 윤성주의 세컨드 샷이 홀컵 근처에 떨어져 또다시 버디가 확실해지자 전국창은 벙커 안에서 6번 아이언으로 직접 그린을 겨냥했다. 하지만 볼은 벙커의 둔덕을 맞고 크게 튀어 올라 그린 앞 50미터 전방에 떨어졌다. 전국창은 초조한 마음으로 로브웨찌를 꺼내들었다. 이왕 공격적인 플레이를 펼치기로 한 이상, 전략을 여기서 바꿀 수는 없었다. 로브웨찌로 홀컵 옆에 붙여 세워 최소한 파세이브라도 확실히 해야 했다. 하지만 그의 로브웨찌는 볼 밑을 파고들지 못하고 볼을 직접 가격하고 말았다. 볼은 매우 빠른 속도로 그린을 지나친 후, 그린 뒤쪽

둔덕 넘어 사라져버렸다. 그것으로 그 홀에서의 전국창의 골프는 완전히 망가져 버렸다. 같은 자리에서 볼을 드롭하고 5타째에 볼을 그린에 올린 그는 트리플보기를 기록하였다.

이제 전국창은 긴 버디퍼팅을 놓치고 파를 한 신천웅이나 김덕상은 눈에 보이지 않았다. 가까운 버디퍼팅을 주저함 없이 홀컵 중앙에 떨어트리고 돌아서는 윤성주의 뒷모습만 그의 동공에 크게 부각되어 왔다. 전국창의 떨리는 눈에 윤성주가 그 옛날처럼 정상적인 방법으로는 도저히 넘어트리기 힘든 거인처럼 다시 얄밉고 두려운 대상으로 다가왔다. 그러고 보니 방금 자신이 기록한 믿기지 않는 트리플보기도 윤성주 때문이었다. 윤성주만 없었다면 그는 절대로 이런 무리한 플레이를 하지 않았을 거라 생각했다.

후반 첫 홀에서 치명적인 트리플보기를 범한 전국창은 후반 내내 고전을 면치 못했다. 한번의 실수를 만회하기 위해 최선을 다한다고 했지만 윤성주의 거침없는 공격적인 플레이를 어찌할 수는 없었다. 마지막 홀의 티샷도 윤성주는 아주 멀리 보냈는데 티샷이 떨어진 지점부터 그린까지는 급격한 내리막 경사라 그의 볼은 그린 앞까지 굴러가 버렸다. 전국창은 마지막까지 포기하지 않고 최선을 다했다. 오늘 그의 골프는 이미 회복할 수 없는 지경에 이르렀지만 다음을 기약하면서 마지막 한 홀, 한 샷이라도 인상적인 플레이를 해 둘 필요가 있다고 생각했기 때문이었다. 그러나 그의 드라이버 티샷은 심한 훅이 걸렸다. 그는 그린까지의 직선거리를 보고 페어웨이 왼쪽을 향해 드라이버를 휘둘렀는데 그게 그만 심한 훅이 걸리면서 왼쪽 숲으로 날아가 버린 것이었다. 전국창은 끓어오르는 분노를 참지 못해 드라이버를 던져버리고 싶었다. 안 된다 안 된다 하니 이렇게 안 되는 날도 있구나 싶었다. 친선게임이라면 멀리건이라도 하나 달라고 해서 다시 치고 싶은 마음이 굴뚝같았다. 하지만 그는 입을 굳게 다물고 다시 티를 꽂으며 속으로 되뇌었다.

'노 멀리건 인 마이 라이프!'

그는 볼 뒤에서 벌겋게 달아오른 분노를 누르기 위해 드라이버로 허공을 가르는 연습스윙을 몇 번 하면서 마음을 가다듬었다.

'내 인생에 멀리건은 없다! 한 번 사는 인생, 비굴하지 않고 멋지게 살아야 한다.'

전국창은 이를 악물고 생각했다. 인생은 고난의 연속이고 고난은 예고하지 않고 수시로 찾아오는 것이었다. 문제는 그 고난을 어떻게 극복할 것인가였다. 세상에는 자신의 고난을 대신해서 해결해줄 그 어떤 사람도 없었다. 자신만이 그 고난을 해결할 수 있는 유일한 존재인 것이었다. 전국창은 눈에 힘을 주고 티 위에 놓인 볼을 쳐다보면서 다시 힘차게 티샷을 했다.

# 38

마스크 위로 보이는 하영주의 눈동자는 떨리고 있었다. 카테터를 건네는 손을 이경현이 의도적으로 잡았기 때문이었다. 하영주는 그들의 뒤에서 이제 막 자궁에서 나온 아기를 따뜻한 물로 닦고 있는 다른 간호사가 볼까 봐 재빨리 이경현의 손에 잡힌 손을 뺐다. 그녀는 이경현이 꿰매고 있는 부위에서 올라오는 피를 고개를 숙이고 포셉 끝에 말려 있는 거즈로 콕콕 찍어 눌렀다. 이경현은 그런 그녀를 뻘쭉이 쳐다보고 있었다. 하영주는 고개를 들어 이경현에게 빨리 하던 수술을 끝내라는 눈짓을 보냈다. 하지만 이경현은 마스크 위로 보이는 그녀의 눈동자에서 시선을 돌리지 않았다. 그는 마치 어린아이가 엄마를 조르는 듯한 눈빛으로 그녀의 대답을 재촉하였다. 아직도 몇 바늘이나 더 꿰매야 하는데도 이경현은 바늘을 잡은 손을 멈춘 채 하영주의 눈만 바라보았고 하영주는 애써 그의 눈빛을 피하고 있었다.

하영주는 이경현이 요구하는 대답을 지금으로서는 할 수 없었다. 이제 그녀도 어떻게 하는 것이 현명한 것인지 판단이 서지 않고 있었기 때문이었다. 그녀는 지금 당장이라도 이경현의 손을 잡고 아무도 없는 곳으로 긴 여행을 떠나고 싶었다. 마스크를 벗어 버리고 손에 있는 포셉도 집어던지고 이경현과 함께 수술실을 뛰쳐나가고 싶다는 충동이 울컥울컥 솟아오르고 있었다. 그러나 자신을 붙잡고 있는 김병도의 아내라는 올가미를 벗지 않고서는 도저히 그럴 자신이 없었다. 세상 사람들의 눈초리를 감당할 자신이 없었고 특히 아들 종수의 눈동자를 똑바로 바라볼 자신이 없었다. 방금 전 꿰매서 다시 집어넣은 자궁처럼 그녀의 상태는 김병도라는 바늘로 아들 종수라는 실에 의해 꽁꽁 꿰매어져 있어 꼼짝달싹 할 수 없는 지경이었다.

이경현이 다시 바느질을 시작했다. 이경현이 바늘 끝에 묻어 나오는 실의 매듭을 짓자 하영주는 능숙하게 가위로 매듭의 끝을 잘랐다. 그녀는 방금 자신이 끊은 실처럼 바늘로부터 자유롭고 싶었다. 그녀는 김병도로부터 자유롭게 떨어져 나와 새로운 인생을 유영하는 꿈을 매일밤 꾸고 있었다. 하영주는 이경현이 마지막 바늘의 매듭을 짓자 그 바늘 위로 가위를 가져갔다. 그녀는 고개를 들어 이경현을 바라보았다. 눈물이 그녀의 눈동자를 덮고 있어 이경현의 얼굴이 아른거렸다. 가위가 매듭을 지은 실의 윗부분을 끊을 때 그녀의 눈에서 눈물 한 방울이 떨어져 마스크 밑으로 들어갔다.

하영주의 결혼생활은 최악이었다. 상계동의 18평짜리 임대아파트에서 가난한 신혼살림을 시작한 것이나 월 80만원 정도의 생활비를 가져오는 남편의 수입 때문만은 아니었다. 그런 것은 미래의 꿈으로 충분히 극복할 수 있는 것이었다. 문제는 결혼생활이 자신의 삶을 갉아먹고 있다는 불안감이었다.

결혼할 당시 하영주는 간호사 경력 8년 차였다. 3교대로 돌아가는 지옥과 같은 생활에 지칠 대로 지쳐 버린 그녀는 김병도를 만나면서 전혀 새로운 세계로 들어갈 수 있다는 꿈을 가졌다. 남편에게 사랑 받으며 집에서 아이를 키우고 가족을 위해 음식을 하는 일은 기계처럼 돌아가는 직장 생활에 지쳐 버린 그녀에게는 꿈이었다. 그것은 그녀의 삶에 있어 가슴 설레게 만드는 새로운 희망이었다.

그러나 행복한 웃음으로 시작한 결혼생활은 그리 오래 가지 않았다. 모든 문제의 근본적인 원인은 김병도에게 있었다. 결혼 후, 박사과정 논문실험에 들어간 남편에게 있어 하영주가 그렇게 꿈꾸었던 화목하고 단란한 가정은 하숙집에 불과하였다. 아침 일찍 학교로 떠난 남편은 저녁이 되어도 돌아오지 않았다. 늦은 밤이 되어서야 돌아온 남편은 다시 아침이 되면 말없이 집을 떠났다. 왜 결혼을 했는지 의문이 들기 시작할 무렵에 하영주는 임신을 하였다. 무덤덤한 남편은 배부른 그녀를 의무감으로 보살펴주는 것 같았는데 추운 겨울날 뜨거운 군고구마를 사 가지고 들어오는 남편의 손에 사랑은 없었다. 잘 씻은 딸기를 입에 넣어주어도 남편의 입에는 감사가 없었다.

무엇을 생각하고 살아가는지 알 바 없는 남편에게 있어 결혼생활은 자신의 일을 위한 필요한 수단에 불과한 것으로 비춰졌다. 그리고 하영주는 그런 수단으로서 희생을 강요당하고 있다는 생각 때문에 하루, 하루 괴로움의 무게가 더해만 갔다. 그 괴로움은 출산 후 흔히 나타나는 출산우울증과 겹쳐 최악으로 치달았고 결국 하영주는 병원치료를 받아야 하는 상태까지 이르렀다. 뇌하수체가 부어 호르몬 체계가 붕괴된 하영주는 갑상선 호르몬의 과다분비로 아주 작은 일에도 짜증이 났으며 그렇게 짜증을 부리는 자신의 모습에 또다시 짜증이 났다. 자신의 인생이, 삶이 너무 불쌍하고 슬퍼서 밤마다 눈물을 흘렸다. 자신의 꿈이, 자신의 미래가, 자신의 인생이 조금씩, 조금씩 소리 없이 없어져 가고 있다는 생각에 매일밤 괴로워했다.

남편 김병도가 박사학위를 마치고 미국으로 간다고 들떠 있을 때, 하영주는 병원 로비에서 영화의 한 장면처럼 이경현과 마주쳤다. 간호대학 3학년 실습시간에 처음 만나 첫사랑을 가르쳐 주었던 이경현이었다. 하얀 목련이 활짝 핀 나무 아래에서 서로 울면서 헤어졌던 이경현이었다. 경동시장에서 한약재를 팔면서 아들 하나를 의사 만들기에 인생을 바쳤던 이경현의 어머니가 하영주의 가슴에 깊은 상처를 주고 헤어지게 만들었던 이경현을 하얀 목련이 활짝 핀 계절에 다시 만났던 것이었다. 그렇게 만난 이경현은 매년 하얀 목련이 피는 봄이 오면 하영주를 생각하며 괴로워했노라고 털어놓았다. 어머니가 원하는 바대로 괜찮은 집안의 처녀를 만나 결혼도 했고 처가집 덕에 개업한 병원도 크게 번창하였지만 목련이 피는 봄만 되면 하영주를 그리워했다고 고백했다.

하영주는 이경현과의 그 짧은 만남 덕분에 미국의 위스콘신 매디슨에서 창살 없는 감옥과 같은 하루, 하루를 경험해야 했다. 남편은 변함없이 연구실과 집을 오고 가는 하숙생이었고 자신 없는 영어 때문에 어린 아들 종수와 함께 집안에서만 시간을 보내야 했던 하영주의 우울증은 자살까지 생각하게 만들었다. 그러나 자살의 충동을 억제할수 있었던 유일한 탈출구는 아직도 그녀를 사랑하고 있다는 첫사랑이경현에 대한 공상이었다. 이경현만 생각하면 남편의 무관심은 크게문제가 되지 않았다.

그녀는 콩닥거리는 가슴으로 국제전화카드를 사서 그에게 전화를하였다. 남편 몰래 월마트 공중전화에서 이경현과 통화를 하는 것만이 그녀가 살아 있는 유일한 이유가 되어 버렸다. 그런데 어느 날, 월마트에서 몰래 이경현과 전화를 하던 하영주는 멀리서 인상을 쓰고다가오는 김병도와 심한 말다툼을 하였다. 하영주는 더 이상 말하고싶지 않았고, 더 이상 대화가 통하지 않는 김병도와 한 공간에서 살을부대끼며 살아야 할 이유가 없었다. 그래서 일주일 후 하영주는 세 살난 아들 종수를 데리고 귀국을 해 버렸다.


# 39


"하하하! 맞습니다. 동반자가 좋으니 오늘 제 골프가 잘 되는 겁니다."

고영순의 재치 있는 말에 김병도는 오랜만에 활짝 소리를 내어 웃어버렸다.

"그럼 만약 오늘 베스트 스코어를 기록하시면 저녁에 한턱 거하게쏘시는 거예요?"

"그럼요. 모두 훌륭한 동반자 덕인데 당연히 그래야지요. 하하하!"

김병도는 이제 막 끝낸 파 3홀에서 아이언으로 친 티샷이 홀컵 옆에 붙어 버디를 기록하였다. 김병도는 전반 아웃코스에서 6오버를 기록하였는데 이것은 그의 나인홀 최고의 성적이었고 그는 잔뜩 기분이 좋아 있었다. 그는 정말 부담감 없는 동반자들과의 라운딩 덕분에 차분히 자기 골프를 할 수 있어 성적이 좋은 거라고 생각했다.

김병도는 다음 홀로 가는 길목에 있는 휴게실에서 다소 흥분된 큰 목소리로 즐겁게 웃고 떠들고 있었다. 얼마나 김병도가 즐거워했는지 그의 그런 모습에 그동안 말없던 김은경마저 소리를 내어 웃었는데, 김병도는 김은경의 그 웃음이 마치 바람에 흔들리는 연약한 코스모스와 같다고 생각했다. 김은경도 자신이 얼마 만에 웃어 보는 것인지 몰랐다. 그녀는 입을 손으로 가리고 웃으면서 웃고 있는 자신의 모습이 어색하다는 느낌을 받았다.

김은경은 버디를 잡고 흥분해 하는 김병도의 순수한 모습에서 옛날의 윤성주 모습이 오버랩되었다. 윤성주도 골프가 잘 되었던 날에는 어린아이처럼 세상을 다 가진 것 마냥 좋아했었다. 그런 날에는 김은경을 데리고 맛있는 음식점도 데리고 갔었고 극장에도 데리고 다니면서 자기가 오늘 골프해서 돈을 얼마를 땄노라고 어깨에 힘주며 생색을 잔뜩 내곤 했었다.

김은경은 그런 그가 사랑스럽고 자랑스러웠다. 그의 팔짱을 끼고 진주시내의 차 없는 거리를 걸어다닐 때면 세상 그 어떤 것도 부러울 게 없었다. 길바닥에서 납작 붙어 구걸하던 앵벌이 아줌마도 사랑이었고 머리를 노랗게 물들이고 골목 구석에서 담배를 피우고 있던 10대들도 그녀의 사랑으로 보듬고 싶은 충동을 느낄 정도로 세상이 그녀의 것이었다. 혹시 또래의 여자들이 팔짱을 끼고 있는 윤성주를 힐 끗힐끗 쳐다보는 선망의 눈길이라도 보낼 때면 그녀는 세상에서 가장 행복한 공주가 되었다. 아무리 하찮은 일이라도 그녀의 조잘거림을 다 들어주었던 윤성주 때문에 그녀의 하루는 매일이 꽉 찬 보람이었 고 그녀의 필요와 공급을 알아서 척척 준비해 주는 듬직한 윤성주 때 문에 그녀의 미래는 가슴 터질 것 같은 행복으로 꽉 차 있을 수 있었 다.

김은경은 그렇게 좋았던 시절의 눈빛으로 휴게실 밖의 풍경을 보고 있었다. 가을이 오고 있었다. 단풍나무 색깔의 쉐터가 잘 어울렸던 윤 성주가 좋아하던 계절, 그 가을이 방금 지나쳐 온 그린 뒤로 살짝 비 추고 지나갔다.

마지막 파 5홀의 티샷을 마치고 페어웨이를 걸어가면서 김병도는 이제는 이혼을 해도 손해볼 게 별로 없다는 생각이 들었다. 마지막 홀 에서는 보기만 하여도 86타가 되는 상황이었다. 그는 자신의 베스트 스코어를 갱신한다는 생각에 가슴 뿌듯했다. 갑자기 사는 것에 자신 감이 생기면서 세상이 손에 잡힐 것만 같았다. 그런 기분이 드니 아내 와의 이혼문제도 자신감이 생겼다. 구차하게 시간을 질질 끌면서 아 내를 괴롭힌다는 것이 그렇게 의미 있는 일처럼 느껴지지 않았다. 오 히려 자기가 싫다고 가는 여자를 깨끗하게 보내주는 것이 남자다운 행동이 아닐까 하는 여유까지 생겼다. 단지 4살 난 종수를 데리고 살 아가야 한다는 것이 부담이 되었지만 생전 가져보지 못한 거액이 갑 자기 주머니에 들어온 이상 그것도 크게 어려운 일로 여겨지지 않았 다. 도우미 아주머니를 고용해서 살아가면 되는 것이었다.

그런 생각에 김병도의 발걸음은 가벼워졌다. 그는 페어웨이 중앙에 떨어진 볼 앞에 서자마자 5번 아이언을 꺼내 들었다. 더 이상 욕심 낼 필요도 없었다. 볼은 약간 슬라이스가 났지만 페어웨이 오른쪽 러프에 떨어졌다. 그런까지는 100미터 정도 남았다. 피칭으로 그린에 올리고 투퍼팅으로 파를 해야겠다는 생각이 앞섰다.

'그래, 깨끗하게 정리하고 새롭게 시작하자.'

김병도는 피칭웨지 그립의 아랫부분을 움켜잡았다. 보기를 해야겠다는 생각이 파로 마무리하겠다는 집념으로 바뀌었다.

'나 싫다고 가겠다는 여자를 붙잡고 나는 지금까지 뭘 하고 있었던 거야?'

김병도의 피칭웨지 헤드가 볼의 윗부분을 강타했다. 볼은 빠른 속도로 그린을 향해 굴러가더니 그린을 지나쳐 그린 뒤쪽 언덕배기 러프에 멈춰 섰다. 김병도는 볼이 빠른 속도로 굴러가자 얼굴이 벌겋게 되었다.

'내가 지금 무슨 생각을 하고 있었던 거야?'

그는 골프에 전념하지 못한 자신을 책망하며 터덜터덜 그린 쪽으로 걸어갔다.

"김교수님! 저녁 사시기 싫으셔서 일부러 그러신 거 아니죠? 저는 벌써 배가 고파요. 멋진 어프로치로 홀컵 옆에 꼭 붙이세요. 아셨죠? 화이팅!"

그린 바로 앞에서 어프로치를 준비하고 있던 고영순이 웃으며 말했다. 포근한 웃음이었다. 자신의 실수를 감싸 안아주는 그런 눈빛이었다. 그린을 가로질러 걸어가면서 김병도는 고영순의 격려에 순간적으로 가슴이 설레며 뛰는 것을 느꼈다. 그는 지금 자기에게 필요한 것이 바로 이런 따뜻한 관심과 사랑이라고 생각했다. 항상 자신의 잘못과 실수를 책망하는 잔소리가 아니고 피곤한 육신이 쉴 수 있는 따뜻한 위로의 말이 필요했다. 그런데 아내는 자신이 베스트 스코어를 기록하는 순간까지 방해를 하고 있었다. 정말 미운 여자가 아닐 수 없었다.

김병도의 어프로치는 고영순의 말처럼 홀컵 옆에 붙어 섰다. 김병도는 볼이 그린 위를 굴러 홀컵을 향해 적당한 속도로 구르자 자신도 모르게 손을 높이 치켜들었고 볼은 정말 홀컵 속으로 들어갈 것처럼 굴러갔다.

"우와! 들어갈 것 같아요!"

고영순은 마치 자기의 일마냥 더 큰소리로 즐거워했다.

"아이고 아까워라. 일센치만 더 굴렀어도 들어가는 건데……."

볼은 홀컵 전방 30센치 정도에서 멈춰 섰는데 고영순은 과장된 표현으로 안타까워했다. 그녀는 김병도의 볼을 집어 건네면서 오른손으로 하이 파이브를 권했다. 김병도는 고영순과 손바닥을 부딪치며 이런 게 세상사는 맛이라고 생각했다. 아무 상관없는 남도 자기의 작은 기쁨을 이렇게 같이 기뻐해 주고 축하해 주는데 성공한 자신의 삶에서 아내는 남보다 못했다. 그렇게 고생을 해서 이제 겨우 자리를 잡고 살 만해졌는데, 아니, 남들이 부러워하는 성공을 거두고 뒤돌아보니 아내는 기뻐해 주기는커녕 관심도 없었다.

'나쁜 여자! 내가 누구를 위해 그렇게 고생을 했는데…….'

김병도는 고개를 들어 하늘을 보았다. 서쪽 하늘 멀리서 먹구름이 몰려오고 있는 것이 눈에 띄었다.

윤성주는 깜짝 놀랐다. 그의 차가 경남문화예술회관 건너편 뒤벼리를 지나쳐 동방호텔 앞으로 막 꺾어지고 있었는데, 비 내리는 차창 밖으로 김은경의 모습이 언뜻 보였기 때문이었다. 김은경은 동방호텔 앞 주차장에서 움츠리고 앉아 있었고 그녀의 등을 김병도가 두드리고 있었다. 호텔 나이트클럽 입구에서 손에 화장지를 들고 뛰어 오고 있는 고영순의 모습도 보였다.

윤성주는 자신도 모르게 급히 차를 호텔 입구로 몰고 들어가 차에서 내렸다. 시원한 가을비가 순식간에 그의 온몸을 적셨다. 그는 말없이 처벅처벅 김은경에게 다가가 땅바닥에 떨어져 있던 그녀의 목발을 집어들었다.

"어머! 성주씨!"

갑자기 뒤에서 나타난 윤성주를 보고 고영순이 놀라며 소리쳤다. 윤성주를 보고 놀라기는 김병도도 마찬가지였다. 김은경의 등을 두드리다 말고 김병도는 윤성주를 올려다보고 있었다. 모든 것이 정지된 상태에서 가을비가, 밤비가 쏟아지고 있었다. 마침내 토를 하고 있던 김은경도 뒤를 돌아보았다. 술에 취한 그녀의 눈동자는 윤성주를 보자 금방 빗물에 젖어버렸다. 그녀는 윤성주를 보고 베시시 웃었다. 그러나 가을비에 젖은 그녀의 웃음은 너무나 서러워 보였다.

윤성주는 주저함 없이 김은경을 번쩍 안았다.

'너는 행복해야 해! 이렇게 슬픈 얼굴은 안 어울려.'

윤성주의 눈에도 빗물이 들어갔다.

"놔! 윤성주! 내려놓으란 말이야!"

김은경은 윤성주의 가슴을 치면서 발버둥쳤다.

'너를 끝까지 지켜주지 못해서……, 난……, 미치지도 못했어.'

윤성주는 김은경을 안고 돌아서서 자신의 승합차로 걸어갔다.

"윤성주! 이 나쁜 놈아! 윤성주! 내려놓으란 말이야! 흐허헝! 엉엉……."

김은경은 윤성주의 목을 두 손으로 껴안으며 목놓아 울었다. 김은경을 두 팔로 안아 그의 승합차에 태우는 윤성주의 눈에서도 눈물이 떨어졌다.

'이제 난 너를 놓아줄 수 없을 것 같아. 은경아! 나를 용서하지 마라. 절대로!'

가을비가 동방호텔 앞에 쏟아지는 밤이었다. 빗속에 김병도와 고영순이 서 있었고 김은경을 태운 윤성주의 승합차가 남강변 도로로 빠져 나갔다. 김병도의 눈에 윤성주의 승합차 뒷유리창에 써 있는 하얀 글씨들이 눈에 들어왔다. 김병도는 까맣게 썬팅된 유리창에 써 있는 하얀 글씨들을 소리를 내어 한 자, 한 자 다시 읽어 보았다.

"하·나·님·은·당·신·을·사·랑·하·십·니·다."

# 9

# 결정과 행동

## 41

물안개였다. 드넓은 진양호의 수면 위로 물안개가 하얗게 피어오르고 있었다. 호수 건너편에는 하얀 물안개 위로 파란 기와의 수자원공사 건물이 거만한 듯 당당하게 위용을 뽐내고 있었다. 그것은 실로 한폭의 그림같이 아름다운 새벽 풍경이었다. 윤성주는 푸른 진양호가 한 눈에 내려다보이는 아시아나 호텔 베란다에서 눈부시게 하얀 물안개가 피어오르는 진양호의 여명을 지켜보고 있었다.

지난 밤 어둠 속에서 그렇게 쏟아붓듯 내리던 비는 이미 멈추었고 날이 밝아오면서 세상은 다시 깨끗하게 태어나고 있었다. 호텔에서 내려다본 넓은 진양호의 물안개는 정말 장관이었다. 진양호가 내려다보이는 언덕 위에 위치한 아시아나 호텔은 진주 시내에서 다소 떨어진 숲속에 있어 일반인들의 이용이 뜸한 곳이었다. 이 작은 호텔은 객

실이 30개 정도밖에 없는데도 불구하고 훌륭한 경치 때문에 주로 외
국인들이나 신혼부부들이 이용하는 곳이었다. 마치 프랑스 프로방스
의 여느 호텔에서 바라보던 그런 풍경과 흡사하였다.

물안개 사이로 한 마리 황새가 나타나더니 수면 위를 발로 차고 떠
올랐다. 윤성주는 호수 건너편으로 날아가는 황새를 보고 조용히 눈
을 감았다. 그는 자신도 모르게 손을 모으고 고개를 숙이며 신음하였
다.

"하나님……, 저를 용서하지 마소서. 하나님! 추악한 저를 떠나소
서……."


김은경은 눈을 떴다. 그녀는 이부자리에서 고개를 돌려 창밖 베란
다에 서 있는 윤성주를 보았다. 그의 뒷모습에서 서글픈 운명이 풍겨
져 나왔다. 고개를 숙이고 기도를 하고 있던 윤성주의 어깨가 미세하
게 흔들렸다. 순간 김은경은 그의 어깨 위에서 요동치고 있는 한없는
슬픔을 보았다. 그 슬픔은 그녀의 눈동자를 통해 가슴 깊숙한 곳으로
찡하게 밀려왔다. 그리고 자욱한 물안개의 눈부심으로 인해 그녀의
시야가 흐려졌다.

그녀는 슬며시 눈물을 훔치고 자리에서 일어나 앉다가 그녀의 알몸
이 그대로 드러나자 한 손으로 가슴을 가렸다. 어지럽게 너부러진 이
부자리 위로 지난 밤의 일들이 스치고 지나갔다. 머리맡에는 그녀의
속옷이 가지런히 정리되어 있었다. 그녀는 지난 밤의 격정적이었던
정사를 떠올리며 얼굴이 붉어졌다. 그러자 가슴이 갑자기 쿵쾅거리며
뛰더니 곧바로 터져 버릴 것만 같았다.

'살아 있다.'

그녀는 손끝에 전해지는 심장의 박동에서 살아 있다는 뭉클한 감정이 뜨겁게 솟구쳐 오르는 것을 느꼈다. 그것은 정말 오랜만에 느껴보는 살아 있다는 것에 대한 기쁨이었다. 그녀는 소리 없이 속옷을 입고 그 위에 가운을 걸쳤다. 그리고 벽을 잡고 조심스럽게 베란다로 나와 윤성주의 뒤에 섰다. 윤성주는 눈물을 흘리며 무엇인가를 간절히 기도하고 있었다.

'이 가련한 사람은 지금 무슨 기도를 하고 있을까⋯⋯?'

차가운 바람과 함께 진한 연민이 그녀의 가슴으로 저리게 밀려왔다. 그녀는 윤성주의 허리를 뒤에서 말없이 껴안았다. 다시 한 번 그녀의 심장이 쿵쾅거리기 시작하였다.

'꿈이라도 좋아.'

윤성주의 등에 얼굴을 기댄 김은경의 눈에서도 시린 상처만큼 깊은 눈물이 뜨겁게 흘러나왔다.

'이렇게 죽어도 좋아. 이제 더 바랄 것이 없어⋯⋯.'


# 42


김병도는 하영주를 찾아가기로 결심했다. 이제 그만 이 지루한 싸움을 끝내야겠다고 결심한 것이었다. 김병도가 하영주를 찾아가기로 마음먹기까지는 고영순의 역할이 결정적으로 작용하였다. 지난 밤, 김병도는 고영순과 많은 이야기를 나누었다.

윤성주가 김은경을 그렇게 데리고 가버린 동방호텔 앞에서 김병도는 고영순과 같이 비에 흠뻑 젖어버렸다. 그리고 가을비에 온몸이 젖은 두 사람은 시외버스터미널 옆 허름한 실비집으로 들어가 맥주를 스무 병도 넘게 마셨다. 고영순은 서른 중반까지 혼자 살아온 여자의 삶에 대해 이야기했고 김병도는 자신의 첫사랑과 아내 그리고 이혼문제에 대해 이야기했다. 고영순은 IMF 이후 급속도로 추락하는 대한민국 가장들의 비애를 위로했고 김병도는 세계에서 가장 편한 여자들이 한국여자들일 것이라고 성토했다. 김병도는 외국의 여자들은 대부분 생존을 위해 밖에서 남자들과 마찬가지로 스트레스를 받아가며 힘들게 일하는데, 한국의 여자들은 단지 아내라는 이유로 남편이 버는 돈을 집 안에서 편히 챙겨 쓰면서도 자기에게는 자유가 없다고, 인생이 좀먹어 가고 있다고, 신세타령이나 한다면서 맥주를 벌컥벌컥 마셨다.

고영순은 김병도의 말에 적극적인 동감을 표현해 주었다. 대한민국의 가정주부들은 세상이 그렇게 만만한 게 아니라는 것을 알아야 한다고 말하면서 한 잔을 마셨고, 전업주부나 밖에서 일하는 커리어우먼이나 둘 다 뭔가 희생을 감수해야 한다는 것을 알아야 한다고 하면서 또 한 잔을 마셨다. 김병도는 자신의 억지스런 주장에 맞장구를 쳐 주는 고영순이 그저 고마웠다. 사내의 심정을 알고 위로해 주는 그녀의 포근함이 술을 달게 만들었다. 김병도는 스폰지처럼 빨아들이는 그녀의 말에 취해 자신의 숨겨둔 고민을 자기도 몰래 술술 토해 냈다.

"자존심이 상해요. 그래서 더 이혼을 못 하겠어요."

"자존심이요?"

"그래요. 나보다 더 나은 놈을 찾아가겠다는 것이……, 그것이 나를 화나게 해요."

"호호호! 김교수님은 부인을 사랑하지 않은가 보죠? 사랑에는 자존심이 필요하지 않다던데."

"허허허! 사랑이라……, 생각해 보면 정말, 이제 사랑하는지 안 하는지도 모르겠어요. 아니, 처음부터 우리는 사랑하지 않고 결혼했던 것 같기도 해요."

"아뇨! 잘 생각해 보세요? 두 분이 좋았던 시절도 있었을 것 아니에요. 그때는 분명 서로가 사랑하고 있었다고 믿었을걸요."

"그랬죠. 좋았을 때도 있었죠."

김병도는 좋았던 옛날을 회상이라도 하듯이 맥주 한 컵을 단숨에 들이켰다. 그리고 조심스럽게 다시 말을 이었다.

"근데 나는 말이죠, 집에서 아이를 안고 아내와 함께 TV를 보는 것이 제일 행복하고, 그럴 땐 그 여자가 고맙기도 하고 그런데……, 그런데 그 여자는 그런 것이 싫다고 해요. 내가 재미가 없고, 목석과 같이 사는 것 같아 미치겠다고 말입니다."

"호호호! 대부분의 여자들이 그래요. 여자들은 작은 것을 자주, 많이 받고 싶어한답니다. 남자들은 큰 것을 한 번에 주는 것으로 여자를 만족시킨다고 생각하지만 여자들은 큰 것이건 작은 것이건 자주 받기를 원하죠. 여자에겐 큰 것, 작은 것이 무의미하죠. 즉, 횟수가 중요한 거라고요. 김교수님은 부인께 모든 것을 다 해주었다고 생각하겠지만 부인께서는 사소한 것을 자주 해주지 않는 것에 지쳐 싫증이 나신 것 같은데요."

고영순의 말에 김병도는 흥분하기 시작하였다.

"아니, 다 좋단 말입니다. 내가 사소한 것을 만족시켜주지 않아 재미없다고 칩시다. 그렇다고 아이까지 있는 여자가 사는 게 재미없다고 이혼을 하겠다는 것이 말이 됩니까? 결혼생활이 뭐 재미로 하는 것이냐고요?"

한층 톤이 높아진 김병도의 말을 듣던 고영순은 맥주를 한 컵 마신 후, 김병도의 눈을 바라보더니 정색을 하며 조용히 말했다.

"김교수님! 때론 여자들은 재미가 없어 스스로 삶을 마감하기도 해요. 삶의 재미라는 것은 행복과 같은 의미의 단어이고, 행복하지 않은 것은 불행한 것이지요. 여자들에게 재미는 큰 것에서 오지 않아요. 작은, 아주 사소한 것들이 재미고, 그 재미들이 모여 삶이 행복해지고 풍성해지지요. 그 동안 김교수님은 부인께 그 재미를 주지 못해서 부인께서는 불행했어요. 김교수님은 부인께 사소한 말 한마디를 자주 건네지 못해서 부인께서 지금 이혼하자고 하시는 것이고요."

술잔을 바라보며 고영순의 말을 듣고 있던 김병도는 고영순의 눈동자를 바라보며 어눌한 어투로 되물었다.

"허! 그러니까 다 내가 잘못한 것이네요."

"네, 모든 게 김교수님의 잘못이지요. 호호호! 그렇다고 너무 실망하지 마세요. 지금이라도 김교수님께서 진실을 보여주시면 아마 모든 것이 잘 될 거예요. 부인도 지금 그것을 목마르게 기다리고 있을지 모르죠. 진실로 김교수님이 이혼을 원하시지 않는다는 진심을 보여주시기를 말이에요."

김병도는 마치 초등학생이 선생님에게 숨은 보물이 어디 있는지 가르쳐 달라는 듯한 눈빛으로 고영순에게 물었다.

"예를 들어, 어떻게요?"

"흠……, 저 같으면 당장 내일이라도 부인께 찾아가겠어요. 커다란 꽃다발을 들고요. 그리고 부인 앞에 무릎을 꿇고 진실로 사과를 하시는 거예요. 김교수님의 잘못을 진심으로 사죄하시고 부인의 이해를 구하는 거예요. 김교수님은 그 동안 잘못한 줄 몰랐다고, 하지만 사랑에는 변함이 없으니 다시 한 번 기회를 달라고 진실로 애원해 보세요. 만약 남자가 그렇게 진심을 보이는 데도 여자의 마음이 움직이지 않는다면……, 그건 여자의 마음속에 다른 남자가 있지 않고서는 그럴 수 없답니다. 분명 부인께서는 김교수님의 마음을 받아주실 거예요. 부인도 아들에게 큰 상처를 주고 싶지 않으실 테니까요."

고영순은 그렇게 말을 하면서 자기가 말한 것처럼 김병도의 아내에게 새로운 사랑의 남자가 없기를 진심으로 바랐다. 고영순은 대화를 나누고 있는 김병도가 훌륭한 과학자일지는 모르지만 여자에 대해서는 너무도 모르는 전형적인 한국 남자라고 생각했다.

고영순의 말을 듣고 있던 김병도는 서서히 마음이 움직였다. 고영순의 말을 듣고 있자니 그 동안 김병도는 아내를 진실한 사랑 없이 너무 무덤덤하게 대한 것 같았다. 그리고 그런 것이 이렇게 큰 일로 진화될 수도 있다는 것을 깨달았다. 김병도는 당장이라도 하영주에게 달려가 모든 걸 말하고 싶었다. 그렇게 말하면 하영주도 울면서 자기를 받아줄 것이란 확신이 들었다. 하영주만 마음을 돌려 다시 정상적인 가정을 꾸린다면 김병도는 더 이상 바랄 것 없이 행복할 것 같았다. 원하던 직업, 경제적 여유, 단란한 가정, 정말 더 이상 바랄 것 없이 만족스런 삶이 눈 앞에 있는 듯했다.

김병도는 고영순의 잔에 맥주를 따르며 그녀에게 고마움을 느꼈다. 발갛게 취기가 오른 그녀의 볼이 더 없이 아름답게 보였다. 활짝 웃는 미소와 함께 그녀의 논리 정연한 말과 또랑또랑한 목소리에는 남자의 가슴을 설레게 만드는 묘한 매력이 철철 넘쳐흘렀다. 김병도는 이렇게 매력적인 여자가 서른 중반이 되도록 혼자 산다는 것이 쉽게 이해되지 않았다.


43


　김병도는 12시가 넘자 서둘러 실비집을 나왔다. 당장 내일 서울로 올라갈 생각이 들자 마음이 조급해졌기 때문이었다. 술에 취해 비틀거리는 고영순을 부축하며 실비집을 나왔을 때, 밖에는 비가 더욱 거세게 내리고 있었다. 김병도는 실비집 주인아주머니로부터 우산을 하나 얻어 시외버스터미널 앞 택시정류장으로 걸어갔다. 그러나 작은 우산 하나로는 억수같이 내리는 비를 가리기에 터무니없었다. 더구나 고영순은 이미 많이 취해 비틀거리고 있어 시외버스터미널 앞에 도착했을 때 둘은 비에 흠뻑 젖고 말았다.

　"호호호! 김교수님! 오늘 우리는 비를 맞으라는 운명인가 봐요."

　"그러게요. 다 젖고 말았네요."

　"이왕 이렇게 비에 젖은 거, 우리 좀 걷지 않을래요?"

　"예? 비가 너무 많이 오는데요?"

　고영순은 김병도가 말을 채 끝내기도 전에 우산 밖으로 나가 양팔을 벌리고 하늘을 올려다보며 비를 온몸으로 받았다.

　"예전부터 이렇게 한번 꼭 해 보고 싶었어요. 영화에서 보면 여주인공이 이렇게 빗속에서 춤을 추잖아요."

　고영순은 양팔을 벌린 채 빙글빙글 돌았다. 김병도는 난감한 표정으로 그녀를 보다가 손에 든 우산을 쓰레기통에 던져 넣어 버렸다. 고영순은 노래를 부르며 진주성 쪽을 향해 뛰듯이 걸었고 김병도는 그 뒤를 터벅터벅 따라 걸었다. 한참 젊은 대학생이었을 때 이렇게 비를 흠뻑 맞으며 걸어 본 이후 처음으로 비를 맞으며 걷는 것 같았다.

비를 맞으며 김병도는 기분이 좋아지고 있었다. 무엇인가 헝클어진 생각이 정리되고 있는 느낌이었다. 그것은 마치 내리는 비에 가슴속에 찌들어 있는 잡다한 생각들이 하나씩 씻겨 내려가는 개운함 같은 것이었다. 그런데 앞서 가던 고영순이 사거리를 만나자 왼쪽 진주교 방향으로 갑자기 사라져버렸다. 김병도는 그것을 보고 뛰어서 사거리를 돌았다. 밤이 너무 늦었고 비 오는 거리에는 사람 하나 없이 차들만 빠른 속도로 지나치고 있어 위험해 보였기 때문이었다. 고영순은 진주교 앞에 도착해서 뛰던 걸음을 멈추고 뒤를 돌아보았다. 김병도는 서두르지 않고 터벅터벅 걸어와 그녀 앞에 멈춰 섰다.

"교수님! 다리 중간까지만 같이 걸어주시지 않겠어요?"

고영순은 마치 어린아이와 같이 장난기 어린 몸짓으로 말했다.

"비 오는 밤에 여자 혼자서 다리를 건너는 건 너무 슬퍼 보이잖아요."

"그래요. 그럽시다."

다리를 건너면서 오른쪽으로 보이는 진주성을 바라보니 촉석루가 조명을 받아 고고한 자태를 뽐내며 밝게 빛나고 있었다. 진주성은 언제 보아도 아름답고 훌륭한 성이었다. 김병도는 진주성이 대한민국에서 제일 아름다운 성일 것이라고 생각했다. 고영순은 다리 중간에 도착하자 다리 난간에 몸을 기댄 채 진주성을 바라보았다.

"참……, 예쁘네요. 촉석루를 보면 제가 진주에서 태어난 게 자랑스러워요."

"예, 그러네요. 빗속에서 보니까 더 아름답네요."

“교수님! 보세요. 남강 물이 불어났어요.”

다리 밑을 보자 검은 물이 넘실거리며 흐르고 있었다. 자정이 되자 진양호 댐의 수문을 연 것 같았다. 고영순은 다리 난간에 기댄 채 한동안 어지럽게 넘실거리는 남강을 내려다보았다. 김병도는 비를 맞고 떨고 있는 고영순의 어깨가 안쓰럽다고 느껴졌다. 그런데 자세히 보니 고영순은 울고 있었다. 고영순의 볼에 흐르는 물은 빗물이 아니고 눈물이었다.

“영순씨! 왜 그러세요?”

“……그냥요. 그냥 눈물이 나네요.”

김병도는 흐느끼는 고영순을 가만 내버려두었다. 그러고 보니, 김병도는 고영순에 대해 아는 것이 별로 없었다. 단지 건축학과 고상용 교수의 딸이라는 것과 대한경제신문사에서 골프전문 기자로 일한다는 것 이외에는 이렇다 하게 아는 게 없었다. 오늘밤에 많은 이야기를 나누었지만 대화의 거의 대부분이 자신의 이야기에 국한되었었다. 고영순은 눈물을 손으로 훔치고 긴 한숨을 심호흡하듯 내쉬었다.

“교수님! 성주씨는 은경이를 어디로 데려갔을까요?”

“글쎄요.”

“저는요, 은경이가 불쌍하고 부러워요.”

“예?”

김병도도 다리 난간에 몸을 기대고 남강 물을 내려다보았다.

“사랑은 희생이라는 말이 있죠? 저는 그 말이 맞다고 생각해요. 근데요 교수님……, 저도 희생할 수 있어요. 아니 지금까지 계속 희생만 하고 있어요. 바보 같은 사람이 그걸 몰라요. 나도 은경이처럼 아프고……, 사랑하고 싶다는 걸요.”

고영순은 그렇게 말하고 다시 고개를 숙이고 눈물을 흘렸다. 김병도는 그녀가 술에 취해서 횡설수설하는 거라 생각했다.

"교수님, 이상하게 생각하지 마시고 저 좀 안아주시겠어요? 왠지 실컷 울었으면 좋겠는데……."

고영순은 난간에 기댄 채 다리 밑을 보면서 덜덜 떨며 말했다. 김병도는 고개를 돌려 고영순을 보았다. 내리는 비 때문인지 그녀는 초점을 잃은 눈동자로 흐르는 물을 보고 있었다.

"그래요……."

김병도는 고영순을 두 팔로 안아주었다. 고영순은 김병도의 가슴에 얼굴을 묻고 소리를 내어 울었다.

"흐흐흑! 흑흑……, 고영순은 지금 너무 슬퍼요. 가슴이 찢어지는 것같이 아파요. 흑흑! 은경이도 불쌍하고, 성주씨도 불쌍하고, 나도 불쌍해요. 흑흑흑……."

김병도는 고영순을 안고 환하게 빛나는 촉석루를 바라보았다.

'세상 걱정 하나 없을 것같이 밝은 이 여자의 아픔은 또 무엇인가?'

사람은 자기가 가지고 있는 가시가 제일 아프다고 했던가. 김병도는 비 내리는 다리 위에서 오늘 처음 본 여자를 안고 있는 자신이야말로 세상에서 가장 불쌍한 사람일 거라고 생각했다.


# 44


전국창은 늦은 아침에 동방호텔 옆 남강변에 있는 해장국 집에서 홍원식과 함께 콩나물해장국을 먹었다. 해장국 집은 지리산에서 내려온 등산객들로 북적대고 있었다. 50년 전통의 진주 콩나물해장국은 진주사람들보다 오히려 객지에서 온 사람들에게 더 인기가 좋았다. 언제 먹어도 깔끔한 국물 맛이 숙취 해소에 일품이기 때문이었다.

전국창은 두 손으로 사발을 든 채 마지막 국물까지 마시고 난 후 담배를 하나 피워 물었다. 지난 밤 그는 또 인사불성이 되도록 취했다. 승주CC에서 신천웅과 김덕상에게 또 패배했다는 속상함보다 윤성주의 존재가 무섭게 다가오는 두려움을 잊기 위해 전국창은 홍원식을 불러내 술을 마셨다. 그는 여느 때처럼 정신을 잃을 정도로 취했고 룸에서 서비스를 하던 아가씨와 함께 모텔에서 잠을 잤다.

아침에 눈을 뜬 전국창은 혹시나 하는 마음에 핸드폰을 확인하였으나 김은경으로부터는 어떤 문자메시지나 전화도 오지 않았다. 안도감보다는 쓸쓸함이 밀려들었지만, 이미 익숙해진 전국창이었다. 그는 옆방에서 자고 있는 홍원식을 깨워 해장국 집으로 왔다.

"형님! 어제 제가 말씀드린 미래파 백화점 건은 잊지 않았죠?"

홍원식은 한국제강이 진주 시내에 짓고 있는 미래파 백화점 건물에 들어갈 대리석 건을 전국창에게 밤새도록 부탁했었다. 10층짜리 이 건물에 들어갈 대리석만 입찰가로 68억원이었다. 전국창의 아버지 전희만은 한국제강의 박회장과 막역한 사이였고 말 한 마디만 건네면 대리석 입찰건 정도야 쉽게 해결되는 일이었다.

"형님! 제 말 듣고 있어요? 대성석재의 흥망이 달린 일이라고요?"

전국창은 홍원식의 말을 듣는 둥 마는 둥 담배 연기 사이로 벽에 걸린 달력을 노려보고 있었다. 달력에는 팬티만 입은 아가씨가 손에 든 맥주로 다 드러난 가슴을 살짝 가리고 있었다.

"아! 참, 형님! 뭐라고 말 좀 해 보세요. 이러시면 형수님한테 다 꼰질러 받칩니다."

순간 전국창은 고개를 휙 돌려 홍원식을 무섭게 노려보았다.

"너, 지금 뭐라 그랬냐?"

전국창이 너무나 무서운 눈빛으로 노려보며 말하자 홍원식의 목소리가 기어들어갔다.

"제 말씀을 계속 못 듣는 척하시면……."

"하시면?"

"……, 어젯밤 나랑 같이 외박했다고 일러 바친다고요."

전국창은 자리에서 일어나면서 홍원식의 뒤통수를 손바닥으로 쳤다.

"우쒸! 왜 때려요. 아침부터 재수 없게……."

전국창은 홍원식의 얼굴 가까이 다가가 눈을 맞추고 낮은 목소리로 말했다.

"넌 입이 너무 가벼워. 그게 문제야. 넌 그것 때문에 한번 크게 다칠 거야. 그러니까 미리 조심하는 게 좋을 거야. 알았어?"

"알았어요! 알았다고요."

"그럼, 계산하고 나와라!"

전국창은 홍원식의 뒤통수를 한번 쓰다듬고 밖으로 나가 버렸다.


# 45


"따르릉! 따르릉!"

“네, 김병도입니다.”

“아! 교수님입니까? 저 홍원식입니다. 돌 장사하는 홍원식! 기억하시죠?”

점심시간 무렵에 김병도는 느닷없이 홍원식의 전화를 받았다.

“아 예, 홍사장님. 근데 어쩐 일로…….”

“아따, 교수님도 참, 제가 뭐 물어볼 게 있으니까 전화를 했죠.”

“홍사장님이 제게 뭘 물어볼 게 있다고…….”

“아, 그러니까 다름이 아니라 바이오제약 있잖습니까.”

홍원식은 어디서 바이오제약의 주식이 폭등하고 있다는 소식을 들은 것 같았다.그리고 바이오제약의 주식이 오르고 있는 이유가 바로 김병도의 형질전환 복제돼지 때문이라는 것도 들은 모양이었다.

“교수님! 제가 여유 자금이 좀 있어 바이오제약 주식을 사려고 합니다.”

“아, 예, 그런데요?”

“근데 사람들이 지금 오를 만큼 올라 상투를 잡을 위험이 있다고 하는데…….”

“하하하! 홍사장님, 저는 그런 거 잘 몰라요.”

“아니, 그게 아니라, 교수님은 그냥 지금 하시는 거 전망만 말씀해 주시면 됩니다.”

“글쎄, 저는 정말 잘 모르는데…….”

“사람들이 그러는데 다음에 또 돼지가 태어나면 주식이 또 뛸 거랍니다.”

“아 예, 그럴 수도 있겠지요.”

“근데, 교수님! 다음에 진짜 또 돼지가 태어나긴 태어납니까?”

"하하하! 그럼요. 돼지야 계속 태어나지요."

"아니, 그게 아니고 제 말씀은……, 거 뭐시냐, 복제돼지 말입니다. 복제요."

"아 예, 한두 달 있으면 또 복제돼지 새끼가 나올 겁니다. 문제는 형질전환된 것이 나와야 하는데, 저번에 태어난 복제돼지도 아직 형질전환 확인이 아직 안 돼서……."

"그니까 두 달만 있으면 확실히 복제돼지가 태어나는 게 맞긴 맞군요?"

"예, 두 달 정도면 복제돼지는 또 나옵니다. 그런데……."

"그럼 됐습니다. 제가 궁금한 게 바로 그것이었습니다. 고맙습니다. 교수님! 존경합니다!"

"홍사장님! 그런데요, 홍사장님! 홍사장님!"

홍원식은 뭐가 급한지 벌써 전화를 끊어 버렸다.


점심시간이 되자 김병도는 시내에 있는 증권회사로 나왔다. 그는 아침에 출근하자마자 김성훈 사장에게 전화를 하여 자신이 가지고 있는 주식을 현금으로 바꾸고 싶다고 말했다. 처음에 김성훈 사장은 어지간하면 더 가지고 있으라고 권했으나 현금이 필요하다는 김병도의 단호한 말에 그럼 그렇게 하라고 했다. 김성훈 사장은 조금 있다가 바이오제약이 유상증자를 할 것인데 그때 다시 김병도에게 일정 분의 주식을 챙겨주겠다고 말했다.

사실 김병도는 김성훈 사장의 말이 무슨 의미인지 정확히 몰랐다. 김병도는 단지 자신의 주식을 현금으로 바꾸는 데 김성훈 사장의 도움을 청했던 것뿐이었다. 김성훈 사장은 흔쾌히 자신이 증권회사에

조치를 취해 놓겠다고 했으며 김병도는 증권회사에 서류만 가지고 가면 모든 것을 바이오제약 직원이 알아서 처리해 줄 거라고 말했다. 그리고 정말 김성훈 사장의 말처럼 너무도 간단히 자신의 이름으로 된 통장에 10억원이 들어온 것을 확인하였다. 10억원이 들어 있는 통장을 보자 김병도는 실감이 나지 않았다. 도무지 믿기지 않는 금액이라 오히려 무덤덤하였다. 그러나 김병도는 은행에서 만원권으로 1억원을 찾았을 때, 비로소 자신이 부자라는 것을 실감하였다. 백만원짜리 다발이 백 개였다. 스포츠 가방에 그 돈을 넣었는데 무겁게 느껴졌다. 김병도는 그것을 생일케이크 박스에 넣고 예쁘게 포장하였다. 그리고 바쁘게 사천공항으로 향했다.


46

　김은경은 콧노래를 부르며 휴게실 탁자를 닦고 있었다. 혜은이는 이렇게 기분 좋은 김은경을 처음 보았다. 마치 가뭄에 시들어 가던 코스모스가 단비를 맞고 다시 활짝 핀 것 같았다.
　"사모님, 오늘 무슨 좋은 일이 있어요?"
　김은경은 혜은이의 말에도 아랑곳하지 않고 콧노래를 부르며 깨끗한 탁자를 계속 닦고 또 닦았다. 창밖에는 윤성주가 볼 공급기를 만지면서 분주히 움직이고 있었다. 김은경은 가슴이 벅차오르는 것을 참을 수가 없었다. 행여나 자신의 감정이 드러날까 그녀는 콧노래를 더 크게 불렀다. 어제까지는 지옥이었던 세상이 하루아침에 천국이 되어 버렸다. 누구에게도 말할 수 없는 터질 것 같은 사랑이 가슴속을 꽉 채

우고 있었다. 정말 사랑받는다는 것은 세상을 살 만한 곳으로 바꾸는 힘이 있었다.

그랬다. 그 사랑은 처음부터 존재하고 있었고, 자신이 그렇게 원망하던 순간에도 그 사랑은 변함이 없었고, 심지어 그녀가 증오하던 시간에도 그 사랑은 자신을 향하고 있었다는 사실이 그녀를 미치도록 행복하게 만들었다. 그리고 지난 밤 그녀는 그 사랑을 온몸으로 확인하였다. 이제는 죽어도 행복할 것 같은 만족감이 그녀의 세포 구석구석까지 파고들었다. 그렇게 사랑을 확인하니 김은경은 다시 태어난 기분이 들었다. 앞으로 미래가 어떻게 펼쳐질지 두려움보다는 기대가 앞섰다.

'다시 사는 거야…….'

김은경이 그렇게 생각하고 있는데 전국창이 휴게실 문을 열고 들어왔다. 그는 방금 김은경이 닦아 놓은 창가의 탁자에 털썩 주저앉았다.

"혜은아! 커피 한 잔만 줄래?"

김은경은 탁자를 닦으며 전국창을 바라보았다. 샤워를 했지만 초췌한 것을 보니 지난 밤에 술을 많이 마신 것 같았다. 김은경은 그런 전국창이 어쩐지 불쌍해 보였다.

"어젯밤에 별일 없었지?"

전국창의 말에 김은경은 어젯밤 일이 떠올라 가슴이 철렁했다. 순간 자신의 몸 구석구석을 눈물을 흘리며 애무하던 윤성주의 모습이 스쳐 지나갔다.

지난 밤, 윤성주는 김은경을 침대 위에 조심스럽게 올려놓았다. 그는 마치 이조백자를 쌓아 놓은 보자기를 펼치듯 그녀의 옷을 하나하나 조심스럽게 풀어헤쳤다. 그리고 이조백자보다 더 눈부신 속살이 드러나자 김은경은 눈을 감았다.

윤성주의 뜨거운 입김이 그녀의 목덜미를 자극했다. 그의 뜨거운 혀끝이 귓불을 훑고 봉긋한 젖가슴으로 내려갔다. 순식간에 혀끝에 자극을 받은 유선세포가 살아났다. 그것은 마치 마술과 같았다. 윤성주의 혀끝이 닿는 곳마다 죽었던 세포들이 다시 살아났다. 양쪽 젖가슴이 살아났고, 굳은 어깨와 허리도 살아났다. 윤성주의 혀끝에서 나오는 그 마술과 같은 생명은 그녀의 혈류를 타고 전신으로 퍼졌고 그녀의 깊숙한 곳에 도달해서 오르가즘을 만들었다.

윤성주는 김은경의 손가락들을 하나하나씩 수를 세어가며 빨았다. 이미 오르가즘에 도달한 김은경은 손가락을 빨고 있는 윤성주를 보았다. 두 눈을 감고 너무나 정성스럽게 애무를 하고 있는 윤성주의 눈에서는 언제부터였는지 소리 없는 눈물이 줄줄줄 흘러내리고 있었다. 김은경은 눈물을 흘리며 애무를 하고 있는 윤성주의 모습을 보고 참았던 눈물이 터져버렸다. 애무를 받는 김은경도 소리 없이 눈물을 흘리고 있었고 그런 김은경의 몸을 이리저리 돌려가며 구석구석 애무하는 윤성주도 울고 있었다. 그리고 결정적으로 윤성주의 입술이 그녀의 오른쪽 의족에 닿았을 때, 윤성주는 그 의족을 두 손으로 잡고 정성껏 혓바닥으로 훑고 또 훑았는데 김은경도 윤성주도 둘 다 큰 소리를 내며 울어버렸다.

"일은 무슨 일이 있었겠어요."

김은경은 달아오르는 얼굴을 등 뒤로 돌리며 전국창에게 말했다. 전국창은 김은경의 대답을 듣는 둥 마는 둥 혜은이가 가져온 커피를 한 모금 마시고 창밖을 보았다. 윤성주가 볼공급기에 볼을 넣고 뭔가를 조작하고 있었다.

“난 어제 갑자기 사건 하나가 생겨서 창원에 다녀왔어. 워낙 중요한 사람들이라 전화하는 것도 깜박했네.”

“그래요.”

김은경은 절뚝거리며 주방 뒤로 들어가면서 전국창을 힐끗 보았다. 전국창은 창밖의 윤성주를 매섭게 노려보고 있었다.

## 47

김포공항에 도착한 김병도는 택시를 타고 월계동으로 향했다. 하영주가 종수와 함께 살고 있는 삼성아파트에 도착하였을 때는 이미 저녁노을이 지고 있는 시간이었다. 그는 아파트 초인종을 눌렀으나 안에서는 아무런 대답이 없었다. 아파트 놀이터에서 한동안 시간을 보내던 김병도는 아파트 앞에 있는 중국집에서 자장면으로 저녁식사를 대신했다.

김병도는 자장면을 기다리는 동안 바로 앞 테이블에 자신 또래의 남자가 네 살 정도로 보이는 여자아이와 함께 식사를 하는 것을 보았다. 그런데 그 모습이 왠지 처량해 보였다. 뭔가 허전한 듯 비정상적인 모습으로 보였는데 그것은 당연히 있어야 될 엄마가 보이지 않았기 때문이었다. 김병도는 엄마 없이 아빠와 함께 입가에 자장을 묻혀가며 자장면을 먹고 있는 여자아이가 측은하다는 느낌까지 들었다. 하지만 조금 있다가 엄마로 보이는 여자가 급히 들어왔다. 정장차림의 모양새를 보니 여자는 직장을 다니고 있는 것으로 추측되었다. 자장면을 먹던 여자아이는 엄마를 보자 얼굴이 금방 환하게 펴졌다. 그리고 비로소 모든 모습이 정상적이고 안정되게 보였다.

　김병도는 엄마의 존재란 저런 거라는 생각이 들었다. 매일 아들 종수는 엄마와 함께 아빠 없이 식사를 하였을 것이다. 종수가 비정상적으로 보이는 상황에서 매일 식사를 했을 것으로 생각하니 김병도는 가슴이 아파왔다. 김병도는 옆에 놓인 케이크 상자를 손으로 만져보았다. 일단 하영주의 마음을 돌리는 것이 무엇보다 중요하였다. 그것이 아들 종수를 위한 아빠의 사랑이었다.

　'자존심을 죽이고 무릎을 꿇으리라! 우리 종수를 위해.'

　자장면을 먹고 김병도는 다시 아파트 현관문 앞에 섰다. 그리고 심호흡을 한 후 초인종을 비장한 마음으로 눌렀다.

# 비켜가는 마음

## 48

하영주는 자신의 발 앞에 무릎을 꿇고 있는 김병도를 내려다보며 적지 않게 당황하고 있었다. 이건 자신이 원하던 일이 전혀 아니었고, 또 이렇게 되어서도 안 되는 것이었다. 김병도는 눈물까지 흘리며 자신의 잘못을 용서하라고 애원하고 있었다. 그 동안 자신이 무엇을 잘못했는지 이제야 깨달았다고 하면서 마지막이라고 해도 좋으니 한번만 자신에게 기회를 달라고 눈물로 호소하고 있었다. 아빠가 무릎을 꿇고 우는 모습을 아는지 옆에 있던 종수도 같이 울음을 터트렸다. 결국 냉혹한 표정을 짓고 있던 하영주의 눈에서도 눈물이 흘러나왔다.

하영주는 김병도가 너무 미웠다. 이제 와서 자신을 곤혹스럽게 만들고 있는 김병도가 죽이고 싶도록 미웠다. 그녀는 종수를 가슴에 품고 달래면서 김병도를 원망하였다. 그녀는 김병도의 애절한 눈빛을 애써 외면하며 원망스럽게 말할 뿐이었다.

"너무 늦었어요. 너무 늦었단 말이에요."

하영주는 집으로 돌아오기 바로 직전까지 이경현과 같이 있었다. 오늘 이경현은 서울가정법원에서 그의 아내와 정식으로 이혼을 하였다. 법정을 나오면서 이경현은 하영주에게 어린아이와 같이 흥분되고 떨리는 목소리로 전화를 하였다. 그로서는 힘든 싸움의 종지부를 찍었다는 홀가분한 마음이었고, 그 홀가분한 마음 뒤에 숨겨져 있던 허전함을 달래줄 사랑하는 연인의 목소리가 간절히 듣고 싶었다.

하영주는 이경현과 함께 청평댐 근처로 드라이브를 떠났다. 검푸른 강물이 내려다보이는 한적한 카페의 창가에 앉아 하영주는 이경현의 손을 잡고 아무 말도 하지 못했다. 2년 전 병원 로비에서 영화의 한 장면처럼 재회한 첫사랑 이경현이 자신이 그렇게 힘들어했던 시간들을 보상이라도 해줄 것처럼 모든 것을 정리하고 그녀의 앞에 앉아 있었다.

이경현은 하영주를 위해 자기의 모든 것을 정말 버려 버렸다. 하영주를 위해 재산도 자식도 모든 것을 포기해 버린 것이었다. 무엇보다도 자신이 쌓아왔던 의사로서의 명예마저 버리고 어린아이와 같이 떨리는 눈빛으로 자신을 바라보고 있었다. 그런 이경현을 위해 하영주는 아무 말도 할 수가 없었다. 아직도 하영주는 무엇이 올바른 것인지 명확히 알 수가 없었다. 자신도 이경현처럼 아들 종수를 버리고 이혼을 할 수 있을지 자신이 없었다. 더구나 김병도가 자신이 원하는 바대로 이혼을 해줄지도 알 수 없는 일이었다. 그렇다고 이혼을 위해 소송을 하여 서로 물고 뜯는 난투극을 추잡하게 하고 싶지도 않았다.

사실, 따지고 보면 김병도에게 이렇다 할 이혼사유가 있는 것도 아니었다. 오히려 아직 이혼도 하지 않은 상태에서 다른 남자와 사랑에 빠진 자신에게 더 큰 이혼사유가 있다고 하는 편이 맞는 상황이었다. 그러나 자신이 다른 남자와 사랑에 빠진 것에 대한 책임은 전적으로 남편 김병도에게 있었다. 남편이라는 사람은 자신이 그렇게 힘들어할 때 무엇을 하였던가. 자살의 충동을 어쩌지 못하고 매일밤 베개를 적시며 울고 있을 때 남편이라는 사람은 쿨쿨 잠만 자지 않았던가. 자신이 다른 남자와 사랑에 빠져 새로운 미래를 꿈꾸며 가슴 설레고 있을 때도 남편이라는 사람은 자신의 일에만 정신이 팔려 관심조차 없지 않았던가. 자신이 이혼을 해달라고 그렇게 울며불며 애원해도 남편이라는 사람은 대수롭지 않은 듯 자신을 괴롭히기만 하지 않았던가.

하영주는 자기를 위해 모든 것을 버리고 달려온 이경현의 손을 잡으면서 상황을 이렇게 만든 모든 책임을 김병도에게 전가시키고 있었다. 그리고 북한강변에 주차시킨 차 안에서 이경현과 뜨거운 키스를 나누고 있을 때 어머니로부터 김병도가 집에서 기다리고 있다는 전화를 받았다.

하영주는 집으로 돌아오는 차 안에서 자신을 진정시키기가 좀체 어려웠다. 김병도가 이혼을 결심하고 왔을 거라고는 생각되지 않았다. 또다시 자신을 설득하려고 억지를 부리면 어떻게 대처해야 할지 마음을 다잡아먹고 있었다. 그녀는 차갑고 냉혹하게 말을 해야 한다고 주먹을 꽉 쥐었다. 확실하게 돌아선 자신의 마음을 김병도에게 정확히 알려주어야 한다고 다짐했다. 시간은 이제 돌이킬 수 없는 지점을 지나쳐 버렸다. 그렇게 하는 것이 이경현을 위해서도 백번 타당한 일이었다. 여기서 흔들리면 자신도, 이경현도 모두 불행해지는 것이었다. 하영주는 주먹을 쥔 채 눈을 감고 하나님께 이 상황을 이겨낼 냉혹함을 달라고 기도를 하였다.

"당신 혹시 다른 남자가 생긴 건 아니지?"

"………"

"늦었다니? 뭐가 늦었단 말이야?"

김병도는 냉냉한 눈빛으로 자기를 내려다보고 있는 하영주에게 의심 가득한 말투로 물었다.

"내 마음이 이미 당신께 돌아가기에 늦었다는 거예요."

"아니야, 여보. 늦지 않았어. 우리 다시 시작해. 이제 정말 잘 할게. 나 이제 가난하지도 않고 시간도 많아. 우리 종수랑 여행도 다닐 수 있고, 당신이 원하는 것도 다 해줄 수 있어."

"어쩜 당신은……, 당신은 아직도 무엇이 잘못되었는지 알지 못하는군요."

"아니, 나 이제 다 알아. 당신을 소홀히 대해 당신이 힘들었다는 걸 이제는 잘 알아. 여보! 내게 기회를 줘! 당신에게 잘 할 수 있도록 기회를 달라고. 그 동안 당신에게 잘 해주기 위해 힘들게 일했고, 이제 모든 준비가 다 되었어. 이제 우리는 행복하기만 하면 돼. 앞으로 우리에게는 서로 사랑하고 행복하게 살 일만 남았다고."

"그러기에는 내 마음이 돌아갈 수 없는 지경이 되었다니까요. 왜 이리 이해를 하지 못하세요. 나는 이제 당신을 사랑하고 싶지도 않고 사랑할 수도 없다니까요."

"여보! 그럼 종수를 위해서라도 나랑 같이 살아줘. 종수가 무슨 죄가 있겠어. 종수를 위해서라도 같이 살다보면 내게 돌아선 당신의 마음이 돌아올 수도 있잖아."

김병도가 종수 이야기를 꺼내자 하영주의 눈에서 금방 닭똥 같은

눈물이 흘러나왔다. 종수는 정말 그녀에게 있어 아킬레스건과 같은
존재였다.

"그러길래……, 왜……, 흐허엉……, 엉엉!"

하영주는 큰 소리로 울었다. 동시에 그녀의 품에 안겨 있던 종수도
덩달아 같이 울었다. 무릎을 꿇고 있던 김병도의 눈에서도 눈물이 흘
렀다.

"다, 내가 잘못했어. 모든 게 다 내 잘못이야……."

김병도는 일어나 하영주의 어깨를 잡고 안으려 하였으나 하영주는
매몰차게 그의 손을 뿌리치며 외쳤다.

"당신이 정말 당신의 잘못을 인정하고, 아직도 나에게 눈곱만큼의
사랑이라도 남아 있다면……, 이제 그만 나를 편하게 해줘요."

"여보! 나에게 마지막 기회를……, 시간을 좀 달라니까!"

하영주는 김병도로부터 등을 돌렸다.

"내가 너무 늦었다고 말했죠. 당신은 왜 아직도 내 말을 무시해요?
당신이 종수 때문에 정말 이혼하지 못하겠다면 종수는 당신이 데려가
키우세요!"


# 49


김은경은 저녁 무렵에 고영순이 아프다는 전화를 받고 안개꽃에 쌓
인 장미 다발을 들고 그녀를 찾아왔다. 고영순은 지난 밤 비를 흠뻑 맞
아선지 감기 몸살을 앓았다. 그녀는 하루 종일 고열과 오한에 시달렸
다.

고영순은 하룻밤 사이에 핏기 없이 핼쑥해진 모습으로 김은경을 맞이하였다. 그녀는 평소와 달리 생기 넘치는 김은경을 보고 감기몸살로 누워 있는 자신이 서글프다는 생각이 들었다. 금방이라도 무슨 말을 할 것 같은 미소를 머금고 김은경은 김이 모락모락 나는 생강차를 마시고 있었다. 고영순은 그런 김은경의 모습에서 사고가 있기 전 그녀의 발랄했던 모습을 보는 것 같았다. 김은경은 세상에서 부러울 것 하나 없이 행복한 여자였다. 생각하고 싶지 않은 그 사고가 있기 전에는 정말 그랬다.

“호호호! 천하의 고영순이 아픈 일도 다 있네.”

생강차를 한 모금 마신 김은경이 웃으며 말했다. 행복이 묻어 나오는 웃음이었다. 윤성주 때문이리라. 고영순은 김은경의 행복한 웃음은 분명 윤성주 때문일 거라 생각했다.

“어젯밤 무슨 일이 있었기에 그리 행복해 보이는 거야?”

“일은 무슨……, 후후훗!”

고영순은 김은경의 옆구리를 찌르며 짓궂게 다시 물었다.

“빨리 말해봐. 요 앙큼한 년아! 성주씨랑 어제 뭐 했어?”

“호호호! 하긴 뭘 해. 그냥 손만 잡고 잤어.”

“뭐? 그냥 손만 잡고 잤다구? 그게 남편 있는 유부녀가 할 소리야? 전화 어딨어? 당장 검찰에 고발해야지.”

고영순이 장난스럽게 전화기를 집어 들자 김은경이 그녀의 손을 재빨리 잡았다.

“호호호! 영순아! 고발만은 안돼. 한번만 봐 주라. 응?”

“안돼! 어젯밤 있었던 일을 사실대로 말하지 않으면 기자친구들에게 말해서 신문에 대서특필하게 만들 거야.”

김은경은 생강차를 마시며 지난 밤에 윤성주와 있었던 일을 거의 대부분 거짓 없이 다 털어놓았다. 김은경에게 고영순은 그런 친구였다. 진양호댐 바로 밑에 있는 경해여고에 입학해서부터 김은경에게 친구는 고영순밖에 없었으며, 김은경이 속마음을 다 털어놓을 수 있는 사람도 세상에 고영순밖에 없었다.

"영순아! 내가 정말 살아 있다는 것을 느꼈어. 살아남길 잘했다고 느꼈다고. 알겠어? 앞으로 어떻게 되든지, 이제 그런 것은 내게 중요하지 않아. 지금은 죽어도 좋을 만큼, 나는 행복해."

'……그래……, 그랬구나……'

고영순은 애써 김은경의 눈빛을 피하기 위해 생강차를 한 모금 마셨다.

"오늘 하루 종일, 창밖에 그 사람 있다는 것만으로도 나는 가슴이 터질 것같이 행복했어."

'그래, 은경아! 나도 하루 종일 가슴이 메어질 것같이 아팠어.'

"그 사람의 눈빛 하나, 몸동작 하나에도 가슴이 설레는 거야."

'나도 그 사람의 눈빛 하나, 몸동작 하나하나가 생각나서 가슴이 아렸어.'

"영순아! 마치 대학 4학년 때, 처음 사랑을 시작할 때로 돌아간 것 같아. 아니, 그때보다 열배는 더 가슴이 설레는 거야."

'은경아! 나도 그때보다 열배는 더 가슴이 아려……'

"그때는 너무 어려 마냥 좋기 만하고 그게 사랑인 줄 알았는데, 지금은 백배는 더 깊은 사랑이 가슴속에 들어왔어."

'은경아! 나도 그때보다 백배는 더 깊은……, 그 놈의 사랑 때문에 너무, 너무 아퍼……'

“영순아! 너는 이런 내 마음을 충분히 이해하지?”

‘은경아! 너는 이런 내 마음을 절대로 이해하지 못 할 거야.’

## 50

김병도는 석계역에서 무작정 1호선 지하철을 탔다. 하영주가 주먹을 쥔 손을 부르르 떨면서 베란다 너머로 보이는 중랑천을 바라보며 앞으로 펼쳐질 미래에 대한 불안감을 진정시키고 있을 때, 김병도는 지하철 안에서 참을 수 없는 분노를 누르고 있었다. 고영순이 말한 대로 김병도는 자존심을 버리고 무릎을 꿇었다. 그러나 하영주는 얼음보다 더 차가웠고 그 모습은 예전에 알고 있던 자신의 아내 하영주의 모습이 아니었다. 분명 다른 남자가 그녀의 마음속에 들어 있는 것이 확실하였다.

김병도는 그것이 확실하게 느껴지자 더욱 분노가 치밀어올랐다. 그러나 한편으로 김병도는 자기 자신도 가증스럽다고 느껴졌다. 형식적으로 무릎을 꿇었으나 그것은 단지 연기에 불과하였다. 마음속에서는 죽여 버리고 싶은 감정이 폭발할 것 같았으나 그것을 꾹꾹 참고 자존심을 죽여 가며 눈물까지 흘렸었다. 김병도는 자신이 진실로 마음을 다해 하영주를 설득했다면 그녀의 마음을 돌릴 수 있었을까 하는 자문을 해 보았다. 그러나 그것은 알 수 없는 일이었다. 진심으로 설득하지 않았기 때문에 그녀가 돌아서지 않은 건지, 아니면 정말 그녀의 마음속에 다른 남자가 있어 돌아서지 않은 건지 확실하지 않았다.

김병도는 지하철에서 내려 밖으로 나왔다. 갑갑함에 무작정 내린

역은 동대문역이었다. 김병도는 담배를 피워 물고 길가에 서서 오고 가는 차량들을 쳐다보았다. 아래로부터 조명을 받은 동대문이 환하게 빛나고 있었다.

'그래, 차라리 남자가 생겨 바람이 나는 게 더 좋을지 몰라.'

김병도는 훗날 종수가 물으면 엄마가 바람이 나서 이혼을 했다고 말하는 게 훨씬 떳떳한 일이 될 것이라고 생각했다.

'아니, 사람들도 그렇게 이혼을 당한 나를 불쌍히 생각하며 이해해 줄 거야.'

김병도는 이혼의 명분을 찾고 있는 자신을 생각하며 씁쓸한 미소를 지었다.

'아니야! 이혼을 하는 것은 내 인생에 오점을 남기는 거야. 절대 그럴 수 없어. 누구 좋으라고 이혼을 해.'

그는 오락가락하는 자신의 생각을 정리하지 못한 채 연신 담배를 빨아 연기를 만들어 냈다. 김병도는 흥신소에 부탁하여 아내의 불륜 현장을 잡아 이혼소송을 낼까 하는 생각도 했다. 그러나 곧바로 그것은 남자로서 너무 치사한 짓이라고 결론을 내렸다.

'그래, 더 설득을 해 보는 거야. 이번에는 진심을 다해서……'

그러나 김병도는 문득 그렇게 하고 싶지 않다는 자신을 발견했다. 자신은 진심으로 그녀를 설득하여 살고 싶은 마음이 없었다. 김병도는 자기가 뭐가 아쉬워서 그렇게까지 해가며 살아야 할까 하는 생각이 들었다. 하영주가 자기가 좋으면 자기와 사는 것이고 다른 놈이 좋으면 그 놈과 사는 것이라고 생각했다. 하영주가 종수와 헤어져 살 자신이 없으면 같이 사는 거고, 자식 버린 년이라고 손가락질 받아가며 살 자신이 있으면 그렇게 하면 되는 것이라는 단순한 생각이 들었다.

그랬다. 이혼에 관한 모든 책임이 전적으로 하영주에게 있었다. 실제 자신은 피해자 입장이었다. 김병도는 그런 피해자의 입장이 오히려 잘된 일이라고 생각했다. 새출발을 해야 한다면 그것이 훨씬 떳떳한 입장이 될 것이라고 생각했다. 김병도는 하영주의 아파트에 1억원이 든 케이크 상자를 두고 온 것도 그런 의미에서 잘 한 일이라고 생각했다.

<h2 style="text-align:center">51</h2>

고영순은 김이 무럭무럭 나는 노란 생강차를 들여다보며 윤성주를 생각해 보았다. 경해여고 2학년 여름방학 때, 처음으로 윤성주를 보았다. 김은경이 전국창, 윤성주와 함께 진주에서 30분 거리에 있는 삼천포 남일대해수욕장에 같이 피서놀이를 가자고 했을 때였다. 그때, 고영순의 가슴에 수영복 차림의 윤성주의 모습이 최초로 새겨졌다. 하지만 김은경을 바라보는 윤성주의 눈빛 때문에 쉽게 다가갈 수는 없었다.

어린 마음에 고영순은 첫사랑을 가슴에 묻기 위해 서울로 진학을 하였다. 그러나 이화여대 신방과 3학년 여름방학 때 고영순은 또 윤성주와 마주쳤다. 아버지가 하동 섬진강변에 있는 조그만 농가주택을 구입하여 여름방학 동안 별장으로 리모델링 작업을 할 때였는데, 그곳에 일을 도와주러 온 아버지의 제자 건축학과 학생들 사이에서 윤성주를 발견하였다. 그때, 윤성주는 고영순을 알아차리지 못했지만 잊혀져가던 윤성주의 상의를 벗은 모습이 고영순의 가슴에 다시 깊게 아로새겨졌다. 고영순은 얼마나 가슴이 뛰었는지 모른다. 섬진강 차가운 물에 몸을 담그고 아무리 식히려 하여도 뛰는 가슴은 박동을 멈출 생각을 하지 않았었다. 그러다가 대학 4학년 때, 김은경, 전국창, 윤성주와 함께 영화를 보고 나이트클럽에 놀러갈 기회가 있었는데, 전국창이 김은경과 부루스를 출 때, 윤성주와 부루스를 추던 고영순은 하마터면 다리가 풀려 그 자리에 주저앉을 뻔하였다.

고영순이 대한경제신문사의 골프기자를 자청한 것도 윤성주 때문이었다. 윤성주가 프로테스트를 준비하고 있다기에 그녀는 골프기자가 되었다. 프로골퍼 윤성주를 취재하는 자신의 모습을 생각하면서 고영순은 혼자 거울을 보며 얼마나 많이 인터뷰 연습을 했는지 모른다. 그러나 그녀의 진짜 속앓이는 윤성주가 김은경과 본격적으로 사귀기 시작할 때부터 시작되었다. 김은경은 윤성주와 있었던 세세한 일까지 하나도 빠짐없이 고영순에게 이야기하였고, 웃는 얼굴로 조언까지 해야 했던 고영순의 가슴은 썩어들어 갔다. 그래서 고영순은 씩씩해져야만 했다. 말 한 마디 제대로 건네지 못 했던 윤성주를 가슴에 담고 일상에서 아무렇지 않은 듯 생활하기 위해서 고영순은 밝고 건강한 웃음으로 무장했다.

김은경과 데이트를 하는 윤성주 앞에서도 고영순은 당당한 솔로를 주장하며 습관처럼 밝게 웃었다. 적어도 그 사건이 있기 전에까지만 해도 그랬다. 김은경이 병원에 누워 삶을 포기하려 했을 때 고영순은 눈물로 위로하며 진실로 아파했었다. 김은경이 전국창과 결혼을 하고, 윤성주가 감옥살이를 할 때도 고영순은 진실로 김은경과 윤성주를 위해 기도를 했었다. 윤성주가 힘든 시간을 보낼 때, 고영순은 자신이 할 수만 있다면 그의 아픔을 책임지고 싶었다. 그러나 그렇게 할 자신도 있었고, 그럴 마음도 굴뚝 같았지만 친구 김은경 때문에 차마 그럴 수 없었다. 그녀에게 있어 진실한 사랑은 희생이었다. 그리고 희생하는 사람은 언제나 바보가 되어야 했다. 이번에도 고영순은 진주 CC 클럽챔피언 선발전 취재를 핑계 삼아 순전히 윤성주를 보기 위해 진주에 내려왔었다.

<h1 style="text-align:center">52</h1>

김병도는 갑자기 연구처장의 전화를 받고 경남국립대학교 총장실로 불려갔다. 총장실에는 총장이 농생명과학연구소 소장과 처장들을 배석하고 있었다. 대통령이 농림부장관과 함께 다음 주에 학교를 방문한다는 것이었다. 대한민국 생명공학 분야의 획기적인 업적으로 평가받은 형질전환 복제돼지의 성공적인 출산을 치하하고 향후 이 분야의 지원방안을 모색하겠다는 취지였다.

지방 국립대학 입장에서 대통령의 방문은 매우 큰 일이었다. 졸지에 학교는 부산하게 돌아가기 시작하였다. 학교 부속농장의 입구로 들어가는 길도 넓게 확장됐고 목장 내 허름한 건물들도 새로 깨끗이 페인트가 칠해졌다. 농생명과학연구소 건물도 말끔히 치워졌다. 복도에 나와 있던 각종 기기들도 어디론가 모두 옮겨졌다. 사흘만에 이렇게 정리될 수 있다는 게 그저 놀라울 정도였다.

김병도도 대통령께 보고할 프리젠테이션 자료를 만들기 위해 밤늦게까지 컴퓨터 앞에서 작업을 하였다. 그런데 그렇게 부산한 준비를 하던 사흘째 되는 날 아침에 김병도는 강근호로부터 청천벽력 같은 전화를 받았다. 복실이가 낳은 돼지 네 마리 중 두 마리가 죽었고 나머지 두 마리도 곧 죽을 것 같이 비실거린다는 것이었다.

김병도는 허겁지겁 부속농장으로 달려갔다. 복실이가 낳은 새끼돼지는 수컷 두 마리와 암컷 두 마리였다. 강근호의 말에 따르면 어제 낮부터 새끼돼지들이 우유도 안 먹고 빌빌거리더니 설사를 하기 시작하였고, 오늘 아침에 보니 수컷 두 마리가 죽어 있었다는 것이었다. 김병도가 이유돈사를 살펴보니 암컷 두 마리도 설사를 하여 기진맥진한 상태로 일어날 생각도 하지 않고 누워서 씩씩대고 있었다.

김병도는 전화로 급히 수의대학의 담당수의사를 불렀다. 이렇게 새끼돼지들이 죽어 버리면 정말 안 되는 일이었다. 출생 후 3주만 버티면 정말 성공적인 복제돼지라고 할 수 있었다. 게다가 아직 형질이 전환되었는지도 확인되지 않은 상태였다. 그런데 이 시점에서 새끼돼지들이 죽어 버린다면 김병도의 연구는 실패라고 단정 지을 수밖에 없는 것이었다.

수의사에게 전화를 한 김병도는 총장과 농생명과학연구소 소장에게도 전화를 하여 급박한 상황을 설명하였다. 그러나 수의사가 목장에 도착하기도 전에 나머지 암컷 새끼돼지 두 마리도 김병도가 보는 앞에서 숨을 쉬는 것을 멈춰 버렸다. 김병도는 얼굴이 하얗게 되어 달려온 총장과 연구소장을 보고 뭐라고 딱히 설명할 말이 없었다.


# 53


"따르릉, 따르릉……"

"네 김병도입니다."

"아! 교수님! 이제야 전화가 연결됐네요. 저 홍원식입니다. 돌 장사……."

"아 예, 홍사장님. 어쩐 일이세요?"

"아이고 교수님! 이게 뭔 일입니까?"

"예? 뭔 일이라니요?"

"바이오제약 주식이 폭삭 망하고 있습니다."

"아, 예……."

김병도도 복제돼지 새끼가 죽었다는 소문이 나면서 바이오제약 주식이 급락하고 있다는 뉴스를 들었다. 한때, 바이오제약의 주식은 복제돼지가 태어나기 전과 비교해 최고 열다섯 배까지 치솟아올랐다. 시중에는 치솟은 주식 때문에 바이오제약의 김성훈 사장은 가만히 앉아 번 돈만 오백억원이 넘을 거라는 소문이 자자했다. 그리고 그 말은 정말 사실이었다.

"교수님! 나는 이제 어쩝니까? 제가 교수님 말만 듣고 산 주식이 이십억입니다."

"예? 이십억원요?"

난감한 일이었다. 주당 오천원 하던 주식이 칠만오천원까지 올랐었다. 모르긴 해도 홍원식이 전화로 바이오제약 주식에 대해 물어온 시점은 주당 육만원 정도 하던 시기였을 것이다.

"교수님! 말씀 좀 해보세요? 이제 이거 어떡합니까?"

"홍사장님! 글쎄 그래서 저는 그런 거 잘 모른다고 했잖아요."

"삐리리릭! 삐리리릭!"

김병도가 홍원식과 유선으로 통화를 하고 있는 중간에 핸드폰이 울렸다. 폴더를 보니 아내 하영주였다. 김병도는 홍원식에게 잠깐 기다리라고 말하고 핸드폰 폴더를 열었다.

"응, 나야."

"어쩌면……, 당신은 정말 당신 생각밖에 없는 사람이군요."

"응? 또 무슨 소리야?"

"당신이 두고 간 케이크 상자를 오늘 열어봤어요."

"아! 그거……."

"이게 도대체 무슨 짓이에요? 내가 언제 당신에게 돈을 달라고 했어요? 내가 당신이 돈을 못 벌어서 이혼해 달라고 했냐고요?"

"아니 그게 아니고, 그 돈은……."

"그럼 이거 이혼 위자료예요? 위자료냐고요? 흐허엉……, 엉엉!"

하영주는 흥분된 목소리로 김병도에게 따지다가 울음을 터트렸다.

"아니, 내 말은 그게 아니라니까!"

"교수님! 내 말 듣고 있는 거요? 이제 나는 어떻게 하냐니까?"

"홍사장님! 지금 급한 전화를 받고 있는 중이니까 다음에 이야기합시다."

"아, 씨벌! 교수님! 나도 지금 급한 전화하고 있잖수."

"당신, 빨리 종수랑 이 돈이랑 다 가지고 가요. 더 이상 당신과는 말도 안 통하고 만나고 싶지도 않아요!"

"여보! 왜 그래 정말? 내 말 좀 잠깐 들어보라니까!"

"교수님! 당신이나 내 말에 좀 속 시원히 대답해 주쇼."

"아! 왜들 이러는 거야. 정말!"

김병도는 잡고 있는 핸드폰과 수화기를 둘 다 바닥에 집어 던져버렸다. 그 소리가 얼마나 컸던지 김병도가 방문을 '쾅!' 닫고 복도로

나왔을 때, 복도에 있던 많은 학생들이 모두 놀란 눈으로 그를 쳐다보
았다.


54


　김은경은 아까부터 휴게실 창가에 앉아 창밖의 타석을 지켜보고 있
었다. 촉석골프랜드가 다소 한가한 시간인 오후 3시경이었다. 멀리 구
석진 1번 타석에서 윤성주가 볼을 치고 있었다. 클럽헤드의 중앙에 맞
은 볼은 그물망 상단중앙에 맞고 떨어졌다. 윤성주가 볼을 한 번 치면
조금 있다가 가운데 타석에서 전국창이 볼을 쳤다. 전국창의 볼도 한
치의 오차 없이 윤성주의 볼이 맞았던 바로 그 지점에 맞고 그물 아래
로 떨어졌다. 그러면 또 윤성주가 바로 그 지점을 향해 볼을 날려 보냈
다.

　처음에는 몇몇 타석에서 사람들이 같이 연습을 하고 있었는데 언제
부턴가 전국창과 윤성주가 번갈아가면서 치는 볼만 말없이 지켜보고
있었다. 그리고 이제 연습장에서 볼을 치고 있는 사람은 전국창과 윤
성주 둘뿐이었다. 마치 그것은 누가 먼저 그물 상단중앙에 볼을 날려
보내는 것을 실패하는지 내기를 하는 것 같은 긴장감이 있었다. 전국
창과 윤성주가 볼을 번갈아가며 치고 있는 모습을 지켜보고 있던 사
람들은 그 긴장감이 어제 공식적으로 발표된 진주CC 클럽챔피온 선
발전 공고 때문이라는 것을 잘 알고 있었다.

　진주CC 클럽챔피온 선발전은 명실공히 서부경남지역 아마추어 골
퍼들 중 최고의 고수를 선발하는 대회였다. 전국창은 지난 해 진주CC

클럽챔피언을 차지했었다. 예선전에서 16명을 선발하여 매치플레이로 4일간 벌어지는 진주CC 클럽챔피언 선발전은 짧은 대회 역사에도 불구하고 서부경남의 골퍼들 뿐만 아니라 전국에서 내노라 하는 골퍼들이 대거 참여하는 전국대회로 부각되었다. 경남일보사 주최로 벌어지는 이 대회는 거액의 상금도 상금이었지만 보수적인 지역의 특성상 진주지역의 명예를 지킨다는 의미로 진주를 포함한 서부경남의 골퍼들의 참여 열기가 대단하였다. 그러나 그 동안 여섯 번의 대회를 치르면서 단 한번도 서부경남 출신이 챔피언 트로피를 가져가 본 적이 없었다. 그 때문에 진주의 골퍼들은 자존심에 상처를 받아왔었는데 지난해에는 촉석골프랜드의 터줏대감 전국창이 챔피언을 차지하였고 그 때문에 전국창은 한동안 진주 골퍼들의 영웅이 되었다. 더 이상 진주에는 챔피언 전국창을 능가하는 골퍼가 없었고 그는 진주에서만큼은 지존의 골퍼였다.

그런데 그런 전국창 앞에 그를 능가하는 윤성주가 나타난 것이었다. 그것도 전국구 타짜들을 보란 듯이 압도하면서 등장한 것이었다. 처음에 전국창은 내심 윤성주가 클럽챔피언 선발전에 출전하는 것을 경계하였다. 윤성주라면 전국창으로서는 챔피언 트로피를 지키기 어려운 상대임이 틀림없었기 때문이었다. 그러나 전국창은 겉으로 그러한 그의 경계를 나타낼 수 없었다. 오히려 대회에 나가 사람들 앞에 서는 것이 부담스러워 출전을 꺼리는 윤성주를 그의 속내와 다르게 부추겼다. 만약 자신이 챔피언 트로피를 지키지 못하면 진주 사람인 윤성주라도 지켜야 한다고 강하게 그의 출전을 권유했다. 전국창은 그렇게 윤성주의 출전을 권하는 자신이 대견하였다. 또다시 사람들로부터 존경받을 만한 행동을 하였다는 것에 뿌듯하였다.

윤성주는 전국창의 적극적인 권유에 출전하기로 생각을 바꿨다. 그는 김은경에게 보여주고 싶었다. 윤성주는 자신이 가장 잘 할 수 있는 골프를 통해 가장 자랑스러운 자신의 모습을 김은경에게 보여주고 싶었다. 윤성주는 오늘부터 본격적으로 연습을 시작하였다. 그런 윤성주의 모습이 전국창에게는 매우 위협적으로 다가왔다. 또다시 피할 수 없는 승부의 막다른 골목에서 둘은 서로 마주보고 있었고, 김은경은 그런 그들을 불안한 눈빛으로 지켜보고 있었다.

## 55

　새벽부터 북적대던 축석골프랜드는 오전 10시경이 되자 다소 한가해졌다. 일하는 사람들은 모두 일터로 떠난 시간이었다. 남편과 아이들을 각각 직장과 학교로 보낸 주부들 몇 명만이 모여 한가롭게 담소를 나누며 나른한 연습을 하고 있었다. 이 시간에는 여느 때와 마찬가지로 4층 타석에는 사람이 한 명도 없었다. 오른쪽 구석에 있는 1번 타석에서 김은경 혼자만 볼을 치고 있었다.

　최근 들어 김은경의 스윙에는 힘이 붙어 가고 있었다. 그녀는 예전과 달리 이마에 땀이 송골송골 맺힐 정도로 연습에 열중하고 있었다. 오른발 의족에 체중을 백퍼센트 싣고 완성한 백스윙 탑에서 순간적으로 왼발로 체중이 옮겨지면서 급격한 다운스윙이 이루어졌다. 그래서 김은경은 피니쉬의 모양을 완전하게 만들기가 매우 힘들었다. 김은경은 백스윙을 크게 하지 않으려고 노력하였다. 가능한 짧은 백스윙 탑을 만들려고 노력하였고 그래서 체중이동과 동시에 볼이 클럽헤드에 맞을 수 있도록 빠른 스윙을 하였다. 김은경은 또 피니쉬를 길게 가져가기 위해 볼을 치고 난 후 의도적으로 팔을 쭉 뻗어 가능한 한 클럽헤드를 머리 뒤로 넘기기 위해 노력하였다. 이렇게 연습을 하니 몸통이 많이 돌아가는 스윙이 아니더라도 볼이 스윗스팟에 맞을 확률이 높아졌고 긴 피니쉬로 말미암아 비거리도 제법 늘어났다.

김은경은 볼이 전방을 향해 하얗게 날아가는 것을 보면서 짜릿한 쾌감을 느끼고 있었다. 그것은 마치 굴곡된 자신의 인생을 자신의 노력으로 똑바로 펴는 것과 같은 일종의 카타르시스와도 같았다. 그래서 김은경은 요즘 살맛이 나고 있었다. 이마에 송골송골 땀이 맺힐수록 더욱 볼을 똑바로 보내는 재미가 소록소록 생겨나고 있었던 것이었다.

"딱!"

갑자기 김은경의 뒤쪽에서 경쾌한 소리가 나더니 하얀 볼이 빨랫줄처럼 날아가 그물망 상단에 맞고 떨어졌다. 순간 김은경은 고개를 들어 자신의 앞에 있는 전신거울을 보았다. 방금 멀리 뒷타석에서 볼을 친 사람을 거울로 확인하기 위해서였다. 거울 속에는 언제 왔는지 윤성주가 서 있었다. 윤성주는 아침 9시경 촉석골프랜드가 한산해지기 시작하면 나타나 여기저기 구석구석을 돌아다니며 청소도 하고 정리도 하였다. 하지만 한번도 이 시간에 4층으로 올라와 연습을 한 적은 없었다. 김은경은 윤성주를 확인하자 갑자기 자신의 스윙을 그에게 자랑하고 싶은 마음이 생겨났다.

"땅!"

그녀는 방금 연습한 짧은 백스윙과 긴 팔로우로 볼을 쳤고, 볼은 그녀가 의도한 대로 똑바로 시원하게 날아갔다. 김은경은 볼을 치고 난후, 다시 거울을 보았다. 거울에 비친 윤성주는 어드레스를 하고 볼에 시선을 집중하고 있었다. 김은경은 그녀의 스윙을 지켜보지 않은 윤성주에게 섭섭함을 느꼈다. 그러나 그녀는 짧은 순간에 윤성주의 입가에 미소가 번지는 것을 보았다. 윤성주는 미소를 머금고 큰 아크를 만들면서 시원한 스윙을 하였다.

"딱!"

윤성주의 볼은 여지없이 직선을 그리며 그물망 상단에 꽂혔다. 피니쉬 자세를 풀고 윤성주도 고개를 들어 전방에 있는 김은경을 힐끗 보았다. 김은경은 어드레스를 하고 고개를 숙인 채 볼을 쳐다보고 있었다. 그러나 거울에 비친 김은경의 입술은 웃음을 참고 있었다. 김은경은 다시 짧은 백스윙을 만들고 긴 팔로우의 스윙을 하였다.

"땅!"

볼은 힘 있게 앞으로 날아가 그물망 하단까지 굴러갔다.

'나이스 샷! 김은경! 잘한다. 장하다, 김은경!'

윤성주는 당장 달려가서 그녀를 안아주고 싶은 마음을 참으며 또 다시 힘 있게 스윙을 하였다.

"딱!"

볼은 아까보다 더 힘차고 빠르게 날아가 그물망 상단을 찢을 듯이 꽂혔다.

'사랑해요. 성주씨! 그런 자신 있는 모습이……, 나를 살게 해요.'

김은경은 거울 속에서 윤성주와 눈빛을 마주치자 다시 스윙을 하였다.

“땅!”

‘은경아! 고맙다. 내가 사랑할 수 있도록 살아 있어 주어서 정말 고맙다.’

“딱!”

‘성주씨! 고마워요. 제 뒤에 그렇게 서 있는 당신이 정말 고마워요.’

“땅!”

‘이제 절대, 너의 곁을 떠나지 않을 거야. 절대로……’

“딱!”

‘세상 사람들이 뭐라 해도 나는 괜찮아요. 당신을 사랑해요.’


윤성주와 김은경이 그렇게 번갈아가며 볼을 치고 있을 때, 휴게실 안에서 혜은이는 안절부절못하고 있었다. 아까부터 전국창이 휴게실 창밖을 일그러진 얼굴로 노려보고 있었기 때문이었다. 창 밖에는 타석 중앙에서 윤성주가 볼을 치고 있었고 그 앞 멀리서 김은경이 볼을 치고 있었다. 아무도 없는 공간에서 둘이 번갈아 가며 볼을 치고 있는 모습을 전국창은 말없이 노려만 보고 있었다. 전국창은 둘 사이의 공간을 넘어 오고가는 묘한 분위기를 느끼고 있었다. 그리고 그것은 옛날 그가 가졌던 질투의 감정을 다시 회귀시키고 있었다.

‘이것이었나?’

윤성주가 촉석골프랜드에 다시 나타난 이유가 자신의 아내 김은경 때문이라고 생각하니 전국창은 이유 없이 가슴이 철렁하였다. 이 싸움은 전국창이 김은경과 결혼을 한순간 끝났던 것이었다.

‘이미 승부가 났던 싸움이 아니었나?’

전국창은 승주CC에서 윤성주에게 느꼈던 두려움 이상의 공포가 느껴졌다. 타석에서 시원스럽게 큰 스윙으로 볼을 치고 있는 윤성주의 뒷모습이 마치 쏟아지는 총알에도 불구하고 우직하게 밀어붙이는 무식한 탱크와 같다고 느껴졌다. 그것은 전국창에게 있어 한동안 잊혀졌던 절망감이었다. 도저히 정상적인 방법으로는 꺾을 수 없는 상대에게 느끼는 두려움 앞의 절망 같은 것이었다.

안절부절못하던 혜은이는 전국창이 어금니를 앙다무는 것을 보았다. 전국창은 손에 쥐고 있는 콜라 캔을 자신도 모르게 구겨버렸다. 그는 멀리 구석에서 볼을 치고 있는 김은경의 뒷모습을 노려보았다. 자신의 뜻대로 자신의 아내가 되어 있는 김은경이었다. 그렇게 사랑하려고 노력했건만 마음을 열지 않았던 김은경이었다. 그리고 결국 결혼 전에 우려했던 것처럼 전국창은 먼저 지쳐 버렸다. 무의미한 결혼 생활이 지속되었고 전국창도 더 이상 김은경의 사랑을 구걸하지 않았다.

'그런데 이것이었나?'

자신의 아내 김은경이 시간을 죽이며 기다리고 있었던 것이 윤성주였다고 생각하니 전국창은 그녀를 향한 미움이 다시 불같이 살아났다. 그리고 옛날처럼 '복수' 라는 단어가 그의 마음을 흔들었다. 생각이 거기까지 미치자 전국창은 무서운 얼굴로 의자를 박차고 휴게실을 나가 버렸다.

혜은이는 휴게실을 나가는 전국창의 뒷모습을 보면서 울상이 되어 버렸다. 요즘처럼 기분이 좋았던 모습의 김은경을 본 적이 없었던 혜은이도 김은경의 행복이 윤성주와 관계가 있는 일이라 눈치채고 있었다. 혜은이는 앞으로 무슨 일이 일어날지 두렵고 무서웠다.

## 56

　9월 말로 접어들면서 작은 도시 진주는 축제의 분위기가 무르익고 있었다. 사거리 교차로마다 개천예술제를 알리는 홍보탑들이 세워졌으며 특히, 시내로 들어가는 진주교 양쪽으로는 대형 아치가 세워졌다. 진주교는 다리의 난간마다 형형색색의 작은 깃발들이 어지럽게 나부끼며 축제분위기를 고조시키고 있었다.

　진주의 개천예술제는 1949년부터 영남예술제라는 이름으로 시작된 축제로 60년대에는 박정희 대통령이 참석하기도 했던 전통 있는 축제였다. 축제기간 동안에는 60여 가지의 다양한 행사가 개최되었는데 축제가 열리는 일주일 동안 남강의 양쪽 강변은 시골에서 올라온 수많은 인파로 북새통을 이루었다. 특히, 매일밤 남강을 밝히는 유등축제는 그 화려함 때문에 인기가 최고였는데 몇 년 전부터는 중국, 일본, 대만, 태국, 필리핀 등에서도 화려한 유등을 보내와 서로의 아름다움을 경쟁하였다.

　퇴근 후 시내로 향하던 김병도는 진주교 위에서 남강을 바라보았다. 올해도 변함없이 유등축제를 앞두고 촉석루 앞 남강 위에서는 많은 대형 유등들이 제작되고 있었다. 연꽃등, 장군등, 쌍용등, 호랑이등, 논개등과 같은 다양한 모양의 유등들이 제마다의 화려한 위용을 자랑하고 있었다. 10월 3일이 되면 높이가 10미터도 넘는 저 유등들이 수천 개의 전구에 불을 밝히고 남강의 넘실거리는 검은 밤을 환하게 비출 것이었다.

　김병도는 진주교가 끝나가는 지점에서 잠시 걸음을 멈추고 남강 위에서 인부들이 유등들을 제작하고 있는 모습을 한동안 물끄러미 바라보았다. 원래 남강 유등 축제는 의기 논개를 기리기 위해 시작되었다. 논개의 얼이 살아 숨쉬는 촉석루의 의암바위 앞 남강 수면 위에 매년 등불을 띄워 그녀의 넋을 추모한다는 것이었다. 그러나 실제 남강에 유등을 띄우는 일의 시초는 임진왜란 당시 진주대첩에서 군사작전상 전술로 유등을 사용한 것으로 올라간다. 1592년 10월 충무공 김시민 장군이 3천명의 적은 병력으로 진주성을 침공한 2만 왜군을 크게 무찌른 이른 바 진주대첩을 치룰 때, 성밖의 의병 등 지원군과의 군사신호로 풍등을 하늘에 올리며 횃불과 함께 남강에 등불을 띄웠다고 한다. 군사적으로 유등은 남강을 건너려는 왜군을 저지하는 군사전술로, 또 진주성 내에 있는 병사들이 멀리 두고 온 가족들에게 안부를 전하는 통신수단으로도 이용되었던 것이었다. 그러나 김시민 장군의 진주대첩 다음해에 왜군은 자신들의 치욕적인 패배를 설욕하기 위해 12만 대군을 이끌고 다시 진주성을 공격하였다. 이른바 진주성을 지키던 병사와 백성들 7만 명이 몰살당한 계사순의(癸巳殉義)가 바로 그것이었다.

진주시민들은 사백 년 전에 그렇게 숨져간 그 많은 영혼들의 숫자만큼 등불을 남강에 띄워 그들의 넋을 기리는 행사로 유등축제를 시작하였다. 그리고 올해도 변함없이 유등축제는 성대하게 준비되고 있었다. 그러나 아이러니컬하게도 최근의 유등놀이는 조선시대 우리 민족의 최대 수난기였던 임진왜란 때 숨져간 영혼들을 추모한다는 의미에도 불구하고 먹고 마시고 즐기는 축제의 화려한 도구로 전락하고 있다는 느낌이 들었다. 김병도는 일본, 중국, 대만 등에서 보내왔다는 커다란 유등을 보면서 세월이 흐르면 모든 것이 변하는 게 순리일 거라 생각했다. 세상에는 처음과 같은 것은 아무것도 없었다. 시간이 지나면 변하는 것이 세상의 것들이었다.

　김병도는 진주교를 지나 진주성으로 가는 길목에 있는 장어구이 골목으로 걸어 들어갔다. 진주성 앞 남강변에 있는 장어구이 골목은 진주의 또 다른 명소인 먹자골목이었다. 김병도는 원조 장어구이집으로 유명한 유정장어집에서 홍원식을 만나기로 했다. 그 동안 홍원식은 수차례에 걸쳐 반은 애걸조로 반은 협박조로 김병도와 만나길 원했다. 김병도는 홍원식이 만나자고 하는 이유가 분명 바이오제약 주식의 폭락건 때문일 거라 만나길 꺼려했으나 홍원식이 워낙 막무가내인지라 한번은 만나서 뭔가 결말을 지어야 할 필요성을 느꼈다.

　유정장어집 정문에 들어서자 어깨가 넓은 짧은 머리의 사내들이 김병도를 가장 구석진 방으로 안내를 하였다. 방문을 열자 남강이 내려다보이는 창가 가운데에 홍원식이 앉아 있었고 그 옆으로 인상이 험악한 몇 명의 사내들이 살벌한 분위기를 연출하며 김병도를 노려보고 있었다.

　"아이구! 교수님. 어서오세요."

　홍원식은 손을 들어 김병도를 반갑게 맞았다. 그는 벌써 소주를 몇 잔 마셨는지 얼굴이 벌겋게 달아올라 있었다. 김병도는 그런 홍원식이 다소 생소하게 느껴졌다. 어찌 보면 귀여운 것 같으나 또 어찌 보면 무섭게 느껴졌다.

　"교수님! 일단 한잔 받으시죠."

　홍원식은 김병도가 자리에 앉자마자 소주잔을 권했다.

　"사는 게 참 힘드시죠?"

　"아, 예……."

　김병도는 홍원식이 건네는 잔을 두 손으로 받았다. 험악한 분위기에 압도당한 탓인지, 후배 또래의 홍원식이 어렵고 부담스럽게 느껴졌기 때문이었다. 그렇게 술잔이 몇 번 오고 간 후, 홍원식이 담배를 피워 물고 조용한 목소리로 부드럽게 말을 하였다.

"그래, 어쩌면 좋겠습니까?"

"예? 무엇을요?"

"하하하! 교수님도 참. 제가 교수님 말만 듣고 주식을 20억원어치나 샀다가 한방에 10억원을 날렸잖아요."

"아 참, 홍사장님! 왜 이러세요. 저는 그런 거 잘 모른다고 말씀드렸잖아요."

홍원식의 억지를 기다리고 있었던 김병도는 짜증나듯 목소리를 높였다. 그러자 홍원식은 소주잔을 조용히 들이키고 나서 낮게 깔린 목소리로 다시 김병도에게 말했다.

"교수님! 이러시면 곤란합니다!"

김병도는 순간 온몸에 소름이 돋는 전율을 느꼈다. 음침한 홍원식의 목소리가 협박조로 들렸기 때문이었다. 홍원식은 바로 앞에 있는 김병도를 차가운 눈빛으로 응시하고 있었다. 김병도는 도저히 홍원식의 시선을 감당하기 곤란하여 식탁 위의 잘 구워진 장어구이로 시선을 돌렸다. 그러자 홍원식은 다시 조용하고 음침한 저음의 목소리로 말을 하였다.

"교수님! 내가 알아봤더니, 내가 교수님 말만 듣고 20억원어치 주식을 산 날, 정작 교수님은 잽싸게 10억 몇천만원 어치 주식을 팔았더군요. 그게 도대체 무슨 짓이었는지 한번 설명해 줄 수 있겠습니까?"

김병도는 난감하고 황당하여 할 말이 없었다. 우연하게도 정말 홍원식이 바이오제약의 주식을 사겠다고 전화를 한 날, 김병도는 자신의 주식을 현금으로 찾았었다. 그러고 보니 홍원식이 오해를 할 만도 하다고 생각했다.

"아니, 그것은 뭔가 오해가 있는 것 같은……."

"딱!"

김병도가 말을 채 끝내기도 전에 홍원식은 마시던 소주잔으로 탁자 위를 힘껏 내리쳤다. 소주잔에 남아 있던 소주가 공중으로 튀어올랐고 분위기가 살벌하게 변하였었다.

"교수님! 죄송합니다."

홍원식은 김병도를 노려보며 정중한 목소리로 말했다.

"지금 제 사정이 너무 안 좋아서 그렇습니다. 그러니 교수님께서 저를 좀 도와주서야겠습니다."

홍원식의 눈빛은 순식간에 애처로운 눈빛으로 바뀌었다.

"아니, 제가 뭘 어떻게……, 뭘 도와달라는 겁니까? 그리고, 홍사장님이 저를 지금 협박하시는 겁니까?"

김병도는 얼굴이 벌게지면서 떨리는 눈빛으로 홍원식을 쳐다보며 물었다. 그러자 홍원식 옆에 앉아 있던 단발머리의 사내가 젓가락으로 접시를 세게 내리찍으며 윤성주를 노려보았다.

"퍽!"

"이 새끼가 누굴 째려봐! 눈깔 안 깔어?"

순식간에 벌어진 일이었다. 홍원식은 김병도를 노려보던 단발머리 사내의 얼굴 위로 장어구이가 들어 있던 접시를 던져버렸다. 그러자 장어구이를 얼굴에 맞은 단발머리 사내는 닦을 생각도 하지 않은 채 무슨 죽을 죄라도 지은 양 무릎을 꿇고 머리를 숙였다.

"아니, 홍사장님! 왜 이러세요?"

"죄송합니다. 교수님! 제가 아이들 교육을 잘 못 시켜서……"

김병도는 너무 어이가 없어 소주를 한 잔 마시고 담배를 피워 물었다. 어쩌면 유치한 듯 보이는 이 상황이 난감하기 그지없었다. 홍원식은 말없이 소주를 한 잔 마신 후, 마신 잔을 김병도에게 두 손으로 공손히 건넸다.

"김교수님! 보시다시피 우리들은 막 사는 불쌍한 놈들입니다. 수틀리면 앞뒤 안 가리는 것이 우리들이 사는 방식입니다. 우리는 무식해서 잘 모릅니다. 교수님이 복제돼지를 또 만들어 내면 주가가 금방 회복된다는 것밖에는 아무것도 모릅니다."

홍원식은 김병도에게 소주를 따른 후, 다시 애처로운 눈빛으로 하소연하듯이 말했다.

"교수님! 딱 한번만 좀 도와주십시오. 복제돼진지 뭔지, 그거 좀 빨리 만들어주십시오. 안 그러면 우리는 모두 죽습니다."


# 57


아들 종수의 옷가지를 챙기면서 하영주는 울고 또 울었다. 옷가지 하나하나가 종수를 데리고 다니며 자신이 직접 샀던 것들이었다. 디즈니랜드에서 산 베트맨 티셔츠에 아이스크림을 범벅해 놨다고 종수의 엉덩이를 때려주었던 것을 생각하며 하영주는 눈물을 흘렸다. 종수가 크면서 7부바지가 되어 버린 청바지를 쓰다듬을 때는 가슴 깊숙한 곳에서 올라오는 쓴물을 참고 또 참았다.

하영주는 종수의 옷가지를 앙증맞은 어린이용 여행가방에 챙기고

난 후, 이번에는 종수의 장난감들을 장난감 바구니에 차곡차곡 넣었
다. 특히 종수가 제일 좋아하는 그림 맞추기 딱지들은 한 장, 한 장 손
가락으로 만져가며 챙겨 넣었다. 종수의 손때 묻은 그 딱지들은 항상
집안에서 정신없이 나뒹굴었고 그것 때문에 종수는 엄마로부터 야단
도 참 많이 맞았었다. 그러나 종수가 엄마로부터 야단을 맞는 것도 내
일부터는 끝이었다. 내일 김병도가 종수를 데려가면 이제 보고 싶어
도 볼 수 없는 자신의 목숨 같은 아들 종수가 옆에서 새근새근 자고 있
었다. 하영주는 자고 있는 종수의 이마를 쓰다듬다가 또 눈물을 흘렸
다.

　'이 다음에 이 아이는 엄마를 이해할 수 있을까?'

　하영주는 절대로 아들 종수가 자기를 버린 엄마를 이해하지 못할
것이라는 두려운 생각이 들었다. 세상 사람들이 어린 아들을 버리고
새로운 사랑을 찾아 떠나는 자신에게 손가락질을 하고 욕하는 것은
감당할 수 있을 것 같았다. 그러나 내 배 아파 난 새끼가, 내 젖꼭지를
빨고 큰 내 자식이 훗날 자신을 원망하고 증오할 거라 생각하니 참으
로 암담하였다.

　하영주는 할 수만 있다면 종수랑 같이 살고 싶은 마음이 간절하였
다. 그러나 김병도가 자신을 증오의 눈빛으로 쳐다보던 것을 기억하
면 그것은 도저히 있을 수 없는 불가능한 일이었다. 종수를 포기하지
않으면 이혼은 있을 수 없는 일이었다. 하영주는 이혼을 재촉하고 있
는 이경현을 떠올렸다. 이미 모든 것을 정리한 이경현은 하루라도 빨
리 하영주도 김병도와의 관계를 정리하길 바라고 있었다. 그러나 이
경현의 그런 재촉 때문에 종수를 포기한다는 것은 그리 쉬운 일이 아
니었다. 오히려 하영주는 김병도가 종수를 포기할 수 있도록 시간을

더 질질 끌기를 바라고 있었는지도 몰랐다.

그런데 전혀 예상하지 못 했던, 계획에도 없던 일이 하영주에게 생겨버렸다. 월경이 멈춰 설마하고 확인해 보니 임신이었다. 하영주는 이경현에게 말도 못하고 혼자 깊은 고민에 빠졌다. 이경현과의 사이에서 생긴 아이를 지운다는 것은 있을 수 없는 일이었고 그렇다고 배가 불러올 때까지 시간을 끌 수도 없는 일이었다. 만약 배가 불러왔는데도 이혼이 되지 않은 상태를 생각하니 끔찍하였다. 결론은 종수를 포기하고 가장 빠른 시간 안에 이혼을 하는 것이었다. 그것이 모든 것을 버리고 자신에게 달려온 이경현에 대한 도리이기도 했다. 하영주는 눈물로 김병도에게 전화를 하였다. 종수를 데려가라고 몇 번이나 전화를 하였다. 1억원도 가져가라고 울면서 전화를 하였다.

**58**

김병도는 종수의 손을 잡고 아파트 엘리베이터 버튼을 눌렀다. 김병도가 종수를 데리고 가기 위해 하영주의 아파트에 갔었을 때, 하영주는 집에 없었다. 단지 장모가 종수와 종수의 짐을 김병도에게 건네며 눈물을 글썽였다. 김병도는 종수의 짐이 잘 꾸려져 있는 것을 보고 또다시 화가 치밀어올랐다.

'이 여자는 정말 자식을 버리기로 작정을 했구나.'

잘 꾸려진 종수의 짐을 보면서 김병도는 하영주의 마음을 읽었다. 자식을 버릴 정도로 자신의 행복만을 위하는 그녀의 이기심에 김병도는 분노로 온몸이 떨렸다. 그것은 도저히 용서할 수 없는 분노였다. 앞에 있다면 금방이라도 죽여 버리고 싶을 정도였다. 철없는 종수는 말 없이 아빠의 손을 잡고 따라 나왔다. 이미 엄마로부터 무슨 일인지 잘 교육을 받은 듯해 보였다. 시무룩한 표정으로 묵묵히 아빠의 손을 잡 고 따라 나서는 4살짜리 어린 아들을 보니 눈물이 울컥 치밀었다.

엘리베이터를 기다리는 동안 김병도의 왼손에 든 장난감통 옆으로 종수의 그림딱지 한 장이 흘러나와 바닥에 떨어졌다. 그리고 조금 있 으니 또 한 장이 흘러나와 떨어졌다. 김병도는 종수가 떨어진 그림딱 지들을 집으려고 하는 것을 말렸다. 오히려 엘리베이터 안에도 그림 딱지를 몇 장 더 흘려 놓았고 아파트를 나오는 길목에도 그림딱지들 을 의도적으로 흘려 놓았다. 퇴근하고 돌아오는 하영주가 그것을 보 고 가슴아파하길 김병도는 진실로, 진실로 바랬다.


# 59


"퍽!"

"아이고! 형님! 왜 이러세요?"

"뭐? 형님?"

"아니, 전변호사님!"

쓰러져 있는 홍원식을 전국창은 무서운 눈빛으로 내려보고 있었다.

"내가 너에게 경고했었지? 너는 가벼운 입 때문에 언젠가 내게 한 번 크게 혼날 거라고."

그렇지 않아도 윤성주와 김은경의 미묘한 모습을 보고 잔뜩 화가 나 있던 전국창에게 뜬금없이 찾아온 홍원식이 그의 심기를 건드렸다. 여간해서는 화를 내지 않고 이성적이던 전국창도 오늘은 재떨이까지 집어던지며 미친 듯이 홍원식에게 화풀이를 하고 있었다. 그런데 벽에 맞고 박살이 난 재떨이의 파편 하나가 공교롭게도 홍원식의 이마에 꽂히면서 한 줄기의 피가 그의 볼 위를 타고 흘러내렸다.

홍원식은 옆에 있는 부하들 앞에서 수모를 당하는 것이 부끄러웠다. 홍원식이 미래파 백화점 건축에 사용될 석재납품 건을 전국창에게 부탁했던 것이 벌써 2주가 넘었다. 전국창의 아버지 전희만이 한국제강에 전화 한 통화만 해주면 그 정도는 일도 아니었다. 그런데 입찰 날자가 일주일도 안 남았는데도 전국창은 전혀 신경을 쓰지도 않는 것처럼 보였다. 안달이 난 홍원식은 오늘도 전국창의 사무실을 찾아와 떼를 쓰고 있었다. 그러나 오늘은 전국창에게 무슨 일이 있었는지 인상을 쓰고 대꾸도 안 한 채 묵묵히 담배만 피고 있었다. 참다못한 홍원식은 섭섭한 감정을 이기고 못하고 한 마디하였다.

"형님! 이러시면 제가 섭섭합니다. 다른 사람은 몰라도 형님마저 제게 이러시면 안 되죠. 형님도 저 때문에 지금까지 잘 살고 있는 것 아닙니까. 형님이 정말 이렇게 나오시면 저도 제 입을 못 믿습니다."

홍원식의 말에 전국창은 화가 머리끝까지 치밀어올랐다. 홍원식의 말이 끝나기도 전에 전국창은 피우던 담배를 집어던지며 홍원식의 복부를 향해 주먹을 날렸다. 그리고 홍원식이 바닥에 엎어지자 책상 위의 재떨이를 벽을 향해 집어던졌다. 이렇게 이성을 잃을 정도로 흥분하는 전국창을 홍원식은 처음 보았다.

"지금 네가 나를 협박하는 거야! 네가?"

쓰러져 피를 흘리는 홍원식을 부하들이 부축해서 일으켜세웠다. 전국창은 피를 닦고 있는 홍원식을 보자 자신이 좀 심했다는 생각이 들었다.

"바보 같은 새끼! 꼴도 보기 싫으니까 꺼져 있어!"

홍원식은 아무 말도 못하고 전국창의 사무실을 나갔다. 그렇지 않아도 전국창은 대성석재의 미래파 백화점 납품의 수의계약을 아버지 전희만에게 부탁을 하고 있었다. 그러나 전희만은 코앞에 닥친 대통령선거 때문에 정신이 없었다. 전희만은 정국이 이럴수록 조심하면서 몸을 사려야 한다며 오히려 전국창에게 이번 일은 크게 신경쓰지 말라고 당부까지 하였다. 그래서 전국창은 매일같이 홍원식이 죽자사자 부탁하는 것이 부담스러워지고 있었다. 게다가 윤성주와 김은경 때문에 잔뜩 기분이 상해 있던 순간에 눈치 없는 홍원식이 찾아와 협박성 말을 하는 바람에 순간적으로 감정이 폭발하였다.

전국창의 사무실을 나오면서 홍원식은 자존심에 큰 상처를 받았다. 나름대로는 충성을 다했던 전국창에게 부하들이 보는 앞에서 개 취급 받았다는 것이 억울하고 부끄러웠다. 다른 사람은 몰라도 전국창은 자신에게 그러면 안 되는 것이었다. 전국창이 그 동안 대성석재를 키워준 것도 지금까지 자신이 비밀을 지켜주고 있었던 보답일 뿐이었다. 그런데 이제 시간이 많이 지났다고 이럴 수는 없는 것이었다. 자신의 말 한마디면 전국창의 인생도 끝나는 것이었다. 전국창은 오늘 자신에게 크게 실수를 한 것이었다. 홍원식은 지금까지 필요에 의해 전국창을 형님으로 모셨지만 그가 이렇게 나오면 자신도 가만히 있지는 않을 거라 생각했다. 몇 년 전만 해도 힘없는 동네 양아치에 불과 했기 때문에 전국창의 말 한마디에 갖은 아양을 떨며 기분을 맞춰주었지만 이제는 자신도 어엿한 조직을 가진 보스였다. 게다가 이번 미래파 백화점 납품건은 대성석재가 한 단계 더 크느냐 마느냐 하는 중요한 일이었다. 그 납품을 위한 자금을 마련하려고 난생 처음 주식에 손댔다가 엉뚱하게 10억을 날려 힘겨워 하고 있는 이 중차대한 시기에 전국창의 이런 행동은 도저히 용서할 수 없는 일이었다. 자신이 이렇게 힘들어할 때, 의지할 곳은 전국창밖에 없는데, 그가 자신을 동네 개 취급한다는 것은 배신과 다름 아니었다. 만약 정말 전국창이 끝까지 미래파 백화점 건을 도와주지 않는다면 홍원식도 가만히 혼자만 죽지는 않을 거라 눈을 부라렸다.

'전변호사 형님! 예전의 원식이가 아니라는 것을 보여주지요.'

홍원식은 피를 닦으며 어금니에 힘을 주었다.


# 60


새벽 3시경에 김병도는 119에 전화를 걸었다. 자고 있다가 복통이 밀려와 잠에서 깨었는데, 복통의 정도가 시간이 갈수록 심해지더니 결국 숨도 못 쉴 정도로 가슴을 죄어왔다. 김병도는 고통을 참기 위해 배를 붙잡고 거실을 데굴데굴 굴렀다. 그는 사람이 이러다가 죽는 거구나, 라고 생각했다.

김병도는 온몸이 식은땀으로 범벅이 되었다. 사태는 더욱 심각해져 그는 전화기의 다이얼도 간신히 누를 지경이 되었다. 김병도는 앰뷸런스가 올 때까지 도저히 기다릴 수가 없었다. 아파트 문을 열고 간신히 기어서 엘리베이터에 도착하였다. 그리고 엘리베이터를 타고 내려오자 마침 119 사람들이 엘리베이터 안에 쓰러져 있는 김병도를 발견하고 병원으로 옮겼다.

김병도는 웽웽거리며 달리는 앰뷸런스 안에서 아파트에 혼자 자고 있을 어린 아들 종수를 생각했다. 종수가 생소한 환경의 아빠 혼자 살고 있는 아파트에 온 첫날 밤이었다. 김병도는 자다가 혹시 잠에서 깨어 울고 있을 것만 같은 종수의 모습이 떠올랐다. 그는 고통을 참으며 대학원생인 강근호에게 전화를 해야겠다고 생각했지만 핸드폰도 없었고 핸드폰에 저장된 강근호의 전화번호도 기억나지 않았다.

난감한 일이었다. 아직도 낯선 도시 진주에서, 이 급박한 상황에 딱히 전화할 곳이 단 한 군데도 없었다. 김병도는 도와 줄 사람이 아무도 없는 현실이 너무도 서러웠다. 아무도 없는 아파트에서 4살 난 아들이 혼자 울고 있는 것만 같았다. 김병도는 장이 끊어질 듯 아픈 통증 때문인지 자꾸 눈물이 나왔다. 세상이 왜 이렇게 살기 힘든지 서럽기 그지없었다. 다른 사람들은 다들 행복하게 잘 사는 것 같은데 자신만은 전생에 무슨 잘못을 했다고 이렇게 고통스런 일들이 계속되는지 하늘이 원망스럽고 자기의 인생이 서러워서 눈물이 줄줄줄 나왔다.

김병도는 누군가가 자신을 좀 도와주었으면 좋겠다고 간절히 바랬다. 그러다가 불현듯 고영순이 떠올랐다. 그리고 고영순의 전화번호 끝자리가 0123이었던 것이 생각났다. 김병도는 응급실에서 링거액을 맞으면서 가까스로 기억해 낸 고영순에게 전화를 했고, 다행히 고영순은 전화를 받았다. 어슴푸레 대학병원 응급실의 창 밖이 밝아 오는 시간이었다.

# 12

## 오해의 오해

# 61

김병도는 촉석골프랜드 휴게실에서 보험회사 직원을 만났다. 몇 시간 전, 그는 대학병원 응급실에 누워 링거를 맞으면서 죽음에 대해 최초로 심각하게 생각하였다. 앰뷸런스 안에서 숨이 곧 끊어질 듯한 고통을 느끼며 그는 죽음에 대한 공포를 처음으로 맛보았다. 그리고 그 공포 뒤에 있던, 그 동안 미처 자신이 깨닫지 못했던 사실, 아들 종수의 불쌍한 미래가 공포보다 더 큰 근심으로 다가왔다.

만약 이대로 죽어 버린다면 4살짜리 아들의 운명은 어찌되는가. 이 거친 세상에 홀로 남겨질 어린 아들을 생각하니 김병도는 자신이 차마 죽을 수도 없는 딱한 처지라는 것을 절감하였다. 그렇다고 아들 종수를 하영주에게 다시 돌려보내기는 죽기보다 싫었다. 아니, 그것은 말이 안 되는 것이었다. 하영주는 이미 자신의 욕심을 위해 종수를 버리지 않았던가. 그런 그녀에게 종수를 다시 맡긴다는 것은 도저히 그의 자존심이 허락하지 않았다. 김병도는 치밀어오르는 화를 참지 못해 주사바늘이 손등에 꽂혀 있는 데도 주먹을 불끈 쥐었다. 그러자 혈관을 역류한 피가 링거액 줄을 타고 빨갛게 올라갔다.

아침에 김병도는 대학병원 응급실을 나오면서 아들 종수를 위해 생명보험을 들기로 결정하고 전화로 보험회사 직원을 병원 옆에 있는 촉석골프랜드 휴게실로 불렀다. 얼마 전 자신의 연구실로 찾아왔던 보험회사 직원이었다. 만에 하나 자신에게 무슨 일이 생기면 종수가 26살이 될 때까지 매달 250만원씩 지급된다는 그 생명보험을 들기로 결심하였던 것이다. 전화를 받고 득달같이 달려온 보험회사 직원은 만약 김병도가 불의의 사고로 죽어도 매달 아버지의 이름으로 아들에게 돈이 지급되고, 돈을 받는 아들은 매달 아버지의 사랑을 느끼게 될 것이라는 점을 강조했다. 그리고 보험회사 직원은 아들의 생일 때마다 아버지의 이름으로 축하카드와 함께 선물도 배달된다는 말도 눈을 반짝거리며 말했다. 김병도는 자신이 죽어도 아버지의 이름으로 아들에게 사랑을 표현할 수 있다는 보험회사 직원의 말에서 큰 위로를 얻었다. 이제 이 거친 세상에는 종수와 자신 외에는 아무도 없었다. 어린 나이에 엄마로부터 버림을 받은 가련한 종수에게는 김병도 자신 만이 유일한 보호자였다.

김병도는 종수를 데리고 온 어젯밤에 곤히 자고 있는 종수의 얼굴을 보면서 앞으로 종수가 남달리 겪어야 할 많은 시련들의 책임이 절반은 자신에게 있다는 생각에 괴로워했었다. 그는 자고 있는 종수의 머리카락을 쓰다듬으면서 코끝이 뜨거워지고 눈물이 핑 도는 것을 느꼈다. 김병도는 아들 종수에게 치유될 수 없는 상처를 준 하영주를 죽을 때까지 용서할 수 없다고 눈물을 삼키며 이를 갈았다. 김병도는 아파트 베란다로 나와 밤하늘을 올려다보며 하늘을 원망하였다. 특별히 남에게 잘못한 것 없이 살아온 자신에게 이런 일이 벌어지고 있는 현실이 억울하였다. 자신은 그렇다 치더라도 저 천사 같은 어린아이에게 감당하기 힘든 삶의 무게를 지우는 하늘이 너무나 원망스러웠다. 김병도는 소리를 지르며 절규하고 싶은 심정이었다.

"다 끝나셨어요?"
김병도가 의자에서 일어나서 보험회사 직원과 악수를 하는 것을 보고 옆 테이블에서 종수를 안고 있던 고영순이 말했다.
"예, 이제 다 끝났어요. 고마워요 고기자님."
고영순은 새벽에 김병도의 전화를 받고 종수가 혼자 자고 있다는 아파트로 달려갔었다. 아파트의 현관문이 활짝 열려진 채로 있는 것으로 보아 김병도가 응급실로 가던 상황의 급박함을 알 수 있었다. 종수는 아빠에게 무슨 일이 생겼는지 아랑곳하지 않고 천진난만한 얼굴로 깊은 잠을 자고 있었다.
고영순은 종수를 봐주기 위해 온 아주머니를 돌려 보내고는 애를 데리고 병원으로 왔다. 김병도는 멀쩡한 모습으로 그들을 맞이하였는데 곧 숨이 끊어질 것 같은 고통이 병원에 도착하자마자 거짓말처럼 사라졌다고 했다. 응급실의 의사도 급성위경련이 원래 그렇다면서 과도한 신경성 스트레스가 원인이라고 했다. 김병도는 과도한 신경성 스트레스가 모두 하영주 때문에 발생한 것이라 생각하니 화가 또 치밀어올랐다. 링거를 다 맞은 김병도는 그들과 함께 대학병원 바로 앞에 있는 촉석골프랜드 휴게실까지 걸어왔다.

"아프고 나니까 보험을 들어야겠다는 생각이 드셨나 봐요."

고영순이 아이스크림을 종수의 입에 넣어주며 말했다.

"예, 이제 제 목숨이 제 것이 아니네요. 죽겠구나 생각하니 종수가 제일 걱정되더라고요."

"호호호! 이제 종수는 좋겠네. 당장 아빠가 죽어도 26살까지는 아무 걱정이 없겠네."

고영순이 종수의 머리를 쓰다듬으며 말하는 동안 김병도는 방금 싸인한 보험증서를 다시 한번 들여다보았다. 아들 종수의 미래를, 최소한 경제적인 면이라도 손에 들고 있는 종이 한 장이 보장해 줄 것만 같았다. 세상에는 아들을 책임져 줄 믿을 만한 사람은 아무도 없었다. 오로지 손에 들고 있는 보험증서, 그 종이 한 장만이 세상에서 가장 믿을 수 있는 든든함이었다.


# 62


동이 트는 새벽에 김은경은 자리에서 일어나 전국창이 먹을 아침식사를 식탁 위에 차려 놓고 서둘러 집을 나왔다. 집안 일을 해주는 아주머니가 10가 넘어 출근하므로 언제나 아침은 김은경이 직접 차려줬었다. 그런데 진주CC 클럽챔피언 선발전을 앞두고 촉석골프랜드는 새벽부터 많은 사람들이 붐비는 바람에 혜은이 혼자 휴게실을 감당할 수 없었다. 김은경은 전국창에게 아침식사는 차려 놓고 새벽에 나갈 것이니 당분간은 혼자 아침을 먹으라고 말해두었다. 그러나 사실 그녀의 진짜 본심은 따로 있었다. 그녀는 오늘부터 윤성주의 아침식사를 직접 자신의 손으로 만들어 주기로 마음을 먹었었다.

윤성주는 김은경의 말을 듣고 새벽기도를 마치고 곧바로 촉석골프 랜드 휴게실로 왔다. 휴게실에는 새벽운동을 하는 많은 사람들로 북적이고 있었다. 대부분이 음료수나 커피를 마시면서 잡담을 하고 있었으며 아예 아침식사를 그곳에서 하고 있는 사람도 눈에 띄었다. 윤성주는 사람들을 피해 휴게실의 구석진 자리에 앉았다. 그리고 조금 있다가 혜은이가 쟁반에 식사를 가지고 왔다. 방금 지은 하얀 쌀밥과 돼지고기가 숭숭 썰어 들어간 김치찌개에서 김이 모락모락 오르고 있었다. 윤성주는 김이 모락모락 오르는 그 김치찌개를 보자 불현듯 지난날 김은경과 나누었던 대화가 떠올랐다.


"성주씨! 나는 돼지고기 들어간 김치찌개는 느끼해서 싫어."
"무슨 소리야 김치찌개에는 돼지고기를 넣어야 제 맛이라고."
"히잉, 그래도 나는 싫어. 참치를 넣어 줘."
"안돼! 요리는 요리사 맘대로야."
"으응? 정말 돼지고기를 넣을 거야?"
"그럼, 돼지고기도 이렇게 숭숭 썰어 넣어야 일품이라고."
"아휴! 저 비계 덩어리 좀 봐. 저걸 징그러워 어떻게 먹어?"
"먹기 싫으면 관둬라. 나만 먹지 뭐."
"뭐? 말 다했어? 그럼 나중에 결혼해서 똑같이 복수해 줄 거야?"
"복수? 하나도 안 무섭다. 사모님 맘대로 하시라고요. 후훗."
"웃었어? 알았어. 그럼 앞으로 우리 집에서는 참치김치찌게 밖에 먹을 수 없게 해주지."

　김은경은 김치찌개를 끓이면서 미소를 지었다. 어젯밤 정육점에서 사온 징그러운 돼지고기를 숭숭 썰면서 그녀는 눈물이 핑 돌 정도로 행복하였다. 밥솥에서 밥을 푸다가는 행복감 때문에 눈앞이 아른거렸다. 그녀는 주방에서 커피를 마시며 휴게실의 많은 사람들 사이로 보이는 윤성주를 몰래 힐끗힐끗 보았다. 그녀는 그를 보는 것만으로도 가슴이 벅차오르는 포만감을 느꼈다.

　식사를 받은 윤성주는 차마 쉽게 숟가락을 들 수 없었다. 혜은이가 가져온 식사를 보자마자 목구멍 밑에서 무엇인가가 울컥 솟아올랐기 때문이었다. 자신이 가장 좋아하는 음식을 김은경이 기억하고 있었다는 것보다, 그 김치찌개를 김은경이 자신을 위해 직접 만들어 주었다는 감격보다, 김은경과 음식을 같이 만들고 같이 먹을 수 없다는 현실이 안타깝고 서러웠기 때문이었다. 그러나 그는 고개를 숙이고 기도를 하면서 이렇게라도 그녀 곁에서 있을 수 있는 것에 대해 감사하였다. 말을 하지 않아도, 눈으로 직접 보지 않아도 윤성주는 김은경을 충분히 느낄 수 있었다.

　매콤한 김치찌개의 국물이 너무도 시원하게 그의 목젖을 타고 내려갔다. 돼지고기가 쫀득쫀득하게 씹히면서 고소한 맛이 혀끝을 맴돌았다. 그건 마치 사랑이 살아 입 안에서 요동치는 것 같았다. 윤성주는 먹는 것이 이처럼 행복할 수 있다는 사실에 놀랐다. 그건 김은경도 마찬가지였다. 그녀도 누군가 자기가 만든 음식을 먹는 것을 보고 이처럼 행복할 수 있다는 사실을 알고 눈물이 핑 돌았다. 단지 불안한 눈빛의 혜은이만 커피를 마시고 있는 김은경과 밥을 먹고 있는 윤성주를 번갈아 보고 있을 뿐이었다.

전국창은 침대에서 일어나 거실로 나왔다. 텅 빈 아파트에 움직이는 물체는 자신뿐이었다. 아침인데 너무 조용하여 불안하기까지 했다. 그는 TV를 켤까 하다가 주방으로 걸어갔다. 식탁 위에는 가지런히 식사가 차려져 있었다. 그는 식탁 가운데 놓여 있는 찌개그릇의 뚜껑을 열어보았다. 이미 식어 버린 참치김치찌개였다.

전국창은 밥솥에서 밥을 퍼서 그 찌개에 말았다. 그리고 자리에 앉아 몇 숟가락을 입에 구겨 넣듯 집어넣었다. 그는 무서운 눈빛으로 허공에 시선을 고정시키고 있었다. 김은경과 윤성주가 함께 즐겁게 아침식사를 하는 모습이 바로 눈 앞에서 보이는 것처럼 선명하였다. 김은경이 젓가락으로 반찬을 집어 윤성주의 입에 넣어주었다. 윤성주는 반찬을 받아먹으면서 김은경의 볼을 만지고 있었다. 그 순간 전국창은 들고 있던 숟가락을 식탁 위에 힘껏 내동댕이쳤다.

'그때도 그랬고, 지금도 마찬가지야. 모든 것은 너희들이 자초한 것이야. 그때와 똑같이 해주지. 너희들이 원한다면……'

전국창은 빠른 걸음으로 거실로 나와 홍원식에게 전화를 하였다.

# 63

대성석재의 앞마당에는 인부들이 대형트럭에 대리석을 싣고 있었다. 반질반질하게 잘 다듬어진 대리석들이 지게차에 실려 옮겨지고 있었고 인부들은 능숙한 솜씨로 돌들을 트럭에 적재하였다. 대리석을 깎는 공장 뒷마당에는 대형 석조물들이 즐비하게 줄을 맞춰 늘어서 있었다. 앞쪽에는 주로 작은 비석들이 있었고 그 뒤로는 절에서나 볼 수 있는 석탑들이 있었다. 석탑들 뒤로는 높이가 5미터도 넘어 보이는 큰 자연산 돌덩어리가 쌓여 있었고 그 돌덩이 옆으로 크기가 다른 부처상들이 줄을 맞춰 앉아 있었다.

전국창은 마당 앞에 차를 세우고 줄맞춰 앉아 있는 불상들을 보았다. 크기가 작은 불상부터 제일 큰 불상까지 하나같이 같은 표정을 짓고 있어 마치 그것들이 인형들처럼 느껴졌다. 그 부처들은 전국창을 보고 가소롭다는 듯이 미소를 짓고 있었다. 자신의 생각을 읽고 있는 듯한 부처들의 미소가 전국창을 기분 나쁘게 만들었다. 그는 가래침을 바닥에 한 번 '퉤!' 하고 뱉고 나서 대성석재 사무실이 있는 2층으로 거침없이 올라갔다. 그리고 호랑이 문양의 대형 카페트가 깔려 있는 홍원식의 방으로 들어갔다.

홍원식은 책상에 발을 올려놓고 의자에 기대어 있다가 전국창이 들어오는 것을 보자 거들먹거리며 천천히 일어났다. 전국창은 며칠 전 자신에게 맞아 이마에 밴드를 붙이고 있는 홍원식을 보자 미안한 마음이 들었다. 그러면서도 대기업 총수의 책상으로나 어울릴 듯한 홍원식의 대형 목재책상을 보자 비웃음이 나왔다.

"책상이 새로 바뀌었네. 좋은데……."

홍원식은 전국창의 말에 대꾸도 안 하고 소파에 털썩 앉았다. 전국창은 토라진 듯한 홍원식이 귀여워 보인다는 듯 그의 머리를 한번 쓰다듬으면서 홍원식의 앞에 앉았다.

"무슨 일로 아침부터 나를 찾으셨어요?"

"지난 밤에 곰곰이 생각해 보니 엊그제 내가 너에게 너무 심하게 한 것 같아. 그래서 미안하다는 말을 해주려고 왔다."

전국창은 담배를 피워 물면서 다리를 꼬고 앉았다. 그때 화장이 촌스럽게 느껴질 정도로 짙고 가슴과 엉덩이가 터무니없이 큰 아가씨가 커피를 들고 들어왔다. 전국창은 테이블 위에 커피잔을 내려놓는 그 아가씨를 보고 홍원식의 번쩍이는 대형 책상과 잘 어울린다고 생각했다. 원래 가진 것 없는 사람들이 남에게 보이는 것을 좋아하는 것이었다. 전국창은 그 이유가 속에 든 것이 없다는 콤플렉스를 겉으로나마 위장하려 하는 것이라고 생각했다. 하지만 전국창은 그래도 그렇게나마 노력을 하는 모습이 오히려 가상하다는 듯한 연민의 눈빛을 그 아가씨에게 보냈다.

"너에게 정말 중요한 일을 부탁하려고 왔다."

큰 엉덩이를 흔들며 커피를 가져온 아가씨가 방을 나가자 커피를 한 모금 마신 전국창이 조용하고 음침한 목소리로 말했다.

"또 무슨 중요한 일인데요?"

"………"

"형님은 양심이 있어요, 없어요? 저를 이렇게 만들어 놓고 또 무슨 일을 시키려고요?"

홍원식은 자신의 이마를 가리키며 퉁명스럽게 말했다. 전국창은 미안하다는 듯이 다시 홍원식의 머리를 한번 쓰다듬고 담배연기를 깊게 빨아 허공에 품고 나서 조심스럽게 말했다.

"성주를 한 번 더 손을 봐야겠다."

"예? 성주형을 또요?"

전국창은 그 특유의 무서운 눈빛으로 홍원식을 직시하였다.

"그래, 한 번 더, 성주를. 그러나 이번에는 확실히!"

"형님! 제 정신이유? 그러다가 지난번처럼 또 일이 꼬이면 어쩌려고."

"그때는 네가 또라이 같은 놈에게 일을 맡겨 그렇게 됐잖아! 누가 팔만 부러트리라고 했지 그렇게까지 하라고 그랬어?"

전국창의 말에 홍원식은 얼굴이 벌겋게 달아올랐다. 그랬다. 전국창은 분명 그에게 윤성주의 팔을 부러트려 한국프로골프협회에서 주관하는 프로테스트에 출전하지 못하게 하라고 했었다. 그런데 홍원식은 부하들에게 그때 윤성주와 같이 있던 김은경까지 한꺼번에 손을 보라고 명령하였다.

부모를 잘 만나 부잣집 딸이라는 이유 하나로 가난한 환경에서 자란 홍원식을 김은경은 언제나 무시하기 일쑤였다. 아니, 그것은 무시보다 더한 멸시에 가까웠다. 그런데도 홍원식은 그런 그녀를 속으로 은근히 흠모하였다. 자신과 다른 상류사회에 속한 그녀의 모든 것이 그에게는 동경의 대상이었고, 그는 그런 그녀와 뜨거운 사랑에 빠져 자신의 인생이 통째로 바뀌는 꿈을 종종 꾸곤 하였다. 그러나 오렌지 대학생이었던 김은경은 동네 건달이 되어 버린 홍원식을 마치 무슨 벌레처럼 옆에 있는 것조차 불쾌하게 생각하였고, 청년 홍원식은 김은경이 아무 생각 없이 뱉어 내는 말 한 마디 한 마디에 깊은 상처를 받아오고 있었다. 홍원식에게 있어 오랜 시간동안 그것은 참을 수 없는 배신감이었고 치욕이었다. 그리고 결국 그에게는 김은경을 흠모했던 마음만큼, 아니 그 이상으로 응징해주리라는 복수심만 남게 되었다.

"그렇다고 그 자식을 죽인 건, 형님이 너무 했잖아요?"

"그 놈은 어차피 내가 안 죽여도 죽을 놈이었어. 가만 놔두었어도 죽을 놈이었단 말이야. 알았어? 그 병신 같은 놈 때문에 내가 고생한 걸 생각하면……."

전국창은 가래침을 재떨이에 뱉은 후 그 위에 담배를 비벼 껐다. 홍원식도 흥분한 듯 벌게진 얼굴로 담배를 피워 물었다.

"그럼 이번엔 뭘 어떻게 하라고요?"

"지난번과 마찬가지야."

"지난번과 마찬가지라니요?"

"두 년놈이 붙어 다니는 걸 보다가 결정적일 때 덮쳐서 성주를 병신으로 만들라는 거야."

"아니, 그럼 형수님과 성주형이 바람이라도 피운다는 거요?"

홍원식의 말에 순간 전국창의 눈에 살기가 번뜩이며 스쳐 지나갔다.

"너는 그런 것까지 알 필요 없고, 내가 시키는 대로만 해."

"알기는 알겠는데. 나야 뭐 형님이 시키는 대로 하겠지만 왠지 성주형이 좀 불쌍하네."

전국창은 다시 담배를 피워 물며 홍원식을 바라보았다. 냉냉한 미소가 그의 입가로 묻어나왔다.

"너, 미래파 백화점 입찰 날짜가 언제랬지?"

"이제 일주일 남았어요. 개천예술제 시작하는 다음날."

"잘 됐다. 그럼 그때까지 일을 해결해. 그러면 나도 너에게 그만한 보상을 해줄 테니까."

미래파 백화점 이야기가 나오자 홍원식의 눈빛이 빛났다.

"형님! 약속하시는 거요. 미래파 백화점 건."

"이 자식이! 내가 언제 너에게 빈말한 적 있었어? 그 대신 이번에는 제발 똑똑한 놈을 골라 써. 네 말대로 동네 양아치말고 프로를 쓰라고. 프로 말이야!"

"그건 걱정 마슈. 5년 전 홍원식이 아니라는 걸 형님도 잘 알잖수. 우리 애들 그때와는 수준이 달라요. 수준이."

"두 년놈이 같이 있을 때, 성주만 조용히 손 봐. 다리병신을 만들든 팔병신을 만들든. 절대 죽이지는 말고, 김은경도 건드리지 말고. 알았지?"

"알았어요. 알았다고요."

전국창은 담배를 비벼 끄고 홍원식의 어깨를 한번 툭 친 다음 자리에서 일어나 나오다가 문 앞에서 잠깐 멈춰 섰다.

"아! 그리고, 두 년놈이 같이 있을 때, 사진 찍어서 가져와 봐."

전국창은 홍원식의 사무실을 나오면서 가슴이 갑갑해지는 것을 느꼈다. 그는 그런 자신을 달래려는 듯 무의식적으로 되뇌었다.

'다 너희들이 벌린 일이야. 다 너희들 잘못 때문이라고.'

전국창은 밖으로 나와 차를 타기 전에 다시 한 번 대성석재 뒷마당에 앉아 있는 부처상들을 보았다. 그 부처들은 전국창이 변함없이 가소롭다는 듯 미소를 짓고 있었다. 전국창은 다시 한 번 가래침을 바닥에 '퉤!' 하고 뱉은 후 차에 올라탔다.

홍원식은 2층 자신의 사무실 창가에서 전국창이 차를 타고 대성석재를 나가는 것을 차가운 눈빛으로 내려다보고 있었다. 그는 전국창이 그의 시야에서 완전히 사라지자 자신의 번쩍이는 대형 목재책상에 앉았다. 그리고 피우고 있던 담배를 천천히 끈 후, 책상 위에 놓인 책꽂이에서 숨겨둔 소형 녹음기를 집어들었다. 홍원식은 테이프를 거꾸로 돌려 재생버튼을 눌렀다. 녹음기에서는 방금 전 전국창과 자신이 나누었던 대화가 또렷하고 생생하게 흘러나왔다. 녹음을 듣고 있던 홍원식의 입가에 냉냉한 미소가 번졌다.

# 64

샤워를 마친 이경현은 거실로 나왔다. 그러나 하영주는 아직도 침대 위에 누워 일어날 생각을 하지 않고 있었다. 그녀는 무심한 눈길로 창밖의 야경을 쳐다보고 있었다. 이경현과의 정사는 이번이 두 번째였다. 첫 번째 정사는 이경현이 이혼서류를 법원에 제출한 날 이루어졌었다. 그 날, 하영주와 이경현은 많이 취해 있었고, 하영주는 자신을 위해 모든 것을 버려 버린 이경현에게 자신도 할 수 있는 모든 것을 해주고 싶었다. 그런데 그것이 임신이 될 줄은 꿈에도 상상하지 못했다. 아니, 그러면 안 되는 것이었는데, 산부인과에서 일하는 간호사가 원하지 않는 임신을 했다는 자체가 웃지 못할 코미디처럼 느껴졌다. 하지만 이제는 어쩔 수 없는 일이 되어 버렸고, 결국 그 사건이 자신의 이혼을 앞당긴 원인으로 작용하였다.

하영주는 그렇게 된 것이 오히려 더 잘 된 일이라 생각했다. 그러나 그녀는 자신의 임신 사실을 이경현에게 쉽게 말할 수는 없었다. 그것은 자신의 임신을 이경현이 어떻게 생각할지 몰랐고 또 아직 이혼도 하지 않은 여자가 다른 남자의 아이를 임신했다는 것이 그렇게 자랑스럽게 느껴지지 않았기 때문이었다.

이경현은 오늘 김병도가 종수를 데려가서 허전해 할 그녀를 위해 하영주의 집에서 자고 가기로 했다. 하영주는 이경현과 섹스를 하는 동안 자꾸만 아파트 입구와 엘리베이터 안에 떨어져 있던 종수의 그림딱지가 떠올라 고개를 도리질했다. 분명히 그것은 김병도가 의도적으로 흘리고 간 것이 확실하였다. 만약 김병도가 그것을 보고 자신이 가슴아파할 것이라고 생각했다면, 김병도의 잔인한 행동은 훌륭히 목

적을 달성했다. 하필이면 종수의 그림딱지들을 하영주가 퇴근할 때까
지 아파트 청소 아주머니가 치우지 않아 보게 되었고, 하영주는 그 그
림딱지들을 하나하나 주워들면서 억장이 무너져내려 그 자리에 주저
앉아 엉엉 울어 버렸다. 멀리서 남자아이의 울음소리가 들릴 때도 그
것이 꼭 종수의 울음소리 같았다.

하영주는 오늘 출근도 하지 않은 채 집 안에서만 박혀 있었다. 퇴근
후 이경현이 집으로 찾아와도 그리 신나는 일이 아니었다. 너무나 자
연스럽게 옷을 벗고 침대에 누웠는데도 머리 속에는 종수의 얼굴과
바닥에 떨어져 있던 그림딱지들만 떠올랐다. 하영주는 정사를 마친
후 씻을 생각도 않고 침대에 누워 창밖에서 어지럽게 반짝이는 불빛
들을 멍하니 쳐다보고 있었다. 자신의 삶은 왜 이렇게 뜻하는 대로 되
지 않는지 노력하면 할수록 꼬여만 가는 인생이 지겹다고 생각하였
다. 그녀는 자신도 모르게 눈에서 눈물이 나와 베개를 적셨다.


이경현은 냉장고 문을 열고 물병을 꺼내 유리컵에 물을 따랐다. 그
는 섹스 후의 갈증을 해소라도 하듯이 시원스럽게 물을 마셨다. 하지
만 이경현의 갈증은 시원한 한 잔의 물로 해결되지 않았다. 그는 기분
이 그리 썩 유쾌하지 않았다. 오늘 하영주는 자신이 알고 있던 여자와
너무나 다른 모습이었다. 항상 자신에게 친절하게 대하던 하영주가
오늘은 모든 것을 포기한 여자처럼 수동적인 자세를 견지하고 있었
다. 싫은 것도 없고 좋은 것도 없는, 마치 감정 없는 마네킹과 같았다.
이경현은 그녀의 그런 태도가 아들 종수가 떠나고 난 후유증 때문일
거라 생각했지만 그래도 그렇다고 하기엔 좀 지나친 면이 많다고 생
각했다. 특히 섹스를 하는 동안 멍청한 눈빛으로 천장을 보고 있다가

불현듯 고개를 저었던 것은 자기에 대한 예의가 아니라고 생각했다.

이경현은 샤워를 하는 동안 혹시 하영주의 마음이 변하고 있는 게 아닐까 하는 걱정이 앞섰다. 만약 그렇다면 그것은 상상하기도 힘든 일이었다. 이미 자신은 남자로서, 또 의사로서의 모든 것을 버린 후였다. 하영주와의 새로운 삶을 위해 그 동안 쌓아왔던 모든 것을 포기했는데 지금 와서 하영주가 마음을 바꾼다는 것은 있을 수 없는 일이었다. 그는 머리에 묻은 물기를 고개를 흔들어 털어 내면서 절대로 그럴 리가 없다고 마음을 굳게 먹었다.

이경현은 물을 마시고 안방으로 들어와 침대 옆 바닥에 떨어진 휴지를 주워들었다. 방금 마친 정사의 흔적이 그것에 묻어 있었다. 이경현은 휴지를 집어 들고 방을 나오다가 돌아누워 있는 하영주를 힐끗 쳐다보았다. 창문에 비친 하영주의 눈에서 눈물이 흐르고 있었다. 이경현은 그 눈물을 보자 가슴이 철렁했다. 왠지 모르게 가슴이 쿵쾅거리기 시작했다. 그는 식탁 옆에 놓인 휴지통으로 가서 뚜껑을 열었다. 그리고 휴지를 휴지통에 넣으려다가 순간 동작을 멈췄다. 임신진단키트 하나가 휴지통 속에 있었다. 이경현은 그것을 집어 들고 자세히 살펴보았다. 빨간 두 줄이 선명하게 찍혀 있는 임신진단키트였다.

순간 이경현은 온몸의 신경세포들이 쭈뼛쭈뼛 서는 것을 느꼈다. 산부인과 의사로서의 직감이 몇 초 사이에 뇌세포에 전달되었다. 하영주는 김병도의 아이를 임신한 것이 틀림없었다. 지금 하영주는 김병도의 아이를 임신하고 고민에 빠져 있는 것이 확실하였다. 산부인과에서 수년간 일을 했던 간호사가 어떻게 이런 실수를 했는지는 모르지만, 하영주는 임신을 했고 그것 때문에 흔들리고 있는 것이 분명하였다. 혹시 자신과 가졌던 단 한번의 잠자리로 임신이 됐을 가능성도 생각해 보았지만 그건 확률적으로 거의 있을 수 없었다. 아직 이혼을 하지 않는 여자가 그렇게 과감할 수는 없는 일이었다. 게다가 자기가 알고 있는 하영주는 그렇게 어리석은 여자가 아니었다. 그렇다면 하영주는 그 동안 김병도와 잠자리를 같이 해왔단 말인가? 김병도와 이혼을 하기 위해 만나면서 잠자리도 해왔다는 것인가? 생각이 여기까지 이르자 이경현은 심한 배신감에 빠졌다. 손이 부들부들 떨리면서 생각의 진도가 더 이상 나가지 않았다. 그는 주섬주섬 옷을 입고 아파트 현관문을 정신없이 열고 나갔다. 하영주는 이경현이 현관문을 열고 나가는 소리를 듣고도 침대 위에서 꼼짝도 하지 않고 누워 있었다.

# 13

## 부족한 시간

**65**

"퍽!"

계단을 올라오던 윤성주는 갑자기 나타난 김기선의 발길질에 가슴을 맞고 계단 밑으로 굴러떨어졌다. 계단 밑에 쓰러진 윤성주는 황당한 듯 계단 위를 올려다보았다. 계단 위에는 화가 머리끝까지 치솟아 오른 듯한 김기선이 윤성주를 무섭게 내려다보고 있었다.

"따라와!"

단호한 한 마디를 뱉은 김기선은 획 뒤돌아서서 자신의 사무실 쪽으로 빠른 걸음으로 걸어들어갔다. 윤성주는 묵묵히 일어나 옷을 털었다. 오전 11시, 새벽부터 북적거리던 촉석골프랜드가 조용해진 시간, 윤성주는 다소 한가해진 타석들을 돌며 정리를 하고 있던 중이었다.

"이 나쁜 자식아!"

윤성주가 촉석골프랜드 사장실의 문을 열고 들어가자마자 김기선이 퍼터를 들고 그의 머리를 향해 휘둘렀다. 윤성주는 거의 반사적으로 오른손 팔뚝을 들어 그 퍼터를 막았다. 그러나 팔뚝에 맞은 퍼터의 샤프트가 부러지면서 퍼터헤드가 윤성주의 머리를 때린 후 장식장 유리창을 박살냈다.

"쨍그랑! 쨍쨍쨍!"

윤성주는 머리를 잡고 바닥에 쓰러졌다.

"이 악마 같은 놈아! 도대체 우리와 무슨 원수가 졌다고 이러는 거야!"

김기선은 부러진 퍼터의 샤프트로 쓰러져 있는 윤성주의 등짝을 인정사정없이 휘둘러 팼다.

"차라리 네 애비처럼 너도 죽어! 죽어 버리라고!"

쓰러진 윤성주는 김기선의 매질을 말없이 받았다. 그의 이마를 타고 피가 줄줄 흘러 바닥의 카페트에 떨어졌다. 김기선은 윤성주의 머리에서 피가 흐르는 것을 보면서도 울부짖듯이 몇 번 더 매질을 하였다.

"이 나쁜 자식아!"

매질을 하던 김기선의 눈에서 눈물이 흘러나왔다. 그리고 잠시 후, 김기선은 지친 듯 매질을 멈추었다. 그는 씩씩거리며 뒤돌아서서 담배를 피워 물었다. 윤성주는 김기선이 담배 한 가치를 다 피울 때까지 바닥에 등을 보이고 엎드린 채 미동도 하지 않고 있었다. 그는 이마를 타고 흐르는 피가 따뜻하다고 생각했다. 윤성주는 이렇게 피를 흘려서 김기선에게 진 빚을 갚을 수만 있다면 자신의 모든 피를 한 방울도 남기지 않고 흘릴 수 있을 것 같았다. 아니, 차라리 제발 그렇게 할 수 있었으면 좋겠다고 생각했다. 그렇게 윤성주의 머리에서 흘러나온 피가 카페트를 흥건히 적시고 있을 때, 김은경이 놀란 눈으로 사장실 문을 급히 열고 들어와 소리쳤다.

“아빠! 이게 무슨 짓이예요?”

최프로가 김기선의 방에서 벌어진 일을 4층 휴게실로 뛰어와 김은경에게 허겁지겁 알려주었다. 김기선은 고개를 돌려 소리치고 있는 김은경을 보았다. 김은경은 피가 나오고 있는 윤성주의 머리를 손으로 감싸쥐었다. 그녀의 하얀 손이 금방 시뻘건 피로 물들었다.

“이 사람이……, 이 사람이 무슨 잘못을 했다고…….”

김은경은 눈물을 글썽이며 김기선을 원망의 눈초리로 올려다보았다.

“너희들이 지금……, 너희들이 무슨 짓을 하고 있는 줄 알기나 해?”

“왜요? 아버지가 그렇게 신경 쓰는 전서방이 뭐라 하던가요?”

“이 놈 자식아! 왜 그래? 왜 너까지 또 저 놈에게 엮여서 이러냐고?”

“아빠는 우리가 뭘 어쨌다고 이러시는 거예요? 이 사람이 아빠에게 뭘 어쨌다고요?”

“몰라서 물어? 이 놈이 네 인생을 망쳐놓고 있잖아. 이제 겨우 다시 살 만하니 또 나타나서 널 죽이고 있잖아!”

“아빠! 아빠야말로 왜 이러세요! 이 사람이 날 죽이고 있다고요? 그럼 지금까지는 제가 살아 있었어요? 아빠 눈에는 제가 살아 있었던 것으로 보였냐고요?”

“이 놈의 자식이!”

"제가 전에 말씀드렸죠. 저는 사는 게 아니라고요. 아빠가 사랑하는 김은경은 아빠가 그렇게 원하셨던 전국창 변호사랑 결혼했던 5년 전에 이미 죽었다고 말씀드렸잖아요."

"이놈아! 그게 애비한테 할 소리야!"

김기선은 방금 전 윤성주를 매질하였던 부러진 퍼터샤프트를 순간적으로 치켜들었다가 차마 휘두르지 못하고 내려놓았다. 김은경은 김기선을 똑바로 쳐다보면서 울부짖었다.

"아빠! 잘 들으세요. 이 사람은 지금 날 살리고 있어요. 이미 죽어버렸던 아빠의 딸, 김은경을 살리고 있단 말이에요."

"이놈아! 전서방이 이미 눈치를 채고 있단 말이다."

"알아요. 다 알고 있다고요."

"안다고? 알면서 어쩌려고 이러니. 응? 은경아!"

"그럼, 아빠는 전서방이 무서워서 이러시는 거예요? 아빠! 그 사람도 빨리 모든 것을 인정해야 할 거예요. 처음부터 잘못되었다는 것을 그 사람도 잘 알고 있어요. 그러니 이제 모든 것을 다시 처음부터 시작해야 한다는 것을 전서방도 똑똑히 알아야 한다고요."

"그게 무슨 말이냐? 처음부터 다시 시작하다니?"

"………"

김은경은 김기선의 마지막 질문에 답하지 않고 윤성주를 일으켜세웠다. 김은경의 하얀 브라우스 위로 빨간 피가 어지럽게 묻어났다. 그녀는 비틀거리는 윤성주를 부축하여 4층 휴게실로 올라갔다.

# 66

김병도는 볼에 집중하기 위해 심호흡을 두어 번했다. 그런 다음 그는 발 앞에 놓인 하얀 볼을 노려보다가 서서히 백스윙을 하였다. 그러나 백스윙 탑에서 볼을 보니 클럽헤드가 볼의 윗부분에 맞을 것만 같았다. 그는 클럽헤드가 볼의 밑부분을 파고들 수 있도록 팔을 더 쭉 폈다. 하지만 클럽헤드는 볼의 뒷땅에 먼저 맞고 가격되었고 볼은 엄청난 훅이 걸리면서 왼쪽으로 굴러갔다. 김병도는 허탈한 표정으로 굴러가는 볼을 보면서 방금 전 자신이 또다시 볼에 집중하지 못하고 다른 생각을 하고 있었다는 것을 자책하였다.

그는 오전에 이혼서류를 작성하고 도장을 찍었다. 일이 빨리 진행되면 개천예술제 전에 이혼은 완료될 것이었다. 그 동안 이혼 때문에 많은 신경을 써왔던 김병도는 막상 서류를 작성하고 도장을 찍을 때는 담담한 생각이 들었다. 인생에 있어 너무나 중요한 일이 이렇게 간단하게 서류 한 장으로 이루어진다는 것이 허탈하기까지 하였다.

그는 서류를 작성한 후 하영주에게 전화를 하였다. 우편으로 서류를 보내주기 위해서였다. 그러나 하영주는 서류를 가지러 굳이 진주로 내려오겠다고 하였다. 분명히 종수를 한번이라도 더 보기 위한 것이라는 생각이 들었지만 김병도는 그렇게 하라고 하였다. 그것이 하영주에게 해줄 수 있는 그의 마지막 배려이기도 하였지만 한편으로는 종수를 보고 하영주는 한번이라도 더 가슴이 아파해야 한다고 생각했기 때문이었다.

그는 이혼서류에 도장을 찍은 후, 도저히 연구실에 앉아 있을 기분이 아니었다. 뭔가 정신없이 몰두할 수 있는 일이 필요했고, 이럴 때는 역시 골프가 최고라고 생각하여 촉석골프랜드로 단숨에 달려왔다. 그러나 그는 한 시간째 볼을 치고 있었지만 제대로 맞은 볼이 한 개도 없었다. 하영주에 대한 막연한 분노만이 머리 속에 가득하였다. 김병도는 죽어도 용서하지 못할 하영주를 세상 끝나는 날까지 증오해 주리라고 이를 악물면서 볼을 쳤다.

"허어! 볼이 잘 안 맞나보죠? 김교수님!"

김병도는 홍원식의 목소리에 깜짝 놀라며 뒤돌아보았다. 홍원식은 김병도에게 깍듯이 고개를 숙이며 인사를 했다. 며칠 전 유성장어집에서 김병도의 손을 잡고 애걸복걸하던 홍원식이 천진난만한 표정으로 김병도를 보고 웃고 있었다.

"뭐 화난 일이라도 있습니까? 교수님 스윙이 너무 빠른데요."

김병도는 홍원식의 뒤에 있는 두 명의 사내들을 보았다. 장어구이를 얼굴에 뒤집어썼던 단발머리의 사내가 김병도를 보자 얼굴이 벌게지며 급히 고개를 숙여 인사를 하였다.

"교수님! 잘 돼 가고 있지요?"

"예? 뭐가요?"

"하하하! 교수님도 참. 복제돼지 만드는 거 말입니다."

"아, 예……."

"교수님! 꼭 좀 부탁드립니다. 가능한 빨리요. 아셨죠?"

"………"

"복제돼지가 늦게 나오면 이 홍원식이나 우리 애들은 다 죽습니다."

"………"

"교수님! 이렇게 한가하게 골프연습만 하시지 마시고 제발 빨리 좀 부탁드립니다."

홍원식이 김병도에게 구십도로 허리를 굽혀 인사를 하자 뒤에 있던 사내들도 홍원식과 마찬가지로 구십도로 허리를 굽혔다. 김병도는 다른 타석의 사람들이 그런 모습을 쳐다보는 것이 난처하여 황급히 인사를 하고 타석에서 나와 휴게실이 있는 4층으로 올라갔다.

# 67

몽롱한 꿈속에서 윤성주는 마음이 평온해지는 것을 느꼈다. 몽환속의 시간은 빠른 속도로 거꾸로 거슬러 되돌아가더니 그가 감옥에 수감된 지 일년쯤 지난 후에서 멈춰 섰다. 윤성주는 일요일 오후마다 찾아오는 장상호 전도사 앞에서 어린아이와 같이 목을 놓아 울고 있었다.

당시 윤성주는 세상의 모든 것으로부터 버림을 받았던 시기였다. 일찍 어머니를 잃은 윤성주에게 세상에서 가장 든든한 후원자였던, 항상 자기 편에서 무엇을 해도 이해해 주었던 아버지도 자살하고 없었다. 윤성주는 아버지의 죽음이 마치 자신의 죄 때문이라 생각되어져 매일 자책감으로 괴로워하고 있었다. 목숨처럼 사랑하는 여자도 자기의 잘못으로 한쪽 다리를 절단하였다. 게다가 약혼녀 김은경은 가장 친한 친구 전국창과 우여곡절 끝에 결혼을 하였다. 윤성주는 김은경에게 했던 지울 수 없는 죄 때문에도 괴로웠지만 그것보다 사랑했던 김은경이 자기를 서서히 잊어갈 것이라는 현실이 더 괴로웠다.

그는 매일밤 잠 못 이루는 회한의 눈물을 흘렸다. 그런 윤성주에게 세상은 더 이상 살아가야 할 이유가 없는 땅이었다. 살인자가 되어 감옥에 와 있는 윤성주에게 내일의 희망은 더 이상 없었다. 세상의 가장 구석진 곳에서 가장 초라한 모습으로 웅크리고 있는 비참한 자신만 있었다. 윤성주는 차라리 빨리 삶을 마감했으면 좋겠다는 생각뿐이었다. 그는 스스로 죽을 수 있는 용기도 없으니 만약 신이 있다면 하루라도 빨리 자신의 생명을 거두어가길 바랐다.

그렇게 1년 정도의 고통스런 시간이 의미 없이 흐르던 어느 날, 윤성주의 귀에 매주 찾아오던 장상호 전도사의 따뜻한 말이 박히기 시작했다. 세상 모든 사람들이 그를 배신하고 버려도 하나님만은 마지막까지 그를 붙들고 사랑한다는 말이 그의 가슴에 깊숙이 박혔다. 세상 모든 사람들이 그에게 고개를 돌리고 그를 잊어버려도 하나님만은 손바닥에 그의 이름을 손금으로 새겨놓고 기억한다는 말에 윤성주는 서러움의 눈물이 복받쳐올랐다. 윤성주는 그가 겪었던 모든 고통의 상처들을 어루만져 주는 하나님의 목소리를 장상호 전도사의 입을 통해 들으면서 어린아이처럼 눈물을 줄줄 흘리고 있었다.

'사랑하는 내 아들아! 내가 너의 아픔을 속속히 다 알고 있단다. 성주야! 내 사랑하는 아들아! 그 동안 고생이 많았다. 이제 그만 네 어깨에 지고 있는 무거운 삶의 짐들을 다 이 아버지에게 내려놓으렴. 그리고 이제 이 아버지 품안에서 편하게, 행복하게 살아라. 사랑하는 내 아들아! 너는 내가 가장 사랑하는 내 아들이야. 알겠지 성주야!"

눈을 감고 장상호 전도사의 기도를 듣고 있던 윤성주는 자신의 귀에 들리는 너무나도 따뜻하고 자상한 아버지의 음성에 그 동안 그가 겪었던 모든 고통들을 서러운 눈물로 흘리고 있었다. 그것은 마치 큰 잘못을 저지르고 벌을 받고 있는 아이를 엄마가 따뜻하게 안아주었을 때 느끼는 서러운 감정과도 같았다. 한번 소리를 내어 울기 시작한 윤성주는 울음을 멈출 수가 없었다. 그는 더 큰 목소리로 대성통곡을 하였고, 그런 그를 장상호 전도사는 따뜻하게 안아주었다. 윤성주는 장상호 전도사의 품에 안겨 울면서 세상에서는 알지 못했던 진실로 따뜻한 평안함을 느꼈다.

"성주씨! 괜찮아요?"

꿈결에서 장상호 전도사의 품에 안겨 평온한 미소를 짓고 있던 윤성주의 귀에 김은경의 조용한 목소리가 들려왔다. 윤성주는 김은경의 따뜻한 손길이 자신의 머리를 만지고 있는 것을 느꼈다. 행복하였다. 너무나 행복하여 눈을 뜰 수가 없었다. 코끝이 뜨겁게 찡해지면서 뜨거운 눈물이 흘러나왔다. 김은경은 윤성주의 볼을 타고 흐르는 눈물을 손으로 닦아주었다.

'불쌍한 사람……, 이제는 걱정하지 말아요.'

'은경아! 나는 세상에서 가장 행복한 사람이야.'

'세상의 모든 사람들이 당신을 버려도 이제 은경이가 당신 옆에 있을 거예요.'

'내가 받은 사랑으로 인해 나는 세상의 모든 것을 얻었어.'

'가여운 사람……, 내가 끝까지 지켜줄게요.'

'내 행복의 잔이 넘쳐흘러. 보잘 것 없는 내가 뭐라고…….'

'내 사랑……, 나의 모든 것을 당신께 드릴게요.'

'아! 은경아…….'

김은경은 윤성주의 얼굴에 흐르는 눈물을 닦다가 두 손으로 그의 볼을 잡고 입술에 자신의 입술을 포개었다. 휴게실의 소파에 누워 있는 윤성주에게 김은경이 갑자기 키스를 하자 주방에서 그들을 지켜보고 있던 혜은이가 깜짝 놀라 어쩔 줄 몰라 했다. 텅 빈 휴게실은 일순간 시간이 멈춰버린 듯 적막이 흘렀다. 막 휴게실 문을 열고 들어온 김병도도 그 모습을 보고 동작을 멈춘 채 지켜보고 있을 수밖에 없었다.

68

전희만이 사촌형님인 전경한에게 전화를 하고 있는 동안 전국창은 옆에서 초조한 듯 그들의 대화를 듣고 있었다. 개천예술제를 삼일 앞둔 9월 말일이었다. 작은 도시 진주는 개천예술제 준비로 들뜬 분위였지만 TV에서는 매일 대선을 앞두고 여당과 야당의 선거전이 한창이었다. 특히 야당의 두 후보가 단일화에 성공하느냐 마느냐가 정치권은 물론이고 전 국민의 초미의 관심사로 떠오르고 있었다.

야당에서는 영남의 절대적인 지지층을 확보하고 있는 여당의 후보를 겨냥해서 각종 의혹들을 부풀리고 있었다. 후보 아들의 병역비리와 함께 대선자금에 대한 비리들이 매일같이 새롭게 폭로되고 있는 상황이었다. 야당에서는 특히 영남지역에서 여당의 정치자금원을 찾기 위해 혈안이 되어 있었는데, 진주에 짓고 있는 미래파 백화점의 실제 소유주가 지난 정권의 핵심권력자의 동생이었던 전경한이라는 소문도 야당에서 흘린 말이었다. 전경한은 한때 새나라운동본부의 회장을 역임했었다. 새나라운동본부는 권력을 등에 업고 각종 비리를 저지르면서 천문학적인 비자금을 형성했다는 소문이 자자했다. 그 전경한에게 지금 전희만이 전화를 하고 있었다.

"하하하! 죄송합니다. 아들놈이 하도 성화를 하길래."

전희만은 통화를 하면서 연신 웃고 있었지만 표정은 점점 굳어지고 있었다. 전국창은 그런 그의 얼굴을 보고 일이 제대로 되고 있지 않다는 것을 느끼고 있었다.

"예, 예, 형님의 입장은 충분히 이해합니다."

전희만은 전국창을 보고 고개를 가로저었다.

"아닙니다. 형님. 오히려 제가 죄송하지요."

전희만은 쓴웃음을 지으며 마지막 인사말을 하였다.

"……예, 예. 아들놈한테는 제가 잘 말하겠습니다."

전국창은 수화기를 내려놓는 전희만에게 실망스런 표정으로 물어보았다.

"안되겠답니까?"

전희만은 갑갑한 듯 담배를 피워 물었다.

"저번에 이야기한 것처럼 지금은 상황이 너무 안 좋다는구나."

"역시 대선 때문에 그런가요?"

"야당 놈들의 눈이 이렇게 번뜩이는 데 형님인들 어쩔 수 있겠냐."

"그럼 한국제강 박회장님께 직접 말씀드리면 안 될까요?"

"거기는 더 안 된다. 그렇지 않아도 지금 시중에 미래파 백화점 실제 소유주가 누군지, 한국제강하고는 어떤 관계로 엮였는지 밝혀내기 위해 난리인데, 이런 작은 일로 꼬투리를 잡힐 수는 없잖아."

순간 전국창은 홍원식을 떠올리며 난감한 표정을 지었다. 일이 제대로 되지 않으면 무식한 홍원식이가 어떻게 나올지 뻔하였다. 홍원식은 요즘 들어 예전과 달리 많이 건방져 지고 있었다. 감히 자신에게 농담처럼 협박을 할 정도로 커 버린 홍원식이었다. 전국창은 무엇인가 대책을 마련하지 않으면 안 된다는 생각이 들었다.


## 69

이경현은 확실히 달라진 하영주를 느끼고 있었다. 병원에서도 사무적인 대화 이외에는 서로 말을 하지 않고 있었다. 구내식당에서 밥을 먹을 때도 예전에는 애틋한 눈길을 보내오던 하영주가 최근에는 자신을 쳐다보지도 않고 조용히 식사만 하였다. 이경현은 점점 불안해지면서 배신감이 커져만 갔다.

"당신! 김병도의 아이를 임신했지? 어떻게 그럴 수가 있지?"

그렇게 하영주에게 직접 대 놓고 따지고 싶은 마음을 이경현은 꾹꾹 참고 있었다. 그는 앞으로 어떻게 처신해야 할까를 심각히 고민하고 있었다. 임신한 아이는 하영주가 어떻게든 처리를 하겠지만 그렇게 임신한 하영주를 용서하고 같이 살 수 있을지는 아직 판단이 서지 않았다. 그것은 너무나 황당한 일이었고, 정말 말도 안 되는 일이었다. 자신은 진실로 하영주의 사랑 하나 얻고자 모든 것을 포기했었다. 진실한 사랑이야말로 이 세상을 살아가면서 가장 중요한 것이라 믿고, 자신이 의사로서 쌓아왔던 명예와 부를 과감히 버려 버렸던 것이었다. 심지어 그는 그 행복을 위해 자신의 아이들마저 전처에게 맡겨 버렸다. 그런데 어떻게 하영주가 그런 자신에게 이럴 수 있단 말인가. 이경현은 밥이 어떻게 목구멍으로 들어가는지도 몰랐다. 너무 억울하여 뭔가를 해야 할 것 같았는데 막상 또 무엇을 해야 될지 몰라 안절부절못하고 있었다.

반면, 하영주는 자신에게 말을 줄이고 있는 이경현에게 미안한 마음이 커지고 있었다. 종수를 떠나보내고 나서 마음속이 텅 빈 것 같은 허전함 때문에 이경현에게 소홀히 대하고 있는 자신을 느끼고 있었다. 하영주는 이경현이 섭섭해하면 할수록 더욱 그에게 말하기 힘들었다. 차마 그의 눈빛을 똑바로 볼 수 없어 묵묵히 자신의 일만 하고 있었다. 하루라도 빨리 이혼을 마무리 짓고 그를 좀더 편하게 해주어야겠다는 생각만 하고 있었다. 이혼을 마무리 짓고 이경현의 아이를 가졌다고 말하면 모든 것이 행복이라는 단어로 귀결될 거라 그녀는 굳게 믿었다. 김병도가 이혼서류를 작성하여 우편으로 보내겠다고 했을 때도 하영주는 그녀가 직접 진주로 내려가겠다고 말했다. 그녀는 마지막으로 종수의 얼굴을 한번 더 보고 싶기도 했지만 혹시 판결 전에 변할지 모를 김병도의 마음을 확실히 해 둘 필요가 있었다.

하영주는 종수만 생각하면 쓴물이 올라왔다. 언젠가 시간이 지나면 종수는 분명히 엄마를 찾을 것이고, 그러면 자신이 왜 아빠와 이혼을 할 수밖에 없었는지 자세히 설명해 줄 거라 다짐을 하고 있었다. 지금은 이해할 수도, 이해하기도 힘들겠지만 종수가 어른이 되고 나면 충분히 이해해 줄 거라 그녀는 믿고 싶었다. 하영주는 퇴근길에 장난감 가게에 들러 종수가 좋아하던 그림딱지와 몇 가지의 장난감을 샀다. 그녀는 그것을 자신의 아파트 거실에 펼쳐 놓고 하나하나 포장을 하였다. 그때 이경현이 아파트로 찾아왔다. 지난번 정사가 끝나고 황급히 나가 버린 이후 처음이었다.

"식사는 하셨어요?"

어색한 분위기가 둘 사이에 흘렀다.

"아직 안 했는데, 당신은 했어?"

“저도 아직⋯⋯.”

“그럼, 우리 나가서 뭐 좀 먹고 올까?”

“아뇨. 오늘은 그러고 싶지 않아요.”

하영주는 짧게 말하고 장난감들을 다시 포장하기 시작했다. 이경현은 장난감들을 보자 화가 치밀어올랐다. 그는 자신이 장난감들보다 더 하찮게 여겨진다는 것이 화가 났다.

“무슨 장난감? 종수 장난감이야?”

“예, 내일 진주에 좀 내려갔다 오려고요.”

“진주엔 왜?”

이경현의 목소리가 한층 커졌다. 하영주는 고개를 돌려 이경현을 올려다보았다. 그녀는 이혼서류를 받으러 간다고 굳이 말하고 싶지 않았다. 이경현은 굳은 얼굴로 한참 동안 하영주의 얼굴을 보다가 조심스럽게 말문을 다시 열었다.

“내일 진주에 안 가면 안돼? 내일은 수술도 많이 잡혀 있고, 당신이 옆에 있었으면 좋겠는데.”

하영주는 고개를 숙이고 말없이 하던 포장을 계속하였다. 그리고 한참 후 대답을 하였다.

“그래요. 내일은 안 갈게요. 대신 모레 갈게요.”

이경현은 더 이상 말을 하지 않았다. 자신의 말은 진주에 내려가지 말라는 말이었다. 그는 하영주가 종수를 핑계로 김병도를 다시 만나는 것이 싫었다. 아니, 그렇게 하는 것은 정말 자신에 대한 배신이었다. 그런데 하영주는 그 배신을 너무도 당당하고 뻔뻔스럽게 말하고 있었다. 이경현은 포장을 하고 있는 하영주를 내려다보면서 주먹을 쥐고 부르르 떨었다.

"이번 개천예술제는 역대 최대의 규모가 될 거래요."

혜은이가 사과를 깎으면서 조잘거렸다.

"이번에는 중국에서도 가장 큰 연등을 보내온다는데."

혜은이 옆에 앉아 퍼터를 만지작거리던 최프로가 말을 받았다.

"생각만 해도 장관일 것 같은데요. 안 그래요 김교수님?"

고영순이 골프잡지를 뒤적이고 있는 김병도에게 물었다.

"아, 예, 저는 처음이라 그게 어떤 건지 잘 몰라서……."

개천예술제를 하루 앞두고 촉석골프랜드는 새벽부터 많은 사람들이 연습을 하고 있었다. 2층부터 4층까지 빈 타석이 거의 없을 정도였다. 4층 휴게실에도 연습타석이 비기를 기다리는 많은 사람들이 모여서 서로 웃고 떠들며 잡담을 즐기고 있었다. 경남일보사 주최, 진주 CC 챔피언결정전의 예선전 하루 전날이기 때문인 듯하였다. 김병도도 비록 참가하는데 의의를 두고 있었지만 팽팽한 긴장감을 느끼고 있었다. 그는 그런 긴장감이 좋았다. 긴장을 하면 몰두할 수 있고, 그러면 세상의 잡다한 것들로부터 자유로워질 수 있기 때문이었다.

"아저씨도 이리 와서 사과 드세요!"

사과를 다 깎은 혜은이가 접시를 테이블 가운데로 밀면서 창밖에서 연습하고 있는 사람들을 물끄러미 보고 있던 윤성주를 불렀다. 최프로는 윤성주를 윤전도사님이라고 불렀지만 혜은이는 처음부터 지금까지 그를 아저씨라고 불렀다. 혜은이가 부르자 윤성주는 하얀 붕대를 붙이고 있는 머리를 돌렸다.

"은경아! 너도 이리 와서 같이 먹자. 사과가 아주 맛있다."

고영순이 주방 뒤에서 토마토주스를 만들고 있던 김은경을 부르자 그녀는 고개를 가로저었다. 고영순은 김은경이 촉석골프랜드에서는 의도적으로 윤성주와 같이 어울리지 않는다는 것을 잘 알면서도 짓궂게 몇 번이나 오라고 종용하였다. 고영순은 그러면서 윤성주가 어떻게 대처하는지 옆눈으로 살짝 살펴보았다. 윤성주는 말없이 편한 미소를 머금고 자리에 앉아 사과 한 조각을 집어 입에 넣었다. 고영순은 그런 윤성주의 따뜻한 눈빛과 미소에 가슴이 턱 하고 막히는 것 같았다. 그러면서도 그의 머리에 붙어 있는 붕대가 그녀의 가슴 깊숙이 숨겨 놓은 연민을 자극하였다.

"그런데 영순씨는 계속 이렇게 진주에 있어도 괜찮아요?"

검게 그을린 윤성주가 하얀 이를 드러내며 고영순에게 물었다. 고영순은 윤성주가 자신을 쳐다보자 재빨리 눈길을 사과접시로 돌려 버렸다. 윤성주와 눈을 마주치면 자신의 감정을 들켜 버릴 것 같아서였다.

"예, 그렇지 않아도 중요한 일이 있어 한 삼일쯤 서울에 있다가 어젯밤에 급히 내려왔는데요. 저도 내일 출전하잖아요. 호호호!"

고영순은 윤성주의 말에 당황하는 기색을 웃음으로 감추었는데, 그런 모습을 주방에 있던 김은경이 불안한 표정으로 쳐다보았다.

"어? 고기자님 얼굴이 빨개지는 것을 보니 서울에서 멋진 남자라도 만나고 온 거 아니에요?"

옆에 있던 김병도가 장난스럽게 고영순을 보며 말했다.

"어머! 제 얼굴이 뭐가 빨개졌다고 그래요?"

고영순이 난색을 표하며 말하자 이번에는 혜은이가 짓궂게 웃으며 말했다.

“어? 정말 빨개졌는데요. 정말 서울에서 누구를 만나고 오셨길래 이러실까.”

“아니! 너마저 왜 이러니 정말.”

고영순이 더욱 얼굴을 붉히며 목소리를 높이자 주방에서 김은경이 당황스런 목소리로 그녀를 불렀다. 김은경도 얼굴이 불그스레 달아오른 모습이었다.

“어머? 사모님은 왜 또 같이 얼굴이 빨개지시고 그러실까? 두 분이 우리만 몰래 무슨 재미있는 일을 꾸미시는 것은 아니에요?”

“혜은아! 어른들 가지고 장난치면 못써!”

김은경이 정색을 하며 혜은이를 나무라자 혜은이는 아무 소리도 못 하고 사과를 한 입 깨물었다.

혜은이가 입술을 씰룩거리며 사과를 씹고 있을 때 김병도의 핸드폰이 울렸다. 바이오제약의 김성훈 사장이었다. 김성훈 사장은 김병도의 연구가 어떻게 진행되고 있냐고 물었다. 김병도는 한 달 정도 지나면 다시 새끼가 나올 거라고 대답하면서 더 자세한 통화의 내용을 많은 사람들이 들으면 좋지 않을 것 같아 핸드폰을 들고 휴게실 밖으로 나왔다.

“예, 사장님, 이번 달 말에 새끼가 나올 겁니다.”

“흠, 김박사님! 이거 전화로 말씀드리기 좀 뭐하지만 새끼가 나오는 것을 몇 주만 좀 당깁시다.”

“예? 새끼가 나오는 것을 당기다니요?”

“김박사님! 형질전환 복제돼지가 나오는 것은 확실하지요?”

“예, 한 달만 있으면 확실히 나올 겁니다.”

“그러니까, 제 말은 확실히 나오는 것이니 발표 시간을 좀 앞당기자고요."

"글쎄, 그게 무슨 말씀이신지."

"제가 내일 우리 회사 주식을 무상증자할 겁니다. 물론 김박사님 몫으로도 5천 주를 할당해 놓았고요. 지금 주당 3만원 정도 하니까 1억 5천 정도는 될 겁니다."

"사장님! 저는 그런 거 잘 모르는데요."

"그러니까 김박사님은 제 말씀대로 하세요. 무상증자를 하고 다시 형질전환 복제돼지가 성공적으로 태어나면 주가는 저번에 뛴 것보다 몇 배는 더 뛸 겁니다. 한 마디로 김박사님은 가만히 앉아서 평생 버실 돈을 버시게 됩니다."

김병도는 그 순간 홍원식의 얼굴이 스치고 지나갔다.

"아, 예……, 그런데요?"

"김박사님은 가만히 계시면 됩니다. 우리 직원들이 다 알아서 처리할 겁니다. 오늘 밤에 학교목장으로 임신말기 돼지 한 마리를 가져갈 겁니다. 김교수님은 목장의 임신돈사에 그 놈을 넣어주기만 하면 됩니다. 아무도 모르고 우리만 아는 비밀로요."

"아니? 어떻게 그렇게……."

"하하하! 김교수님! 사업이란 게 다 그렇습니다. 너무 양심에 걸린다고 말씀하지 마십시요. 어차피 태어날 돼진데, 한 달만 발표를 일찍 하자는 것뿐이니……."

"그래도 그건 좀……, 곤란하겠는데……."

"그럼, 허락하신 걸로 알고 일을 진행시키겠습니다."

김성훈 사장은 호쾌하게 한번 웃고 전화를 끊어 버렸다. 김병도는 핸드폰 폴더를 닫고 뛰는 가슴을 진정시켰다. 그는 이래도 되는 건지 불안하였다. 그러나 한편으로 생각해 보니 김성훈 사장의 말에도 큰 무리는 없었다. 복제돼지는 한 달만 있으면 태어나는 것이 기정사실이었다. 문제는 형질이 제대로 전환되었는지가 관건이지만 그것은 두고 볼 일이었다. 그리고 애걸복걸하는 홍원식을 생각하니 마치 자비를 베푼다는 기분도 들었다.

김병도는 고개를 돌려 타석에서 볼을 치고 있는 사람들을 쳐다보았다. 모두들 열심히 볼을 쳐대고 있었다. 그걸 보고 있으니 이 세상은 정말 사람들이 너무나 무섭도록 열심히 전투적으로 살아가고 있는 곳이란 생각이 들었다.

**14**
# 축제의 서막

## 71

2002년 10월 3일, 제 52회 개천예술제의 날이 밝았다. 이른 아침에 전국창은 자신의 사무실에서 홍원식이 가져온 사진들을 차가운 눈빛으로 노려보고 있었다. 사진에는 촉석골프랜드 휴게실의 소파 위에 윤성주가 머리에 붕대를 감고 누워 있었고 김은경은 윤성주의 볼을 두 손으로 감싸쥐고 입술에 입술을 포개고 있었다. 멀리서 망원렌즈로 찍은 사진이었지만 김은경과 윤성주의 눈에서 흐르고 있는 눈물까지 매우 선명하게 찍혀 있었다.

"쩍!"

전국창은 편지봉투를 뜯는 페이퍼나이프로 책상 위의 사진들 중 한 장을 힘껏 찍었다. 페이퍼나이프의 끝이 윤성주의 얼굴에 정확히 꽂혔다.

'이것들이 이제 드러내놓고……'

전국창은 사진 속의 장소가 다른 곳도 아닌 촉석골프랜드 휴게실이라는 것에 더욱 분통이 터졌다. 그것은 전국창에게 이제 정면으로 도전을 하겠다는 것과 다름 아니었다. 앞도 뒤도 생각하지 않고 이제 막 가겠다는 김은경과 윤성주의 행태가 전국창의 이성을 잃게 만들었다.

"당장 해치워 버려! 오늘 중으로. 알았지!"

전국창은 홍원식을 무섭게 노려보면서 말했다.

"알았어요. 오늘 밤에 처리하죠. 개천예술제 첫날이라 어수선할 테니 더 잘 됐습니다."

홍원식은 담배를 입에 물고 신문을 보면서 능청스럽게 대답했다. 그는 마치 아무 일도 아니라는 듯이 한 마디 덧붙였다.

"근데, 형님! 미래파 백화점 건은 아무 문제없겠죠? 내일입니다. 입찰 날자가."

"그건 더 이상 신경 쓸 것 없다니까. 너는 네 일이나 잘 해! 다른 것은 다 내가 알아서 할 테니까."

전국창은 애써 태연한 척 사진들을 책상 서랍에 넣으며 말했다. 홍원식은 전국창을 보지도 않고 신문을 덮으며 차갑게 미소를 지었다.

전국창이 진주CC로 출발하기 위해 사무실 문을 열고 나오자 밖에서 농악대의 꽹가리소리가 크게 들려오기 시작했다. 날이 밝으면서 개천예술제가 본격적으로 시작되고 있었다.

올해도 개천예술제는 전국 문화예술제의 효시답게 열린음악회, 남인수가요제, 전국민속투우대회, 개천미술대전 등 총 60여 개의 많은 행사들이 계획되어 있었다. 이미 진주성 촉석루 앞 남강 위에는 수많은 대형 유등들이 각각의 독특함을 자랑하며 오늘 밤에 있을 점등식

을 기다리고 있었다. 그 유등들 사이로 진주성에서 남강 건너편으로
연결되는 가교도 설치되어 아침부터 많은 사람들이 건너다니고 있었
다. 남강을 가로지르며 떠 있는 가교는 특히 어린아이들에게 인기가
좋았다. 걸음을 걸을 때마다 출렁거리는 것이 아이들에게 재미를 주
었기 때문인데 밤에는 어른들도 한번쯤은 건너보고 싶은 충동을 느꼈
다. 가교를 건너면서 바로 옆에 떠 있는 화려한 유등들을 보는 것은 매
우 환상적이었다. 그 때문에 축제에 오는 사람들은 모두 그 가교를 한
번쯤은 건너보곤 하였다.

　진주성 쪽에서 가교를 건너 강 반대편으로 오면 만개의 전등으로
만들어졌다는 진주성 모형이 화려하게 빛을 발하고 있고 그 옆으로
수만 개의 소망등들이 거대한 벽을 이루고 있었다. 많은 사람들이 자
신들의 소망을 적은 등불을 그곳에 걸었다. 소망등에 적힌 내용들은
좋은 대학에 들어가게 해달라거나 건강하게 오래 살게 해달라는 개인
적인 바램들이 대부분이었다.

　남강을 따라 강 양쪽으로는 전국에서 몰려온 장사치들에 의해 풍물
장터가 열리는데 그 길이가 300미터도 넘었다. 진주성 쪽에서는 동방
호텔 앞까지 풍물장터가 열렸고 강 반대편 쪽에서는 경남문화예술회
관 앞까지 천막촌이 형성되었다. 경남문화예술회관 앞의 강변에서는
몇 개의 가설무대들이 설치되어 다양한 야외공연들이 매일밤 계획되
어 있었다. 그 옆으로 어린아이들을 위한 놀이공원이 형성되어 바이
킹이나 회전목마와 같은 놀이기구들이 아이들을 기다리고 있었다.

　개천예술제 기간 중 가장 많은 사람들이 몰리는 날은 첫날이었다.
그 이유는 첫날 밤에는 촉석루 앞 남강 위로 불꽃놀이가 펼쳐지는데
수백발의 폭죽이 남강을 밝히며 밤하늘로 쏘아져 올랐고 그 폭음 소

리가 진주시내 전역을 흔들 정도로 장관을 이루기 때문이었다. 남강 위로는 대형 유등들이 불빛을 밝히며 두둥실 떠 있고 그 위로 화려하게 펼쳐지는 불꽃놀이를 보기 위해 경남의 구석구석 멀리 시골에서도 사람들이 구름처럼 몰려들었다.

# 72

오전 9시, 진주CC 클럽하우스 앞에는 많은 사람들이 긴장감을 감춘 얼굴로 모여 있었다. 클럽챔피언 선발전의 예선전이 시작되기 바로 직전이었다. 윤성주는 클럽하우스 로비에서 김병도와 함께 있는 고상용 교수를 만났다. 고영순은 고상용 교수의 팔짱을 끼고 있었다. 고상용 교수는 윤성주의 손을 잡고 한동안 아무 말도 하지 않은 채 그의 눈만 바라보고 있었다. 그러나 윤성주는 그의 눈빛이 말하는 것을 들을 수 있었다.

'성주 자네는 내가 가장 아끼는 제자야. 누가 뭐라고 해도 난 항상 자네 편일세. 자네가 무슨 일을 어떻게 하든 난 자넬 믿는다고.'

고상용 교수가 윤성주의 두 팔을 잡고 있던 손에 힘을 주었다. 고상용 교수의 팔짱을 낀 채 고개를 숙이고 있던 고영순은 괜시리 얼굴이 붉어져 왔다. 윤성주의 눈가에 이슬이 맺히는 것을 보았기 때문이었다. 그녀도 눈물이 나올 것 같은 것을 간신히 참고 있었다.

'하! 사는 게 뭘까……'

고영순은 고개를 들어 클럽하우스 천장을 보며 한숨을 길게 쉬었다.

윤성주가 클럽하우스에서 고상용 교수를 만나고 있는 시각에 전국창은 클럽하우스 앞에 있는 퍼팅그린에서 많은 골퍼들과 잡담을 나누고 있었다. 부산에서 온 신천웅을 포함해서 진주 인근의 많은 고수들이 그와 함께 웃고 떠들고 있었다. 지난해 클럽챔피언인 전국창은 그들의 한가운데에서 큰 목소리로 분위기를 이끌고 있었다. 전국창은 그런 자신의 모습이 좋았다. 사람이 사는 재미가 바로 이런 것이라고 그는 생각했다.

남자 A부가 아웃코스에서 경기를 시작한 반면, 남자 B부에 출전한 김병도는 인코스 1번 홀에서 티샷을 했다. 진주CC 인코스 1번 홀은 티박스에서 그린이 안 보이는 내리막 홀로 그린 오른쪽 앞에 제법 큰 연못이 하나 있는데 드라이버 티샷이 길 경우 그 연못까지 공이 굴러 들어갈 수도 있는 홀이었다. 김병도는 3번 우드로 가볍게 티샷을 했는데 볼은 다행스럽게도 페어웨이 중앙에 떨어져 굴러 내려갔다. 그는 세컨드 샷을 하기 위해 걸어가면서 오늘은 보기플레이만 하자고 속으로 다짐을 하였다. 그러나 그는 세컨드 샷을 그린 오른쪽 앞 해저드에 빠트렸다. 그리고 같은 조의 사람들이 그린 위에서 지켜보는 상황에서 연못 뒤 해저드 티박스에 친 4번째 샷도 그린에 올리지 못했다. 그는 그린 옆에서 홀컵을 지나치는 어프로치를 했지만 볼은 내리막 퍼팅이 되었고, 퍼터로 간신히 볼을 홀컵 바로 옆에 붙여 겨우 마무리를 하였다.

첫 홀부터 트리플보기를 기록한 김병도는 실망이 대단히 컸다. 그는 2번 홀로 걸어가면서 지난 홀 왼발 내리막 세컨드 샷을 너무 조심스럽게 친 것을 몹시 후회하였다. 이왕 경기는 시작된 것, 과감한 플레이가 필요하다고 생각했다. 그래서 그는 파 5인 2번 홀에서는 과감한 드라이버 티샷을 했다. 볼은 페어웨이 중앙으로 정확히 날아갔고, 3번 우드 세컨드 샷도 풀스윙을 했는데 이번에도 볼은 클럽헤드 중앙에 맞고 그린 앞쪽에 떨어졌다. 김병도는 두 번의 연속적인 우드샷의 성공으로 자신감이 살아났다. 그는 피칭웨찌로 100미터 샷을 그린에 정확히 올렸고 가볍게 투퍼팅을 성공하여 파를 기록하였다. 김병도는 홀컵에서 볼을 꺼내면서 혼자 생각하였다.

'이것은 실전이야. 인생에 연습이 없듯이 이것은 실전이야. 후회 없이 마음껏, 멋지게 한번 살아보는 거야.'


# 73


김병도가 3번 홀의 티샷을 하고 있는 시간에 하영주는 강남고속버스터미널에서 진주행 버스에 몸을 실었다. 그녀는 종수에게 줄 장난감 선물을 소중히 무릎 위에 올려놓았다. 버스가 서서히 움직이며 고속버스터미널을 빠져 나오자 하영주는 가슴이 뛰기 시작하였다. 그녀는 벌써부터 종수를 안고 입을 맞출 생각에 행복하였다. 고속버스는 그런 그녀의 마음을 아는 듯이 빠른 속도로 톨게이트를 빠져 나와 분당을 지나쳤다. 고속도로변으로 이어지던 아파트 숲들이 끝나자 벼들이 누렇게 익은 황금들녘이 차창가로 펼쳐졌다.

가을이었다. 서른네 살의 가을이 그렇게 흘러가고 있었다. 그녀는 자신의 인생이 벌써 절반을 훌쩍 넘기고 있다는 것에 서글픈 생각이 들었다. 지금 그녀의 모습은 지난 소녀 적에 꿈꿨던 모습과 너무나도 동떨어진 초라한 모습이었다. 결혼에 실패하고 배 아파 난 새끼마저 멀리 보내 버린 지금의 현실은 그녀가 정말 꿈에서도 생각하지 못했던 것이었다.

'도대체 어디서부터 잘못되었을까?'

그녀는 무릎 위에 놓인 종수에게 줄 선물을 손가락으로 만지작거렸다. 금방이라도 눈에서 눈물이 떨어질 것 같았다. 하영주는 행여 눈물이 나올까 고개를 차창 밖으로 돌리다가 문득 차창 밖으로 스쳐가는 입간판 하나를 보았다.

'무엇을 걱정하십니까? 기도할 수 있는데.'

하영주는 그 입간판을 보자 조금 전 버스를 타기 전에 길거리에서 받은 성경문구가 적힌 교회 안내 전단지가 생각났다. 그녀는 핸드백을 열어 조금 전에 넣어둔 전단지를 꺼냈다.

'욕심이 잉태한즉 죄를 낳고 죄가 장성한즉 사망을 낳느니라.'

하영주는 전단지 앞면에 있는 그 성경문구를 보았을 때 가슴이 뜨끔하였다. 그것이 마치 자신을 두고 한 말처럼 느껴졌기 때문이었다. 그녀는 전단지를 버리려고 하다가 이 글귀 때문에 버리지 못하고 핸드백에 넣었었다. 하영주는 전단지 앞면에 적힌 문구를 다시 한번 천천히 읽어 보았다.

'욕심이 잉태한즉 죄를 낳고 죄가 장성한즉 사망을 낳느니라.'

하영주는 자신의 욕심 때문에 종수에게 지울 수 없는 죄를 짓고 있다고 생각되어 괴로웠다. 그러다 그 죄가 자라 사망에 이른다는 말이 섬뜩하게 느껴졌다. 그녀는 전단지의 글들이 두렵고 기분 나쁘게 느껴져 버려 버리려고 하다가 그러면 정말 벌을 받을지 모르겠다는 생각이 들어 다시 그것을 핸드백 안에 집어넣었다.

이경현은 아침부터 병원에서 안절부절이었다. 하영주의 모습이 보이지 않고 있었기 때문이었다. 자신이 그렇게 진주에 내려가길 원하지 않았건만 하영주는 결국 자신을 거역하고 진주로 내려간 것이 틀림없었다. 하영주가 자신을 배신하기로 한 것이 틀림없다고 생각한 이경현은 책상에 앉아 어떻게 해야 좋을지 고민하고 있었다. 차분히 침착하게 생각하자고 몇 번이나 다짐을 했건만 그의 머릿속에는 하영주가 나체로 김병도와 함께 섹스를 하는 장면이 자꾸만 떠올라 그를 미치게 만들었다. 특히, 하영주가 김병도의 것을 두 손으로 잡고 애무하는 장면에서는 심한 역겨움과 함께 그녀가 너무나 지저분하게 느껴졌다.

그는 하영주를 죽여 버려야겠다고 생각했다. 만약 죽여 버린다면 어떻게 죽여 버릴 수 있을까. 이경현은 완전범죄를 위한 다양한 방법들을 생각했다. 북한강변으로 드라이브를 간 후, 차 안에서 목을 졸라 죽인 뒤 다리에 돌을 매달아 강물 속으로 처박는 생각을 했다. 그것은 생각만 해도 짜릿했다.

하영주의 목을 조르자 그녀가 용서를 비는 눈빛으로 죽어갔다. 그러나 이경현은 그녀의 잘못을 용서할 수 없었다.

'너는 죽어도 싸. 내가 너를 얼마나 사랑했는데……'

이경현은 분노를 못 이기고 손아귀에 힘을 더 줬다. 하영주가 점차 혀를 입 밖으로 내밀고 더러운 침을 흘리며 죽어갔다. 이경현은 그런 그녀의 모습에서 짜릿한 쾌감을 느꼈다.

그러다가 그는 다리에 묶었던 끈이 풀리며 물 위로 떠오른 그녀의 부풀고 썩은 시체를 떠올렸다. 그러면 결국 경찰의 추적을 받게 될 것이었다. 이경현은 고개를 좌우로 흔들었다. 그는 시체를 남겨서는 안 된다고 생각했다. 그래서 그는 집에서 독약을 드링크에 타서 죽이기로 하였다.

독약을 먹고 입에 거품을 물고 죽은 하영주가 거실에 누워 있었다. 이경현은 그녀를 욕실로 끌고 갔다. 그리고 미리 준비한 해부용 나이프로 목을 잘라냈다. 하영주의 잘린 목에서 응고되기 시작하던 핏덩어리가 뭉클뭉클 솟아났다. 이경현은 샤워기를 틀어 하영주의 몸에서 피를 모두 뽑아냈다. 그리고 해부학 시간에 배웠던 것처럼 그녀의 몸을 토막 내기 시작하였다. 수술용 나이프가 관절과 관절 사이를 지나갈 때마다 다리가 잘려나가고 팔뚝이 잘려나갔다. 이경현은 하영주의 관절이란 관절은 모두 찾아내서 절단하면서 짜릿하고 통쾌한 기분을 만끽했다.

그는 이 모든 것이 하영주가 만든 인과응보의 결과라고 생각했다. 그는 하영주의 토막이 든 작은 비닐봉지들을 그녀와 데이트를 즐기던 북한강을 따라 차를 몰며 하나씩 강물에 버렸다. 그렇게 하고 나자 하영주의 시신이 없는 완전범죄가 완성되었다.

완전범죄를 완성한 이경현은 커피를 한 모금 마셨다. 그는 커피를 마시다가 문득 자신이 하영주를 토막 냈다는 사실에 깜짝 놀랐다. 믿어지지 않았다. 어제만 해도 목숨처럼 사랑했던 여자를 너무도 쉽게 죽여 버린 자신이 믿어지지 않았다.

'아! 인간은 얼마나 이기적이고 잔인한 동물인가…….'

이경현은 갑자기 자리를 박차고 일어나 창밖을 내다보았다. 환자복을 입은 환자들이 가족들과 함께 걷거나 의자에 앉아 있었다. 그는 환자들 중 죽음을 앞둔 암환자로 보이는 할아버지를 쳐다보았다. 머리에는 모자를 쓰고 입에는 마스크를 한 할아버지가 휠체어에 앉아 눈을 감고 있었다. 휠체어의 손잡이를 잡고 있는 할머니는 연신 무엇인가를 할아버지에게 말하고 있었다. 그러다가 할머니는 무엇이 그리 안타까운지 할아버지의 얼굴을 손수건으로 닦으며 눈물을 글썽거렸다. 누가 보아도 그것은 할아버지의 죽음을 가슴아파하는 할머니의 모습이었다. 적어도 60년은 더 같이 살아왔을 사람들이 이별을 앞두고 서로 슬퍼한다는 것이 아름답게 비춰졌다.

이경현은 하영주와 저런 모습으로 살고 싶었다. 저렇게 서로가 서로를 챙겨주고 사랑하면서 살고 싶었다. 그런데 시작도 전에 배신을 해 버린 하영주를 이경현은 도저히 용서할 수 없었다. 그는 말없이 무작정 병원을 빠져 나왔다. 그의 인생에 있어 이보다 더 중요한 일은 없었다. 그는 차를 몰고 진주로 향했다. 무엇이든 확실히 해야 되는 그의 성격 때문이었다.

75

"축하드립니다. 고기자님!"

김병도가 여자부 16강에 들어간 고영순을 보고 말했다.

"호호호. 고마워요. 김교수님. 교수님도 이런 대회에서 86타면 정말 잘 치신 거예요."

최프로도 김병도를 보면서 위로의 말을 던졌다.

"그래도 김교수님은 짧은 기간에 실력이 정말 많이 늘었습니다. 저는 잘해야 90타 정도 칠 줄 알았는데 86타라니 놀랐습니다.”

“하하하! 그게 다 최프로님이 잘 가르쳐 준 덕입니다.”

혜은이가 쟁반에 마실 것을 가져오면서 들뜬 목소리로 말했다.

“우리 모두 오늘밤 불꽃놀이 구경 가요. 벌써부터 시내 쪽으로는 차도 못 들어갈 정도로 복잡하던데.”

“그래요. 오늘밤에는 제가 거하게 한 잔 쏠게요. 성주씨! 어때요? 우리 같이 촉석루로 가시죠? 은경아! 너도 같이 가자. 우리 모두 다 같이 나가자구.”

고영순의 말에 김은경은 윤성주를 쳐다보았다. 윤성주는 잠시 생각을 하더니 그러자고 대답을 하였다. 김은경과 단 둘이 가는 것도 아니고 여럿이 같이 다니는 것은 그리 나쁠 것 같지 않았기 때문이었다.

“저는 나중에 합류하겠습니다. 서울에서 손님이 찾아오기로 해서……”

김병도는 하영주를 먼저 만나고 난 후, 9시에 진주성 정문 앞에서 그들을 만나기로 하였다. 촉석골프랜드 옆 강변도로는 벌써부터 많은 차량들이 몰려들어 길이 막히고 있었다.


# 76

진주고속버스터미널에 내린 하영주는 많은 사람들 때문에 놀랐다. 고속버스터미널 앞에는 많은 인파들이 가장행렬의 뒤를 따라 가고 있었다. 하영주는 이런 축제를 처음 보았다. 그녀는 그런 광경을 보면서 자신이 방금 지방의 소도시에 도착했다는 것을 피부로 느꼈다.

그녀는 터미널 앞 택시정류장에서 택시를 타고 동방호텔로 가자고 했다. 택시는 인파들 사이로 빠져 나와 강변도로를 타고 동방호텔로 향했다. 하영주는 택시 안에 앉아 밖에서 벌어지고 있는 북새통의 풍경을 무심히 쳐다보고 있었다. 택시가 경남문화회관 건너편의 뒤벼리에 도착하자 많은 차량들 때문에 서행하기 시작하였다.

강변을 끼고 있는 뒤벼리는 깎아지른 듯한 절벽이었다. 뒤벼리 건너편 남강에는 청소년들이 고무보트에 몸을 싣고 열심히 노를 저으며 경주를 펼치고 있었다. 그 옆으로 수많은 모양의 작은 놀이배들이 둥둥 떠 있었다. 춘천의 소양호에서나 보았던 오리나 백조 모양의 발로 페달을 밟아 노를 젓는 배들이었다. 경남문화예술회관 앞의 노천극장에서 시끄럽게 노랫소리가 들려왔다. 아마도 노래자랑을 하는 듯, 중간 중간에 사람들의 함성소리도 들렸다. 그 노천극장 옆으로 꼬마바이킹이 오르락내리락하였고, 그 옆으로 하늘 높이 회전그네가 돌고 있었다.

그녀가 탄 택시가 서서히 동방호텔 앞으로 꺾어지자 진주교 밑 남강 위에 떠 있는 수많은 대형 유등들이 눈에 들어왔다. 갑옷을 입은 장군등과 여의주를 입에 문 쌍용등 뒤로 논개등, 연꽃등, 호랑이등, 석탑등, 쌍둥이등 등 많은 유등들이 남강 위에 둥둥 떠 있는 것이 보였다. 하영주는 택시에서 내려 동방호텔로 들어가면서도 그 화려한 광경들로부터 눈을 뗄 수가 없었다.

하영주가 동방호텔 1층 커피숍에서 10분 정도 기다리자 김병도가 종수를 데리고 나타났다.

"엄마다! 엄마~아!"

종수는 하영주를 보자 큰 소리로 엄마를 외치며 달려왔다. 하영주는 달려오는 종수를 두 팔로 번쩍 들어 안았다.

"종수야! 엄마야. 종수야!"

자신의 생명과도 같은 따뜻한 종수의 체온이 전해졌다. 하영주는 종수를 가슴에 꼭 안고 한동안 서 있었다. 그녀는 눈물이 나오는 것을 참으려는지 눈을 감아버렸다. 김병도도 그것을 지켜보다가 코끝이 찡해지는 것을 느끼자 하영주가 앉아 있던 건너편 자리에 털썩 주저앉았다. 그는 이게 도대체 무슨 짓인지 모르겠다는 듯 고개를 흔들었다. 그 옛날 신파극처럼 보았던 영화 '아직도 그대는 내 사랑'에서 보았던 바로 그런 장면을 자신이 주인공이 되어 연기하고 있는 것 같았다.

하영주는 자리에 앉아 종수를 자신의 무릎 위에 앉혔다. 그녀는 김병도는 쳐다보지도 않은 채 선물을 꺼내 하나씩 포장을 뜯어 종수에게 보여주었다. 종수는 엄마가 선물을 뜯을 때마다 눈이 동그래지면서 좋아했다. 그렇게 종수가 장난감을 가지고 노는 모습을 김병도도 하영주도 말없이 지켜보고만 있었다.

호텔 밖에서 폭죽이 터지는 소리가 들리기 시작했다.


<h1 style="text-align:center">77</h1>


"와아아! 저것 좀 보세요. 너무 멋지지 않아요?"

혜은이가 김은경의 손을 잡고 최프로에게 소리쳤다. 방금 전에 촉석루 앞 남강 위를 밝히며 터진 불꽃을 보며 많은 사람들은 큰 소리로 탄성을 질러댔다.

"저기 또 큰 것이 올라가요!"

노 멀리건 인 마이 라이프 237

고영순이 옆에 있는 윤성주에게 밤하늘을 가르고 올라가는 불꼬리를 보며 소리쳤다. 불꼬리는 정점에 다다르자 큰 굉음을 내고 수천 개의 작은 불꽃들을 산발하며 터졌다.

"우와아! 와아! 대단하다!"

여기저기서 어린아이들이 소리를 질러댔다.

"쿠구크구궁! 두따따디쿠쿠꿍궁!"

갑자기 연속적인 폭음이 지축을 흔들었다. 촉석루 앞 남강 위로 수십 발의 폭죽이 불꼬리를 흔들며 올라갔다.

"후와! 이번에는 한꺼번에 수십 발을 쐈나 봐요."

김은경의 팔짱을 끼고 있던 혜은이가 아이처럼 폴짝거리며 말했다.

"정말 저건 장관이겠는데요."

그때까지 불꽃을 가만히 보고 있던 최프로도 이번엔 입을 열었다.

"펑! 팡! 꽝! 피흉! 뜨두두! 콰콰꽝!"

밤하늘을 가르고 올라갔던 수많은 불꼬리들이 검은 공간에서 동시에 터지기 시작하였다. 그것은 정말 장관이었다. 이번에는 사람들이 탄성도 지르지 못한 채 모두 다 연속적으로 터지는 불꽃들을 입을 벌린 채 쳐다보고만 있었다.

윤성주도 밤하늘의 불꽃들을 정신을 놓고 쳐다보고 있다가 뒤에서 누가 어깨를 두드리는 바람에 고개를 돌려 뒤를 돌아다보았다. 홍원식이 몇 명의 사내들과 함께 그의 뒤에 서 있었다.

"성주형님! 잠깐 저 좀 보시죠."

홍원식은 윤성주를 보고 가볍게 목례를 하며 말했다. 그 장면을 혜은이의 손을 잡고 있던 김은경이 보았는데 홍원식은 김은경과 눈빛이 마주치자 자신도 모르게 그녀의 눈빛을 피해 고개를 숙이며 인사를 하였다.

"형수님! 안녕하십니까?"

"무슨 일이죠?"

김은경은 차갑고 야멸찬 목소리로 홍원식에게 물었다. 홍원식은 그런 그녀의 말투가 너무나 싫었다. 어렸을 때부터 김은경은 홍원식을 늘 그런 식으로 대해왔었다.

"아닙니다. 그냥 성주형님께 조용히 드릴 말씀이 있어서."

홍원식은 윤성주의 팔을 잡고 이끌면서 김은경의 눈을 노려보며 말했다. 김은경을 바라보는 홍원식의 눈빛은 더 이상 자신을 무시하지 말라는 듯한 반항적인 눈빛이었다. 그것은 마치 아직도 정신을 차리지 못하고 계속 그렇게 나오면 지난번에 당했던 것보다 더 크게 다칠 수도 있다는 위협과도 같았다. 김은경은 야릇한 미소를 지으며 자신을 노려보는 홍원식에게서 심한 공포를 느꼈다.

윤성주는 자신의 손을 잡고 이끄는 홍원식의 손을 뿌리치지 못하고 엉거주춤한 모습으로 김은경을 힐끗 쳐다보았다. 김은경은 윤성주에게 가지 말라고 말하려고 하다가 잠시 머뭇거린 후 고영순을 쳐다보았다. 고영순은 김은경에게 윤성주를 보내도 괜찮다는 신호로 고개를 한번 끄덕거렸다. 윤성주도 괜찮다는 손짓을 김은경에게 보낸 후 홍원식의 뒤를 쫓아 인파 속으로 사라졌다.

## 78

종수는 왼손에 피카츄 풍선을 들고 오른손은 엄마의 손을 꼭 잡고 있었다. 하영주는 종수와 함께 남강 위에 설치된 가교에 조심스럽게 발을 올려놓았다. 출렁거리는 가교는 촉석루 건너편까지 연결되어 있었다. 강 건너 쪽에는 수만 개의 불빛으로 장식된 진주성 모형이 화려하게 빛나고 있었다.

가교는 양방향으로 걸을 수 있도록 되어 있었는데 가운데에 밧줄이 처져있어 일방통행을 하도록 되어 있었다. 어떤 사람들은 가교 가운데에서 건너편에서 걸어오는 사람들과 반갑게 손을 잡고 인사를 하기도 하였다. 종수는 출렁거리는 가교가 재미있는지 두 발로 껑충껑충 뛰기도 하였다. 어린 종수가 다리를 굴릴 때마다 가교는 흔들흔들 하였다. 하영주는 한 손으로는 가교 옆의 밧줄을 잡고 또 한 손으로는 종수가 중심을 잃지 않도록 종수의 손을 꼭 쥐고 있었다.

김병도는 하영주가 종수의 손을 잡고 가교를 건너는 것을 뒤에서 지켜보면서 걷고 있었다. 강 건너편으로 오자 모형진주성 옆으로 소망등벽이 길게 늘어서 있었다. 지난해에는 십이만 개의 소망등이 달렸다고 했다. 소망등불에 적힌 사람들의 소망을 읽다가 김병도는 하영주에게 소망등을 하나씩 사서 강물에 띄워 보내자고 제안하였다. 하영주도 김병도의 제안을 받아들여 강물에 띄우는 소망등 두 개를 샀다. 하영주는 소망등에 종수의 건강과 행복을 바라는 문구를 썼다. 그러다가 김병도가 볼까 뒤로 돌아서서 종수의 이름 옆에 김병도의 이름도 적어 넣었다. 김병도는 무엇을 적을까 한참을 고민을 하다가 하영주의 앞날에 행복만 가득하길 바란다고 적었다. 그는 그것이 자신의 진심일지 모른다고 생각했다.

그들은 서로 자기가 적은 소망들을 볼까 봐 조심을 하면서 다시 촉석루 방향의 가교 위로 걸어 들어갔다. 그리고 가교의 중간 부분에 이르자 들고 있던 소망등을 강물 위에 띄워 보냈다. 하영주도 자신의 소망등을 강물 위에 띄워 보내면서 진실로 종수와 김병도에게 좋은 일만 생기길 빌었다. 그들이 띄운 소망등은 다른 사람들이 띄운 많은 다른 소망등들과 함께 강물을 따라 아래로 흘러내려갔다. 그 작은 소망등들은 갑옷을 입은 대형 장군등과 여의주를 입에 문 쌍용등 사이로 사라졌다.

"어? 종수는 어디 있어요?"

강물을 따라 떠내려가던 소망등을 보고 있던 하영주가 김병도에게 다급히 물었다. 김병도도 방금 전까지 옆에 있던 종수가 보이지 않자 황급히 주위를 둘러보았다.

"아! 저기에요!"

하영주가 소리를 치며 가교 반대편을 가리켰다. 어떤 사내가 종수를 안고 빠르게 가교 반대편으로 달려가고 있었다. 종수는 사내의 등 뒤로 얼굴을 내밀고 울면서 소리를 치고 있었다.

"엄마! 엄마아!"

하영주는 그 사내가 이경현이라는 것을 한 눈에 알 수 있었다. 그녀는 갑자기 진주에 나타난 이경현이 종수를 납치하는 장면을 보고 놀랍기도 하였지만 순간적으로 공포스럽고 무서운 생각이 들었다. 그녀는 짧은 순간에 낮에 버스 안에서 보았던 교회 홍보 전단지의 성경문구가 떠올랐다.

'죄가 장성한즉 사망을 낳느니라.'

하영주는 자신도 모르게 가교의 중앙에 쳐놓은 밧줄을 넘어가 종수를 안고 사람들 사이를 헤치며 뛰어가는 이경현을 쫓았다.

이경현은 어쩔 줄 몰랐다. 막연히 하영주를 쫓아 진주에 내려왔지만 어디서 어떻게 그녀를 찾아야 할지 막막하였다. 그는 시내를 돌아다니며 축제가 벌어지는 행사장들을 방황하였다. 그러다가 밤이 되었고 불꽃놀이가 벌어졌다. 이경현은 그 불꽃놀이를 쫓아 진주성 앞까지 걸어왔다. 그리고 사람들의 행렬에 밀려 자연스럽게 가교를 건너기 시작하였다. 그런데 가교의 중간 부분에 이르렀을 때 가교 반대편에서 소망등을 띄우고 있던 하영주와 김병도를 보았다. 누가 보아도 다정스런 부부의 모습이었다. 그때 마침 종수가 이경현의 바지를 잡고 흔들었다. 종수는 이경현을 알아보고 웃고 있었다. 이경현은 두 팔을 벌려 밧줄 넘어 있는 종수를 번쩍 안았다. 그런데 뒤에서 사람들이 그를 밀기 시작했고 자신도 모르게 한발 두발 앞으로 밀리기 시작했다. 뒤를 돌아보니 아직도 하영주와 김병도는 강물에 띄운 소망등을 바라보고 있었다.

이경현은 난감하였다. 종수는 울기 시작하였고 다시 뒤를 돌아보니 하영주와 김병도가 종수를 황급히 찾는 듯 두리번거리고 있었다. 이제 누가 보아도 이경현은 종수를 납치하는 것으로 비춰질 것이었다. 이경현은 겁이 나서 서서히 뛰기 시작하였다. 진주까지 쫓아와서 아들 종수를 납치한 자신을 하영주가 어떻게 생각할지 암담하였다. 이경현은 빨리 이 자리를 벗어나기 위해 안간힘을 썼지만 흔들거리는 가교를 조심스럽게 걷고 있는 인파를 뚫기란 그리 쉽지 않았다.

"종수야! 종수야!"

미친 사람처럼 소리를 치며 쫓아온 하영주는 손을 뻗어 이경현의 등 뒤로 고개를 내민 종수의 얼굴을 잡았다. 이경현은 종수의 얼굴이 하영주의 손에 잡히자 그것을 뿌리치기 위해 몸을 돌렸지만 하영주는 손을 놓지 않았고 중심을 잃은 이경현은 비틀거리며 가교 밖으로 떨어졌다. 그와 동시에 하영주도 종수의 얼굴을 잡은 채 같이 가교 밖 강물 속으로 떨어졌다.

"사람이 빠졌다!"

"어이구 저걸 어째. 사람이 빠졌다!"

뒤쫓아 뛰어온 김병도는 당황할 대로 당황하였다. 자신의 눈 앞에서 하영주가 종수와 함께 강물 속으로 빠져 버렸다. 그는 가교 중앙 밧줄을 건너 방금 종수와 하영주가 빠진 시커먼 강물을 어쩔 줄 몰라 하며 쳐다보았다.

"저기다. 저기 떠올랐다!"

가교 반대편에서 사람들이 소리쳤다. 김병도는 다시 가교 반대편으로 중앙밧줄을 단숨에 뛰어넘었다. 종수와 하영주는 강물에 빠진 후 물살을 타고 가교 밑을 통과하여 가교 반대편 쪽으로 올라왔다. 하영주는 종수를 두 손으로 잡고 하늘로 치켜든 채 연거푸 물 위로 오르락내리락하고 있었다.

"풍덩!"

김병도는 자신도 모르게 물 속으로 몸을 던졌다. 그리고 어떻게 헤엄쳐 갔는지 모르지만 하영주로부터 종수를 받아 두 손으로 번쩍 치켜들었다. 그런데 김병도는 종수를 받아들면서 그때서야 자신이 수영을 할 줄 모른다는 사실이 생각났다. 그는 물을 연거푸 먹으면서 의식을 잃어갔다. 김병도는 자신이 이렇게 죽는다고 생각했다. 세상이 너무도 아득히 조용해지고 있었다.

# 15

## 헝클어진 시간

# 79

김병도는 아득하게 깊은 어둠 속에서 간간히 들리는 꿈속 같은 목소리를 들었다.

"김간호사! 그 쪽은 좀 어때?"

"예, 선생님. 서서히 의식이 돌아오고 있어요."

"참 대단한 사람들이야."

"내일 아침 신문에 대서특필 되는 거 아닌지 모르겠어요."

"신문에 날 만하지. 자식을 살리기 위해 남강에 몸을 던진 부모. 뭐 그런 제목으로 말이야."

김병도는 꿈속에서 아득하게 들리는 목소리가 의사와 간호사의 대화라는 것을 짐작할 수 있었다.

"그런데 허선생님! 이쪽 여자분은 깨어나시면 어떻게 해요. 물에 빠진 큰 아이는 살렸지만, 뱃속의 아이가 지워졌다는 것을 알면……."

"그러게 말이야. 나는 이럴 때마다 하나님의 뜻을 정말 모르겠어. 뱃속에 든 핏덩어리가 무슨 죄를 지었다고 벌써 거둬 가시는 거야."

"호호호! 허선생님도 참. 사람은 모두 원죄를 가지고 태어난다잖아요. 아담과 이브가 지었다는 원죄 말이예요. 모르세요?"

"허허! 나 참, 김간호사! 그럼 나도 죄인이란 말이야?"

"호호호! 허선생님은 법 없이도 사실 수 있는 분인데 그럴 리가 있겠어요. 제가 그 죄인의 명단에서 빼드릴게요."

"하하하! 그럼 나도 김간호사를 그 죄인명부에서 빼줄게."

"하하하! 호호호!"


김병도는 진공처럼 울리는 듯한 대화를 들으며 이건 꿈이라고 믿고 있었다. 하영주의 뱃속의 아이라니 그건 또 무슨 말인가. 그는 몸을 움직이려고 하였지만 그의 깨어 있는 의식과는 달리 손가락 하나 까닥할 수 없었다. 한동안 움직이려고 노력하던 김병도는 더 이상 움직이는 것을 포기하고 차라리 꿈을 계속 꾸기로 하였다. 김병도는 생각나는 것부터 역으로 시간을 돌려보았다. 시간은 신기하게도 그의 의도대로 움직였다.

모터보트 소리가 시끄럽게 들렸다. 김병도는 자신을 물 속에서 끌어올리는 목소리를 들었다.

"아이 먼저 올려. 아이는 괜찮아?"

"예! 아이는 말짱합니다. 조금 놀랐나 봐요."

김병도는 종수가 괜찮다는 소리를 듣고 다시 시간을 앞으로 급히 돌렸다. 하영주가 종수를 두 손으로 받쳐 들고 김병도를 애처로운 눈빛으로 쳐다보고 있었다. 살려달라는 듯한 간절한 눈빛이었다. 김병도는 그녀의 눈빛이 그녀가 아닌 종수를 살려달라는 처절한 눈빛임을 잘 알았다. 김병도가 손을 내밀자 하영주는 종수를 김병도에게 넘겨주었다. 그리고 그녀는 가련한 눈빛을 남긴 채 어두운 물속으로 사라져갔다. 김병도는 그 순간만큼은 하영주가 불쌍하다고 생각했다. 죽이고 싶도록 미웠던 그녀가 그 순간만큼은 안타까울 정도로 불쌍했다. 그녀에게 좀 더 잘해주지 못했던 것이 후회가 되었다.

"여보! 여보!"

김병도는 물을 먹으면서 소리를 치다가 다시 시간을 조금 더 앞으로 돌려보았다. 그러자 어떤 사내가 종수를 안고 가교 건너편으로 뛰어가고 있었다. 하영주가 너무도 민첩한 동작으로 그를 쫓았다. 김병도도 그녀의 뒤를 쫓기 시작하였다.

'저 사내는 어디서 나타난 누구인가?'

김병도는 하영주의 당황하는 얼굴에서 사내가 하영주와 관련 있는 남자라는 것을 직감했다.

'그런데 저 사내는 왜 진주에 와 있고 종수를 납치하고 있는 것일까?'

김병도는 가교 위의 사람들을 헤치고 가면서 일이 재미있게 돼 간다고 생각했다.

'혹시 둘 사이에 무슨 일이 생긴 것은 아닐까?'

김병도는 사내와 하영주 사이에 문제가 생긴 것이라고 판단되자 약간은 통쾌한 기분이 들었다. 하영주는 고통받아 마땅하였다. 자신이 그 동안 받았던 고통의 이상을 하영주도 받아야 공평한 거라 생각했다. 김병도는 그런 생각에 뛰던 걸음의 속도를 의도적으로 조금 줄였다. 종수를 안고 있는 사내와 하영주가 자신의 앞에서 어떤 얼굴로, 어떤 모습으로 이야기를 나눌지 보고 싶었다. 김병도는 하영주의 당황하는 모습을 보고 싶었다. 하영주가 얼마나 못 된 짓을 하고 있는 여자인지 자신 앞에서, 아니 많은 사람들 앞에서 통쾌하게 드러나는 것을 보고 싶었다. 그런데 일은 김병도가 생각하는 것과는 아주 다르게 벌어졌다. 하영주가 종수의 얼굴을 잡자 사내가 하영주의 손길을 뿌리치기 위해 몸을 틀다가 중심을 잃고 가교 옆 밧줄을 잡았으나 그것도 미끄러지면서 가교 밖으로 떨어져버렸다. 그러나 김병도에게 사내가 물속으로 빠진 건 문제가 되지 않았다. 문제는 종수의 머리를 하영주가 잡고 같이 물 속으로 떨어져 버린 것이었다.

김병도는 종수가 물에 빠지자 당황하기 시작하였다. 자신이 책임져야 할 목숨 같은 종수가 검은 물속으로 빠져 버렸다. 김병도는 바로 방금 전까지 자신이 무슨 짓을 했는지 후회가 되었다. 하영주가 뛰어갈 때, 자신이 더 빨리 뛰어가 종수를 낚아채야 했었다. 그런데 자신은 당황할 하영주의 모습을 보고 싶어 아들 종수를 볼모로 삼았다는 순간의 어리석음을 후회하면서 뛰어갔다.

"종수야! 종수야!"

자신의 이기심을 충족시키기 위해 종수를 놓쳤다는 생각에 김병도는 가교 위에서 시커먼 물속을 보면서 소리쳤다. 그러다가 가교 건너편으로 올라온 하영주와 종수를 보았다. 하영주는 종수를 두 팔로 번쩍 들어 올린 채 물속으로 들어갔다 나왔다 반복하고 있었다. 김병도는 그 순간 하영주가 얼마나 고마웠는지 몰랐다. 하영주도 자신만큼 종수를 사랑하고 있다는 사실이 너무나 감사하고 다행스런 일이었다. 하영주가 자기는 죽어도 종수만은 살려야 한다는 듯 물 밖으로 종수를 쳐들고 있는 모습에 김병도도 가만히 있을 수 없었다. 그는 자신도 모르게 물 속으로 뛰어들었다. 그러나 그는 물속에 뛰어들자마자 자신이 수영을 할 줄 모른다는 사실을 깨달았다.

김병도는 팔을 움직였다. 그리고 다리를 요동쳤다. 하영주에게 가기 위해 그가 할 수 있는 모든 발버둥을 쳤다. 그 순간만큼은 종수를 살려야 한다는 생각만이 머릿속에 가득했다. 종수를 살릴 수만 있다면 자신도 하영주처럼 자신의 목숨 정도는 과감히 버릴 수 있다고 생각했다. 그러나 김병도는 수영을 할 줄 모르는 자신만의 힘으로는 종수를 살릴 수 없을 것만 같았다. 이 절박한 순간에 김병도는 누군가의 도움이 절실히 필요했다. 김병도는 팔과 다리를 움직이며 울부짖었다.

"하나님! 도와주세요. 하나님! 한번만 도와주세요. 한번만 살려주신다면 뭐든지 다 할게요. 하나님! 제가 잘못했어요. 당신이 정말 살아계신다면, 하나님! 제발, 한번만 살려주세요. 우리 종수를 딱 한번만 살려주세요. 하나님!"

김병도는 왜 하나님을 찾았는지 자신도 몰랐다. 그냥 가슴속에서, 머릿속에서 나오는 대로 소리치고 있었다.


# 80


"에~엥~앵! 앵앵앵! 에~에~앵!"

응급실 밖에서 요란한 사이렌 소리가 들렸다. 그리고 앰뷸런스가 급히 도착하는 소리가 들렸고 사람들이 바쁘게 뛰는 소리도 들렸다.

"어이구! 이를 어째. 배가 완전히 갈라졌네."

김병도는 사람들의 웅성거리는 소리에 눈을 떴다.

"김간호사! 일반외과의 오의탁 선생을 깨워! 빨리!"

눈을 뜬 김병도는 가까스로 고개를 돌려 방금 자신의 옆 침상으로 들어온 사람을 보았다. 사내는 온통 피투성이였다. 배가 갈라져 창자가 배 밖으로 비집고 나와 있는 것이 보였다.

"칼을 맞았데요."

김병도는 차마 그 광경을 볼 수 없어 다시 고개를 돌리려다 자신을 쳐다보고 있는 한 사내와 눈이 마주쳤다. 얼마 전 유성장어집에서 홍원식이 던진 장어구이를 얼굴에 뒤집어썼던 단발머리 사내가 거기 서 있었다. 김병도는 단발머리 사내를 보자 다시 고개를 돌려 창자가 배 밖으로 비집고 나와 있는 사내의 얼굴을 확인하였다.

홍원식이었다. 얼굴이 온통 피범벅이 되어 있는 사내는 분명 홍원식이었다.

# 81

폭죽이 연속으로 터지며 불꽃놀이가 한창일 때 홍원식은 진주성 앞에서 윤성주를 불러냈다. 그는 윤성주를 자신의 차에 태워 인적이 드문 진양호 아래 숲속으로 갔다. 홍원식은 차에서 내려 부하들에게 기다리라고 말한 후 윤성주를 데리고 더 깊은 숲속으로 들어갔다.

"형님! 이것을 좀 보시죠."

홍원식은 윤성주에게 사진 몇 장을 보여주었다. 달빛 아래 비친 사진에는 윤성주와 김은경이 촉석골프랜드 휴게실 소파에서 키스하고 있는 모습이 담겨져 있었다. 윤성주는 그 사진을 천천히 살펴보았다.

"형님! 제가 형님께 사진이나 감상하라고 데려온 줄 아세요."

홍원식은 담배를 꺼내 피워 물었다. 홍원식이 담배를 빨 때마다 붉은 불빛이 어둠 속에 있는 그의 얼굴을 비췄다 사라졌다. 홍원식은 무엇인가 비장한 각오를 한 듯한 표정이었다.

"형님! 제 말씀 잘 들으십시오. 안 그러면 형님이 크게 다칠 수도 있어요."

"무슨 말인지, 뜸들이지 말고 해봐."

윤성주는 사진을 보면서 담담히 말했다.

"그 사진은 국창이 형님이 시켜서 우리 애들이 찍은 겁니다. 물론 국창이 형님도 그 사진을 보았고요. 형님! 저는 형님도 형님이고 국창이 형님도 형님입니다. 저는 정말 두 분 사이에 낑겨서 뭘 하고 있는지 모르겠어요. 이제 두 분 일에 끼고 싶지도 않고요. 그러니, 형님! 형님께 부탁드리는 건데요. 형님이 한 몇 년만 사라져주셨으면 합니다."

홍원식은 두툼한 봉투 하나를 윤성주에게 건넸다.

"삼천만원입니다. 지금, 오늘밤 당장 진주를 뜨십시오. 그 돈으로 자리를 잡으시면 제게 비밀리에 연락을 주세요. 그러면, 제가 형님의 생활비를 매달 보내드릴게요."

윤성주는 홍원식이 건넨 돈봉투를 보면서 웃었다.

"네가 왜 이러는데? 네가 왜 나한테 이러는지 이유는 알아야 할 거 아니냐?"

"형님! 이유는 묻지 마십시오. 원식이 지금 장난하는 거 아닙니다. 그러니 제발 지금 당장 진주를 뜨십시오. 만약 내일 형님이 진주CC에 나타나면, 그때는 이 홍원식도 책임질 수 없습니다."

홍원식은 담배를 땅에 버린 후 발로 비벼 껐다. 그는 윤성주에게 정중히 고개를 숙이며 인사를 했다.

"형님! 제발 부탁드립니다."

홍원식은 윤성주를 숲속에 남겨두고 돌아서서 나오면서 한편으론 기분이 가벼웠지만 또 한편으로는 무거움을 느꼈다. 그 동안 그는 5년 전 윤성주가 당했던 일이 마음 한 구석에 커다란 죄책감으로 남아 있었다. 5년 전에는 무식한 부하 놈들이 일을 완전히 망쳐놓았었다. 김은경을 손 좀 보라고 했던 것이 강간까지 이르게 된 것이었다.

그런데 상황은 강간이 문제가 아니라 사람이 죽는 사건으로까지 확대되어 버렸다. 홍원식은 자신의 힘으로는 감당할 수 없을 정도로 사건이 커져 버리자 전국창에게 매달렸다. 그리고 전국창은 자신도 깊숙이 관련된 일이라 홍원식을 보호해 주었다. 모든 일은 전국창이 알아서 다 해결해 주었고, 그 일은 아무도 모르게 세상 속에 묻혀져 버렸다. 그러나 윤성주가 모든 죄를 뒤집어쓰고 감옥에 있을 때도, 윤성주의 아버지가 자살을 하고 전국창이 김은경과 결혼을 할 때도, 또 윤성주가 감옥에서 나와 촉석골프랜드에서 잡부처럼 일을 할 때도 홍원식의 마음 한 구석은 편치 않았었다.

그러나 오늘 홍원식은 윤성주에게 가지고 있던 마음의 짐을 다소나마 벗은 듯한 기분이 들었다. 그로서는 윤성주를 다치게 하지 않았다는 것만으로도 자신이 윤성주에게 큰 은혜를 베푼 것이라는 생각이 들었다. 그것을 윤성주가 알아도 그만이고 몰라도 그만이지만 아무튼 홍원식은 자신만이 알고 있는 마음의 빚을 어느 정도 갚았다는 생각에 홀가분하였다. 하지만 숲속을 나오면서 그의 또 다른 마음 한 구석에는 윤성주가 자신의 말을 듣지 않을 것 같은 불안한 마음이 들었다.

윤성주의 눈빛은 세상의 모든 것을 초월한 듯 평안해 보였고 홍원식
은 그것이 불안하였다. 만약 윤성주가 자신의 말을 듣지 않고 내일 진
주CC에 나타난다면 전국창이 어떻게 나올지 뻔하였기 때문이었다.
그러면 또 내일 있을 미래파 백화점 입찰이 어떻게 될지도 불을 보듯
뻔하였다.

홍원식이 이런저런 복잡한 생각으로 숲속을 빠져 나오는데 숲속 밖
에서는 한바탕 싸움이 시끄럽게 벌어지고 있었다. 그것은 순식간에
벌어진 일이었다. 어디서 나타났는지 몽둥이를 든 사내들이 홍원식의
부하들을 무차별적으로 공격하고 있었다. 홍원식은 반사적으로 그들
을 향해 몸을 날렸다. 그리고 그가 정체불명의 사내들 중 서넛을 쓰러
트리자 밀리고 있던 홍원식의 부하들도 전열을 가다듬고 홍원식을 도
우기 시작했다. 그리고 싸움이 평정되기까지는 그리 오랜 시간이 걸
리지 않았다. 홍원식 부대의 일방적인 승리였다. 홍원식 부대는 홍원
식의 말대로 진주에서는 제일의 주먹이었다. 홍원식을 덮쳤던 놈들은
뿔뿔이 흩어져 진양호 위쪽으로 도망쳤고 그 중 몇 놈은 잡혀 홍원식
앞에 무릎이 꿇려 있었다.

"누구야? 전국창 변호사가 시킨 거야?"

홍원식은 아직 숨이 가다듬어지지 않은 거친 숨소리로 무릎이 꿇려
져 있는 사내들을 발로 걷어차며 성난 야수처럼 다그쳤다.


# 82


전국창은 퍼팅그린에서 퍼팅연습을 하고 있는 윤성주를 클럽하우

스 2층에서 내려다보고 있었다. 진주CC 클럽챔피언 본선이 시작되는 아침이었다. 전국창은 담배를 피워 물면서 상황을 정리해 보았다. 손끝 하나 다치지 않은 모습으로 윤성주는 퍼팅을 하고 있었고 홍원식은 지난 밤에 대학병원 응급실로 실려갔다. 홍원식은 치명상을 입었기 때문에 미래파 백화점의 입찰은 거의 힘들 거라 했다. 그것은 잘 된 일이었다. 일단 가벼운 홍원식의 입을 막은 것은 다행이었다. 전국창은 더 이상 미래파 백화점 건에 대해 신경을 쓰지 않아도 된다는 생각에 마음이 가벼워졌다. 그런데 문제는 윤성주였다. 분명히 지난 밤 홍원식을 만났을 터인데 아무 일도 없는 것처럼 나타난 것이 의외였다.

전국창은 지난 밤 둘 사이에 무슨 일이 있었을까를 생각해 보았다. 혹시 홍원식이 윤성주에게 모든 이야기를 했을 거란 생각도 해보았지만 그건 아닐 거라 판단되었다. 홍원식이 바보가 아니라면 자신도 깊숙이 관련되었던 사건을 윤성주에게 모두 이야기할 이유가 없었기 때문이었다. 그렇다면 홍원식이 윤성주를 공격하다가 반대로 윤성주에게 당했을 가능성에 대해서도 생각해 보았지만 그것도 말이 안 되었다. 만약 그렇다면 윤성주가 저렇게 털끝 하나 다치지 않은 모습으로 나타날 수는 없는 일이었다. 도대체 지난 밤에 무슨 일이 있었을까. 전국창은 풀리지 않는 수수께끼를 고민하듯 창밖 아래 퍼팅그린에서 연습을 하고 있는 윤성주를 물끄러미 내려다보고 있었다.


여수에서 최고수 골퍼라는 박희식은 윤성주와 본선 첫날 16강에서 붙었다. 진주CC 아웃코스 1번 홀은 페어웨이가 오른쪽으로 직각으로 구부러진 홀이었다. 티박스에서 보면 페어웨이 오른쪽에 야산이 있어 그린은 보이지 않았고 페어웨이 왼쪽 끝에는 커다란 연못이 있었다.

박희식은 페어웨이 오른쪽 야산의 끝을 향해 티샷을 했는데 볼은 그의 의도대로 페어웨이와 야산이 만나는 경계점 위로 날아가 페어웨이 중앙에 떨어진 후 그린 쪽으로 굴러 내려갔다. 그린 앞까지 100미터 정도 남긴 완벽한 티샷이었다.

박희식의 첫 홀 티샷은 매치플레이의 성격상 기선제압을 염두에 둔 과감한 티샷이었다. 그리고 그것을 멋지게 성공한 박희식은 내심 안심하였다. 첫 홀의 버디가 거의 확실하였기 때문이었다. 첫 홀의 승리가 윤성주에게 심리적 부담감을 줄 것이고 그러면 다음 홀들은 크게 힘들이지 않고도 쉽게 이길 수 있을 거라 박희식은 어깨가 으쓱하였다. 그리고 그의 예상은 맞아 떨어졌다. 아니나 다를까 윤성주는 첫 홀부터 무리를 하는 것 같았다. 티박스에서 어드레스를 취하는 윤성주는 그린을 직접 향하고 있었다. 설마 오른쪽 야산을 넘겨 그린에 직접 올리겠다는 무모한 티샷을 할까 생각했는데 윤성주의 드라이버가 다운스윙을 시작했다.

"깡!"

경쾌한 금속성 소리가 들리는가 싶더니 볼이 야산 위로 빠르고 높게 날아갔다. 박희식은 눈이 동그래지면서 볼의 방향을 응시하였다. 하얀 볼은 야산 위로 날아가 검은 점으로 변하더니 산 뒤로 사라졌다.

'저 정도면 충분히 그린 근처에 떨어질 수 있을 것 같은데…….'

박희식은 티박스에서 말없이 내려오는 윤성주를 보면서 가슴이 두근거리는 두려움을 느꼈다. 그 동안 수차례 진주CC에서 수많은 고수들과 게임을 하였지만 방금 윤성주가 보여준 티샷처럼 치는 고수를 본 적이 없었다. 몇 번 장타자라고 자랑하는 사람들이 장난삼아 야산을 넘기는 티샷을 한 적은 있었지만, 그때마다 번번이 볼은 야산을 간신히 넘겨 러프에 떨어지거나 아주 잘 맞아도 그린 앞 벙커에 볼이 빠진 정도였었다. 티박스에서 그린에 직접 올리려면 비거리가 최소한 270미터는 되어야 하는 것이었다. 그런데 윤성주는 오늘처럼 긴장감 넘치는 대회의 첫 홀에서 그린을 향해 직접 드라이버 티샷을 하였다. 박희식은 세컨드 샷을 하기 위해 페어웨이 중앙에 떨어진 자신의 볼 앞에 섰을 때, 이미 자신감을 잃어버렸다. 윤성주의 볼이 파란 그린 중앙에 하얗게 놓여져 있었기 때문이었다.

그것은 정말 믿기 어려울 정도로 놀라운 일이었다. 박희식은 여느 때 같으면 그린 앞 100미터에서 홀컵 2미터 안에 볼을 떨어트리는 것은 눈을 감고도 할 수 있었지만 손끝이 떨리는 바람에 그린 중앙에 볼을 올리는 것도 겨우 할 수 있었다. 그리고 자신감 잃은 그의 퍼팅은 홀컵 전방 30센치 전에 볼을 멈춰 서게 만들었다. 박희식의 퍼팅이 홀컵 전방에 멈춘 것을 보고 윤성주는 이글 퍼팅을 가볍게 하였는데 볼은 홀컵을 아슬아슬하게 살짝 스쳐 지나갔다. 윤성주는 덤덤한 표정으로 홀컵에 볼을 떨어트린 후 볼을 집어 들었다. 이미 박희식과의 승부는 그것으로 끝나 버렸다.

2번 홀로 걸어가면서 박희식은 아직도 믿겨지지 않은 듯 긴장된 얼굴로 윤성주에게 물었다.

"윤성주씨라고 했죠? 정말 대단합니다. 이제껏 내가 만나 본 골퍼 중에 최고입니다. 혹시 프로는 아니지요?"

윤성주는 박희식의 말에 빙그레 웃었다.

"근데 어떻게 그렇게 무모한 티샷을 할 수 있죠? 한번만 실수해도 경기를 망칠 수 있는 대회에서 말입니다. 아무리 실력이 좋아도 그건 너무 무리가 아닌지……."

윤성주는 박희식의 말에 천천히 대답을 하였다.

"예, 조금 무리였죠. 근데, 저는 90%의 확률이 없는 샷은 안 합니다. 특히 진주CC에서는요. 저는 여기서 삼천 번도 넘게 티샷을 해 보았답니다."

박희식은 윤성주의 말을 이해할 수 없었다. 오늘 처음 본 윤성주가 진주CC에서 삼천 번도 넘게 경기를 해 봤다는 말이 마치 자기를 놀리는 말처럼 들렸다. 그러나 윤성주의 그 말은 사실이었다. 윤성주는 감옥에 있었던 3년 동안 삼천 번도 넘게 이미지 라운딩을 하면서 그것을 깨우쳤다. 확률이 90%도 안 되는 샷은 안 하는 것이 백번 낫고, 그 90%의 확률은 충분한 연습으로 얻는 자신감에서 온다고 확실히 믿고 있었다. 그것이 현재의 그의 골프이고 인생이었다.

믿음은 바라는 것의 실상이라고 했다. 윤성주가 홍원식의 말을 듣지 않고 오늘 진주CC에 모습을 나타낸 것은 그런 자신의 믿음에 대한 확신 때문이었다. 그것은 또 김은경을 향한 자신의 지독한 사랑에 대한 확신이었다. 진리는 항상 승리한다는 믿음이었고, 그 믿음은 자신이 진실로 바라는 바가 원하는 대로 이루어질 거라는 확신이었다.

# 83

김병도는 하영주를 입원실로 옮기기 위해 의료진들이 그녀의 침상을 잡고 움직이자 자리에서 일어났다. 하영주는 아직 의식을 찾지 못하고 있었다. 김병도는 하영주의 보호자가 자신이라는 것이 새삼스럽고 생소하게 느껴졌다. 자신은 아직도 하영주의 생과 사를 책임지는 보호자였다. 그는 아직도 그들이 부부라는 끈으로 이어져 있다는 사실에 묘한 기분이 들었다. 한번 부부의 연으로 이어진 끈은 쉽게 끊을 수 없다는 것이 새삼스럽게 놀라웠다.

김병도는 하영주에게 건넸던 이혼서류가 어디 있을까 생각해 보았다. 그건 아마도 지난 밤 남강의 시퍼런 물에 떠내려갔었을 것이다. 그는 그의 침상 위에 앉아 하영주의 침상이 응급실을 빠져 나가는 것을 물끄러미 바라보았다.

"형님!"

옆에서 홍원식을 지키고 있던 단발머리 사내가 소리를 쳤다. 김병도는 고개를 돌려 홍원식을 바라보았다. 홍원식이 수술실로 옮겨지기 직전이었다. 홍원식은 겨우 눈을 떠서 눈동자를 천천히 움직였다. 그는 피를 너무 많이 흘렸다고 했다. 그래서 그런지 그의 얼굴은 백지장처럼 하얗고 눈동자는 동공이 반쯤 풀린 것처럼 보였다. 그런 그의 눈동자가 김병도의 얼굴에서 멈췄다. 홍원식은 김병도의 얼굴을 보자 입가에 미소를 지었다. 김병도는 홍원식이 자신을 보고 미소를 짓자 침상에서 내려와 그의 손을 잡았다. 왜 그랬는지도 모른다. 괜히 사람이 죽어간다고 생각하니 불쌍하다고 느꼈는지 김병도는 홍원식의 손을 힘껏 잡았다.

"홍사장님! 힘내세요."

김병도는 안타까운 눈빛으로 홍원식을 내려다보았다. 홍원식은 김병도에게 무엇인가 말하려고 하다가 옆의 사내에게 손짓을 하였다. 그의 손가락은 그의 양복 윗주머니를 가리켰다. 단발머리 사내는 홍원식의 양복 윗주머니를 한번 가리키더니 손을 넣어 무언가를 꺼내 홍원식에게 보여주었다. 카세트 테이프였다. 홍원식은 그것을 가져오

라고 손짓을 하더니 테이프를 김병도에게 건네주었다. 김병도는 엉겁
결에 테이프를 받아들었다. 홍원식은 김병도에게 할 말이 있다는 듯
김병도의 귀를 가리켰다. 김병도는 홍원식의 입에 자신의 귀를 갖다
대었다.

"김…교…수…님… 존…경…합…니…다. 제가…저번에…말…
했…죠. 저는…공부…많이…한…사람을…존경…한…다…고…요."

김병도는 황당했다. 이런 상황에서 농담을 하는 홍원식이 그를 당
혹스럽게 만들었다. 홍원식은 말을 계속 이었다.

"김…교…수…님…… 제가…만…일…살아…나…지…못하면……
그…때는…이 테이프…의…주인은…김교수…님…입니다. 제가…
만…일…죽으…면……이…테…이…프…를…들…어…보…세…요."

홍원식은 말을 마치자마자 눈을 감아버렸다. 마치 잠을 자다가 일
어나서 잠꼬대를 한번 하고 다시 잠이 들어 버린 것처럼 그렇게 홍원
식은 다시 의식을 잃어버렸다. 김병도는 방금 홍원식이 건네준 테이
프를 쳐다보았다. 그때, 의료진들이 달려들어 홍원식을 급히 수술실
로 데리고 갔다.


# 84


시간이 꿈결 속에서 흘렀다. 김병도는 웅성거리는 소리에 잠에서
깨었다.

"어? 이제 정신이 드세요?"

고영순이 반갑다는 듯이 말했다. 김병도는 자신을 내려다보고 있는

사람들을 둘러보았다. 고영순뿐만 아니라 김은경과 윤성주도 김병도를 내려다보고 있었다. 그 뒤로 강근호를 비롯한 대학원생들도 보였다.

"아빠!"

김병도는 종수의 목소리에 고개를 돌려 옆을 보았다. 2인실 병실의 창가 침상에 하영주가 누워 있었고, 하영주 옆에 종수가 앉아 김병도를 보고 손을 흔들었다. 김병도는 종수에게 손을 한번 흔들고 자리에서 일어나 앉았다.

"제가 얼마나 잠을 잤죠?"

김병도는 벽에 걸려 있는 시계를 보았다. 오후 2시였다. 그는 긴 잠 끝에 오는 두통을 털어 버리려는 듯 고개를 흔들었다.

"김교수님! 좀 괜찮습니까?"

김은경의 옆에 있던 윤성주가 물었다.

"예, 아직 얼떨떨하지만 죽지 않은 것은 사실이네요."

"하하하! 대단하십니다. 김교수님의 자식 사랑이 오늘 진주의 화제입니다. 사모님도 대단하시고요."

김병도는 다시 고개를 돌려 하영주를 바라보았다. 하영주는 창백한 얼굴로 기운이 없는 듯 종수의 머리를 천천히 쓰다듬고 있었다. 김병도는 창밖으로부터 햇살을 받고 있는 하영주의 모습이 가련해 보이면서도 아름답다고 생각했다.

"김교수님! 사모님이 참 미인이세요."

고영순이 하영주를 보고 있는 김병도에게 말했다. 김병도는 그 말에 다시 고영순을 보면서 물었다.

"참! 오늘 경기는?"

"호호호! 저는 탈락했고요. 성주씨는 가볍게 8강에 진입했어요."

"그래요. 그렇게 되었군요."

"그것보다도 오늘은 놀라운 뉴스가 너무 많아요."

고영순은 뒤에 있는 강근호를 보면서 말했다.

"아침 뉴스에 보니 교수님께서 또 복제돼지를 탄생시켰다고……."

김병도는 강근호를 쳐다보았다. 강근호는 얼굴이 벌겋게 변했다. 바이오제약에서 이미 보도자료를 언론에 퍼트렸고 아침뉴스부터 복제돼지의 탄생이 다시 뉴스에 나왔다. 김병도는 예견하고 있었던 일이지만 정작 그 소리를 들으니 어딘가 맘이 불편해지는 것을 느꼈다. 아마 강근호도 그래서 말문을 닫아 버린 거라 생각되었다.

"그것보다도, 김교수님 혹시 어젯밤에 홍원식을 보았습니까?"

윤성주가 김병도에게 갑자기 생각난 듯 물었다.

"예, 어젯밤 크게 다쳐서 응급실에 왔던데, 참! 그러고 보니, 홍사장님은 어떻게 되었습니까?"

"예, 그랬군요. 아까 병원에 들어오면서 대성석재 사람들이 병원로비에 모여 있어 물어보았더니, 홍원식이 수술실에서 끝내 죽었답니다."

김병도는 순간 멍해지면서 아득해졌다. 아직도 꿈에서 깨어나지 않은 것처럼 주위가 몽롱해졌다. 김병도는 불현듯, 자신의 엉덩이 밑에 있는 테이프를 집어 들었다. 홍원식이 어젯밤 테이프를 건넨 것은 꿈이 아니었다. 아니, 지금 자신이 테이프를 손에 잡고 있는 이 순간이 꿈일지도 몰랐다. 김병도는 뒤에 있는 강근호에게 어디 가서 카세트 플레이어를 하나 가져와 보라고 말했다.

# 16

# 거짓과 진실

## 85

강근호가 카세트 플레이어를 가지러 김병도의 병실 문을 열고 나가자마자 두 명의 낯선 사내가 굳은 얼굴로 들어왔다.

"김병도 교수님이신가요?"

"네, 그런데요."

사내 중 한 사람이 매우 사무적인 어투로 말했다.

"금융감독원에서 나왔습니다."

"금융감독원에서요?"

김병도는 금융감독원에서 왔다는 사내와 같이 온 사복경찰을 보고 순간적으로 얼굴이 붉어졌다. 지금까지 살아오면서 한번도 경찰서조차 가보지 않았던 김병도는 자신을 찾아온 사내들이 경찰과 금융감독원 조사원이라는 말에 더럭 겁이 났기 때문이었다. 마치 그것은 아무 잘못한 것도 없이 운전하다가도 경찰차를 만나면 괜히 움찔하는 그런 것과 같았다.

"금융감독원에서 무슨 일이죠?"

김병도의 침상 옆에 서 있던 고영순도 의아한 표정으로 물었다.

"잠깐 김교수님께 조사할 게 있어 그런데, 괜찮다면 지금 저희랑 같이 좀 가주셔야겠습니다."

그들은 이미 의사의 허락까지 받았다는 것을 말하며 김병도에게 동행해 줄 것을 요구했다.

"아니, 그래도 무슨 일인지는 알아야 되지 않겠습니까?"

고영순이 다시 그들에게 따지듯이 물었다.

"예, 바이오제약이라는 회사의 주식에 문제가 있어 그렇습니다."

김병도는 바이오제약이라는 말을 듣자 가슴이 철렁했다. 일이 그가 예상했던 것보다 너무나 빨리 진행되고 있었기 때문이었다. 바로 방금 전에 오늘 아침뉴스에 복제돼지 출산이 보도되었다는 말을 들었는데 벌써 수사관들이 조사하겠다고 찾아온 것이었다. 김병도는 일이 잘못되어도 한참 잘못되고 있다는 것을 직감하였다.

그는 손에 들고 있던 카세트테이프를 주머니에 넣은 후 침대에서 천천히 내려오면서 옆 침상에 누워 있는 하영주를 보았다. 하영주는 두렵고 걱정스런 눈빛으로 김병도를 보고 있었다. 김병도는 하영주의 그런 눈빛을 보고 안심을 시키려는 듯 따뜻한 미소를 지었다. 그는 하영주에게서 어떤 동지의식 같은 것을 느꼈다. 그래도 하영주는 지금 자신이 목숨처럼 생각하는 종수의 엄마였다. 하영주는 세상 그 누구에게도 맡길 수 없는 종수를 끝까지 책임져 줄 수 있는 유일한 존재였다.

　김병도는 그런 하영주를 보면서 얼마 전 자신이 들었던 생명보험증서가 생각났다. 그 보험증서 한 장을 들고 얼마나 든든하게 생각했는지를 떠올리며 김병도는 쓴웃음을 지었다. 하영주는 보험증서보다 백배, 아니 천배는 더 믿음직한 존재였다. 김병도는 하영주의 존재에 대해 고마움을 느꼈다. 지금 자신이 죄를 짓고 끌려가는 상황에서는 하영주가 누구의 아이를 임신했다가 유산됐는지는 큰 문제가 되지 않았다. 그저 자신이 만약 어떻게 된다면 종수를 안심하고 맡길 수 있는 하영주가 있다는 것만으로도 충분히 고마웠다.

　김병도는 하영주에게 다가가 그녀의 손을 잡았다. 야윌 대로 야윈 그녀의 손가락이 한 손에 잡혔다. 차가웠다. 차가운 그녀의 손에서 찡한 가련함이 전해져 와 김병도는 코끝이 뜨거워지는 것을 느꼈다. 그는 말없이 하영주의 차갑고 야윈 손을 잡고 자신의 따뜻한 손으로 마치 눈을 녹이듯 주물러 주었다. 순간적으로 하영주의 눈동자 가득 눈물이 맺혔다.

　"금방 갔다 올게. 여기서 조금만 쉬고 있어."

　하영주는 김병도의 따뜻하고 부드러운 말에 격한 감정이 치솟아올랐다. 그녀는 입술을 깨물었지만 결국 참지 못하고 두 볼 위로 눈물을 흘리고 말았다.


　김병도가 깊은 잠에서 깨어나지 못하고 있을 때 하영주는 의식이 돌아왔었다. 그녀는 아랫도리의 강한 통증 때문에 잠에서 깨었다. 가을의 아침햇살이 커튼 뒤에서 밝게 병실로 쏟아져 들어오고 있었다. 하영주는 날카로운 갈고리로 자궁벽을 긁어내리는 듯한 찢어지는 통증 때문에 자신도 모르게 몸을 바짝 움츠러트렸다. 추웠다. 너무나 추워 이빨이 서로 부딪힐 정도였다. 그녀는 침대에 무릎을 구부리고 엎드린 채 꼼짝도 하지 못했다. 몸을 움직이면 거기의 통증이 심해져 미동도 하지 않은 채 추위와 아픔을 소리 없이 참아내고 있었다. 김병도는 자고 있고, 혼자 그렇게 세상의 모든 고통을 참아내야 한다는 게 서럽기 그지없었다. 그녀는 서러움 때문에 눈물이 쏟아졌다. 자신의 뱃속에 들어 있던 생명체가 죽었다는 슬픔보다 그 슬픔을 위로해 줄 사람이 단 한 사람도 없다는 것이 더 슬펐다. 그 생명체를 같이 책임져야 할 이경현은 어디론가 사라져 버려 나타나질 않았다. 그때, 옆 침대에서 깊은 잠에서 허우적대던 김병도가 잠꼬대를 하였다.

"제발……, 하나님……, 제발 종수를 살려주세요. 나는……, 죽어도 좋으니……, 종수만은 제발 살려주세요. 하나님……, 딱 한번만……, 종수를 살려주세요. 하나님!"

하영주는 잠꼬대를 하는 김병도를 침대바닥에 얼굴을 댄 채 보고 있었다. 그녀는 꿈속에서조차 간절히 종수를 살려달라고 애원하는 김병도에게서 여러 가지 교차되는 감정을 느꼈다. 한편으로는 김병도가 불쌍해 보였고 또 한편으로는 고마웠으며, 또 한편으로는 미안하였다. 그녀의 미안함은 지금의 모든 상황이 자신으로 인해 초래되었다는 생각 때문이었으며 그녀의 고마움은 그런 그녀의 아픔을 김병도가 같이 나누고 있다는 것이었다.

하영주는 김병도가 자고 있는 얼굴을 자세히 쳐다보았다. 그렇게 김병도의 얼굴을 자세히 보는 것은 처음이었다. 김병도 얼굴의 미간에 깊숙이 새겨진 두 줄의 주름이 그녀의 마음을 아프게 만들었다. 김병도의 이마에도 어느덧 세 줄의 주름이 잡혀가고 있었다. 하영주는 그녀가 그렇게 속상해하며 고통의 시간을 보내고 있을 때 김병도도 그 만큼의 마음의 상처를 입고 있었다는 것이 느껴져 왔다. 그리고 그 마음의 상처는 김병도의 얼굴에 깊은 주름으로 흉터를 남겼으리라 생각하니, 하영주는 김병도의 미간과 이마에 난 그 흉터에 대해 밀려드는 책임감을 느꼈다. 그녀는 할 수만 있다면 그 흉터에 대해 책임지고 싶었다. 자신이 목숨처럼 생각하는 종수를 똑같이 목숨처럼 생각하는 김병도와 다시 처음부터 시작하고 싶었다. 자신이 상처 낸 김병도의 흉터를 쓰다듬고 보듬고 사랑하면서 그렇게 살 수 있다면, 자신의 이기심 때문에 김병도를, 종수를 배신했던 잘못을 용서받을 수만 있다면, 그녀는 모든 것을 다 할 수 있을 것만 같았다. 게다가 뱃속의 아이를 하나님이 데려간 것은 자신이 어디로 가야 하는지 마치 그 길을 알려주는 것 같아 더 그러고 싶었다.

하영주는 이제 진정한 행복이 무엇인지 알 것만 같았고 그것을 위해 최선의 노력을 다 하고 싶었다. 그러나 인생을 살아가면서 정말 중요한 것이 무엇인지 이제 알 만해졌는데 현실은 너무나 잔인하게 돌이킬 수 없는 지점을 지나쳐 버렸다. 그녀는 자신이 저지른 용서받을 수 없는 죄의 대가를 철저히 치러야 하는 처지였다. 하영주는 눈을 감고 눈물을 참으려고 입술을 깨물었다. 너무나 후회되는 지난날이지만 그건 어쩔 수 없는 일이었다. 지금부터라도 자신의 욕심을 버리고, 자기를 버리고 차분히 운명을 감당해야 한다고 생각하였다. 그런데 그런 하영주의 손을 김병도가 잡았다. 따뜻하고 다정다감한 목소리로 그녀를 위로하였다. 하영주는 할 말이 없었다. 그저 눈물만 날 뿐이었다. 김병도에 대한 고마움과 감사, 미안함과 연민, 그리고 미움과 서러움이 눈물이 되어 흘러나왔다.

# 86

"그게 무슨 소리야? 누가 죽였는지 모른다니?"

진주법원 앞을 지나쳐 진양교를 건너는 차 안에서 전국창은 핸드폰을 들고 소리를 지르고 있었다. 지금 그는 경남국립대학병원의 영안실로 향하고 있는 중이었다. 홍원식이 죽었다는 소식은 전국창에게도 충격이었다. 그는 홍원식이 미래파 백화점 입찰에 참가할 수 없도록 해달라는 부탁을 창원지검의 후배검사로부터 소개받은 청부업자에게 했었다. 그리고 분명 아침에 홍원식이 치명적인 상처를 받았기 때문에 백화점 입찰에는 참가하기 힘들 거라는 보고를 받았었다. 전국창은 모든 일이 자신의 치밀한 계획대로 진행되는 것에 만족하여 그 청부업자의 통장에 천만원을 입금까지 하였다. 지난 밤 윤성주는 홍원식이 손을 봐서 병신이 되었을 것이고 홍원식은 치명적인 상처를 입고 입찰에 참가하지 못하게 되었으니 전국창은 그저 표정관리를 하면서 그들에게 안됐다는 동정만 하면 되는 일이었다.

그런데 아침에 진주CC에 도착해 보니 윤성주가 털끝 하나 다치지 않은 모습으로 연습그린에서 퍼팅연습을 하고 있었다. 전국창은 홍원식이 윤성주에 대해 일을 제대로 처리하지 않았다는 것을 직감했다. 그게 아니면 청부업자가 홍원식이 윤성주를 손 보기 전에 일을 처리했던지, 아무튼 일이 제대로 되지 않은 것만은 확실하였다. 하지만 홍원식이 치명적인 상처를 입었다니 당분간 비밀은 지켜질 수 있었기에 그나마 그건 다행이었다. 전국창은 홍원식이 병원에 있는 동안 시간을 갖고 다른 계획을 구상해야겠다고 생각하였다. 그런데 클럽챔피언 선발 16강전을 마치고 사무실로 돌아온 전국창은 홍원식이 병원에서 죽었다는 소식을 접했다.

전국창은 크게 당황하였다. 입찰에 참가하지 못할 정도로 상처를 입혀달라고 부탁했지 죽이라고까지 하지는 않았기 때문이었다. 홍원식의 사망소식을 듣는 순간 전국창은 5년 전 윤성주의 사건이 다시 살아나는 것 같았다. 윤성주의 팔만 하나 부러트리라고 홍원식에게 부탁했는데 김은경이 강간까지 당했다는 걸 알고 전국창은 순간적으로 치밀어오른 분노 때문에 골프채로 놈을 때려 죽여 버렸고, 살인사건으로 일이 확대됐던 것처럼 이번에도 똑같은 양상으로 일이 커져가는 것에 대해 전국창은 적지 아니 당황하였다.

그는 홍원식이 수술을 받는 도중에 죽었다는 경남국립대학병원으로 향하는 차 안에서 창원의 청부업자에게 전화를 하였다. 그런데 그 청부업자의 말이 전국창을 더욱 당황스럽게 만들었다.

"우리가 죽인 게 아니에요."

"우리가 죽인 게 아니라니 그게 무슨 말이냐니까?"

그 바보 같은 청부업자도 당황하고 있었다. 그는 흥분한 목소리로 지난 밤의 상황을 설명했다. 그는 부하들을 이끌고 홍원식을 손 보기 위해 불꽃놀이가 벌어지고 있던 진주성 앞에서부터 진양호 아래 숲까지 따라 가서 홍원식의 일당을 덮쳤다고 했다. 그런데 한참을 치고받는데 홍원식이 갑자기 숲속에서 튀어나와 싸움이 밀리기 시작했고 자신과 부하들은 진양호 위로 도망쳤다고 했다. 청부업자는 부하 중 몇 명이 잡혀 홍원식에게 맞는 것을 숨어서 지켜보았고, 홍원식의 차를 아파트까지 뒤쫓아갔다고 했다. 청부업자는 홍원식이 혼자일 때 덮칠 계획이었다. 그런데 홍원식의 아파트 주차장에 차를 몰고 들어가는데 차 한 대가 쏜살같이 주차장을 빠져 나갔으며 홍원식이 칼을 맞고 주차장 바닥에 쓰러져 있었다고 했다. 홍원식은 배에 칼이 꽂힌 채 누워 있었는데 그것을 본 청부업자는 차에서 내리지도 않고 차를 돌려 주차장을 빠져 나왔다고 했다.

"지금 그 말을 나보고 믿으라는 거야?"

"전변호사님! 정말입니다. 하늘에 맹세코 정말 저희가 죽인 게 아닙니다!"

"그럼 오늘 아침에는 왜 네가 홍원식을 처치한 것처럼 말했는데?"

"그건……, 그래야 돈을 받을 수 있을 것 같아서 그랬고, 또, 설마 홍원식이 정말 죽을 줄 몰랐기 때문에 그런 겁니다."

전국창은 어물거리며 말하는 청부업자의 어투에 화가 머리끝까지 치밀어올랐다.

"야! 새끼야! 그걸 지금 말이라고 하는 거야?"

전국창은 일이 잘못되어도 한참 잘못되어 가고 있는 것을 느꼈다. 만약 홍원식의 살해사건을 조사하는 경찰이 창원의 청부업자를 찾아낸다면 꼼짝없이 모든 일의 책임을 전국창이 뒤집어쓸 수도 있게 되는 일이었다. 그는 대학병원 앞 도로 옆에 차를 세웠다. 침착하자고 생각하면 할수록 당황되어 점차 말도 더듬게 되었다.

"너……, 이 새끼……, 그럼……, 지금부터 어떻게 해야 되는지 알고 있겠지?"

"전변호사님! 살려주십시오. 꼼짝없이 살인범으로 몰리게 생겼습니다."

"그러니까, 일단 몸을 숨겨야 될 것 아니야!"

"근데 그게 좀……."

"왜? 뭐가 또 문제인데?"

"어젯밤 홍원식에게 잡혔던 제 부하 중 한 놈이, 홍원식의 부하 중
한 놈하고 마산에서 같이 자란 친구랍니다."

"뭐? 이런 병신 같은 놈들! 놀고들 있네. 정말! 그럼, 난 이제 어쩌란
말이야! 새끼야!"

전국창은 핸드폰을 차 바닥에 집어 던져버렸다.


# 87


"아니, 그게 무슨 소리에요? 문두희씨가 그런 게 아니라니요?"

고영순은 옆에 있는 김은경을 쳐다보며 소리를 쳤다. 그녀는 서울
에 있는 이경무 실장과 전화통화를 하고 있었다.

"아니, 그러니까 그게 문두희가 홍원식을 찾아갔을 때는 이미 홍원
식이 칼을 맞고 병원으로 실려 가고 있었다잖아."

이경무 실장은 자신도 황당하다는 듯이 설명을 하였다. 김은경은
두렵고 겁에 질린 얼굴로 설명을 듣고 있는 고영순의 얼굴을 바라보
고 있었다. 며칠 전 그녀는 서울로 올라간 고영순에게 홍원식을 처치
해 달라고 부탁을 하였다. 김은경이 휴게실에서 윤성주에게 키스를
하던 장면을 홍원식이 부하들과 함께 망원렌즈로 사진을 찍던 모습을
최프로가 보고 김은경에게 귀띔을 해준 직후였다.

그때, 김은경은 깊은 고민에 빠졌었다. 전국창이었다. 홍원식에게
사진을 찍게 만든 것은 전국창이었다. 그리고 보니 5년 전, 자신과 윤
성주를 덮쳤던 놈들도 진주의 깡패들이었다. 그렇다면 그 사건에 홍
원식이 개입되었을 가능성이 매우 높았고 홍원식의 뒤에는 전국창이

있었을 것이 틀림없었다. 생각이 거기까지 미치자 김은경은 몸서리를 쳤다. 모든 것이 전국창의 계획에 의한 것이었다. 처음부터 지금까지 모두 전국창의 소행임이 확실하였다.

김은경은 전국창을 죽여야 한다고 생각했다. 그러나 다시 조금 더 생각해 보니 전국창이 문제가 아니었다. 윤성주가 위험하였다. 분명히 전국창은 홍원식에게 윤성주를 또 해치라고 명령을 하였을지도 몰랐다. 김은경은 떨리는 가슴을 진정시키며 침착하게 생각을 정리해 보았다. 만약 그녀의 추측이 사실이라면 오히려 그것은 더 좋은 기회가 될 수 있었다. 홍원식이 윤성주를 덮치기 전에 아무도 몰래 홍원식을 해치워 버린다면 사람들은 전국창을 의심할 것이었다. 전국창이 모든 것을 뒤집어쓰게 되는 통쾌한 상황이었다.

김은경은 고영순에게 곧바로 전화를 하였다. 그리고 자초지종을 들은 고영순은 그녀가 모든 일을 처리하겠노라고 스스로 자청하고 나섰다. 고영순은 김은경으로부터 이야기를 들으며 오히려 그녀가 더 흥분하였다. 위험에 빠진 상대가 윤성주였다. 다른 사람도 아닌 윤성주가 위험에 처해 있는 상황이었다. 그녀는 그녀의 사랑은 언제나 희생이라고 생각하면서 쓴웃음을 지었다. 고영순은 그날 밤 이경무 실장과 포장마차에서 소주를 마시며 차마 하기 힘든 부탁을 하였다. 그리고 이경무 실장은 오랫동안 그 계통에 몸담고 있는 문두희를 진주로 내려 보냈다. 그리고 지난 밤, 진주성 앞에서 불꽃놀이가 한창일 때, 홍원식이 윤성주를 데리고 가자 문두희도 그들의 뒤를 따랐다. 문두희가 그들의 뒤를 쫓아가는 모습을 고영순과 김은경도 보고 있었다. 그녀들은 불안한 눈빛으로 서로를 쳐다보며 서로의 손을 꼭 붙잡았었다.

　그런데 지금 이경무 실장의 말에 따르면 문두희는 어젯밤 아무 짓도 하지 않았다고 하였다. 그가 진양호 아래로 홍원식의 일당을 쫓아 갔을 때, 이미 한바탕의 싸움이 심하게 벌어지고 있어 멀리서 문두희는 구경만 했다고 했다. 그리고 뒤늦게 홍원식의 차를 쫓아 그의 아파트까지 뒤따라 갔지만 이미 홍원식과 싸움을 벌였던 그 패거리들이 홍원식을 처치하고 급히 차를 몰고 지하주차장에서 빠져 나가고 있는 중이었다. 문두희는 뒤늦게 쫓아온 홍원식의 부하들이 도착하고 앰뷸런스가 와서 홍원식을 싣고 가는 모습을 그냥 지켜만 보았다고 했다.

　이경무 실장으로부터 자초지종을 듣고 있던 고영순과 김은경은 서로의 눈만 껌벅이고 있었다. 아주 잘 된 일이었다. 그녀들이 처리하지 않아도 자연스럽게 일이 처리된 것이었다. 윤성주는 털끝 하나 다치지 않았고 전국창은 곤란에 빠질 것이 분명하였다. 그녀들은 서로 손을 잡고 말은 하지 않았지만 인과응보라는 생각을 동시에 하였다.


88


　경남국립대학병원 장례식장에는 진주에서 주먹 꽤나 쓴다는 폭력배들은 다 모인 것 같았다. 검은 양복을 입은 스포츠형 머리의 폭력배들이 장례식장 앞에 줄을 맞춰 서 있다가 중견 간부급으로 보이는 사내들이 도착하면 허리를 구십도로 꺾으며 큰 목소리로 인사를 하였다. 그건 마치 영화에서나 보던 조직폭력배들의 모습이었는데 고영순은 그런 모습이 무척 촌스럽고 우습다고 생각했다. 그녀는 아직도 진주는 지방 소도시의 문화에서 벗어나지 못해 저렇게 우스운 풍경이 연출될 수 있다고 생각했다. 하지만 한편으로는 백 명도 넘는 폭력배들이 마치 잘 훈련된 군인들처럼 일사불란하게 움직이는 모습에서는 어떤 위압감 같은 것도 풍겨져 나왔는데, 차라리 그것은 공포감을 넘어서 신기하기까지 하였다. 그건 일반인들은 감히 들어갈 수 없는 그들만의 세계가 따로 있는 것 같다는 착각이 들게 만들었다.

윤성주는 홍원식의 영정 앞에 무릎을 꿇고 앉아 한참 동안 기도를 하였다. 바로 어젯밤에 자신의 손에 삼천만원을 쥐어주며 진주를 떠나달라고 부탁하던 홍원식이었다. 홍원식은 자신이 터프한 폭력배의 모습으로 비춰지길 원했지만 폭력배가 되기에는 다소 부족함이 많은 사람이었다. 그는 타고난 천성이 말이 많고 실없는 농담을 자주 하여 사람들에게 크게 두려움을 주지 못했다. 특히 그는 마음이 여려 결정적인 순간에 약해지기 때문에 자주 그들의 일을 그르치기도 했는데, 홍원식 자신도 폭력배로서 그런 그의 약점을 잘 알고 있었다. 그래서 그는 의도적으로 잔인하고 냉혹해져야 한다고 항상 마음을 다잡아먹었지만 그건 그가 노력한다고 되는 일이 아니었다.

"무슨 기도를 그리 오래 하셨어요?"

김은경과 함께 장례식장 밖에서 기다리고 있던 고영순이 윤성주에게 물었다.

"홍원식을, 아니 세상 사람들을 위해 기도했어요."

"세상 사람들을 위해서요? 그게 무슨 말씀이세요?"

"하하하! 예수님께서도 십자가 위에서 돌아가실 때 당신을 못 박은 사람들을 위해 기도하셨잖아요. '아버지 저들을 용서하소서. 저들은 자기의 하는 것을 알지 못하나이다' 라고요. 사람들은 살아가면서 많은 실수를, 잘못을 저지르게 되어 있는 것 같아요. 알면서도 자기 욕심 때문에, 또는 자신이 받은 교육으로 인해 잘못인 줄 모르고 잘못을 저지르기도 하죠. 그래서 저도 하나님께 세상 사람들의 그런 모든 잘못들을 용서해 달라고 기도했어요. 원식이를 용서해 달라고요."

윤성주는 고영순의 눈동자를 바라보면서 말했다. 고영순은 윤성주의 말을 들으면서 어떻게 그가 전도사가 되었는지 궁금하였다. 사실 고영순은 윤성주가 감옥에서 나와 전도사가 되었다는 말을 처음 들었을 때 가슴이 많이 아팠었다. 얼마나 마음의 상처가 컸으면 세상을 등지고 종교에 빠져들었을까 하는 연민의 감정이 들었기 때문이었다. 그것은 마치 아직도 철부지인 어린 나이에 머리를 빡빡 밀고 절로 들어가는 동자승들을 볼 때 느끼는 감정과 동일한 것이었다. 고영순은 그런 연민의 감정에 그녀의 짝사랑까지 겹쳐 더더욱 가슴이 아팠다. 그러나 전도사 윤성주는 그녀가 생각하는 것과는 사뭇 달랐다. 낮에는 촉석골프랜드에 나와 일도 했으며, 결국 김은경과 불륜이라면 불륜일 수 있는 사랑을 하고 있는 세상의 사람이었다.

"자신이 받은 교육 때문에 잘못인 줄 모르는 잘못을 저지른다는 것이 무슨 말씀이세요?"

고영순은 눈을 깜박이며 윤성주의 눈동자를 똑바로 바라보면서 말했다. 그녀가 그렇게 윤성주의 눈동자를 정면으로 바라보는 것은 그리 쉬운 일이 아니었다. 고영순은 김은경이 바로 옆에 있기 때문에 그럴 수 있었다. 김은경도 고영순의 질문에 윤성주가 어떤 대답을 할지 궁금하다는 듯 호기심 가득한 눈빛으로 윤성주를 바라보았다.

"영순씨! 사람들이 가장 쉽게 저지르는 잘못이 무엇인 줄 아세요?"

"글쎄요……."

"그건 자신이 올바르게 살아간다고 믿는 것이에요. 자신의 판단에

근거하여 자신이 도덕적이고 예의바르며 다른 사람들보다 훨씬 양심
적으로 살아간다고 생각하는 것이죠. 그리고 그런 믿음은 그 사람이
성장하면서 받아왔던 교육, 그것이 무엇이든지 간에, 모든 교육에 근
거하고 있죠. 예를 들어, 지난날 미국의 대통령은 자신이 받아왔던 교
육에 근거하여 가장 정의로운 세상을 만들기 위해 이라크에 폭격을
가했고 수많은 사람들을 살상하였답니다. 아마 지금도 미국 대통령은
양심에 손을 얹고 자신은 잘못한 일이 없다고 믿고 있을 거예요. 그런
일들은 우리 주변에도 비일비재해요. 저도 마찬가지예요. 저도 감옥
에 수감되고 난 후 한동안은 세상이 얼마나 원망스러웠는지 몰라요.
나는 별로 잘못한 것이 없는데, 아니, 아무 잘못도 하지 않은 것 같은
데 전생에 무슨 죄를 지었다고 이렇게 혹독한 벌을 받고 있는지 모르
겠다고 하늘을 보며 세상을 얼마나 원망했는지 몰라요. 그런데, 어느
날 하나님이 제 가슴속에 찾아오셨어요. 그리고 그 분께 사랑받고 있
는 저를 알게 되었죠. 그러고 나서 다시 저를 뒤돌아보니 너무나 많은
잘못을 저지르고 살아온 제 과거가 보이더군요. 그 잘못들은 과거에
는 모두 옳은 일들이었어요. 물론 하나님을 만나기 전의 기준으로 말
이죠."

윤성주는 하늘을 한번 쳐다보더니 다시 고영순의 눈동자를 보며 말
했다.

"영순씨! 사람들이 가장 쉽게 저지르는 잘못은 하나님을 인정하지
않거나, 또는 잊고 살아간다는 것입니다. 하나님보다 자신이 우선하
는 삶을 사는 거죠. 하나님보다 자신이 더 옳다고 생각하는 것 말입니
다. 우리는 그것을 '죄' 라고 부르지요."

고영순은 너무나 진지하게 말하는 윤성주의 눈동자를 계속 쳐다 볼

수 없었다. 그녀는 장례식장 앞에 줄을 맞춰 서 있는 폭력배들이 연신 들어오는 사람들에게 허리를 구십도로 굽히며 큰 목소리로 인사하는 것을 지켜보면서 말했다.

"그럼, 성주씨의 말에 따르면, 저기 저 사람들이나 여기 서 있는 고영순이나 모두 다 똑같이 그 죄를 짓고 살고 있는 거네요."

윤성주는 고영순을 보며 빙그레 웃었다.

"네, 우리는 모두 매일 같이 피할 수 없는 잘못을 저지르고 살지요. 어떨 때는 큰 잘못을, 또 어떨 때는 작은 잘못을요. 마치 우리가 좋아하는 골프처럼요. 잘 치다가도 티샷에서 OB가 나고, 그린 바로 앞에서 뒷땅을 치기도 하지요. 영순씨! 골프에서는 티샷이 OB가 나면 멀리건을 받아 구제되기도 하지만 우리 인생에서는 멀리건이 없잖아요."

"호호호! 그래요. 우리 인생에서는 멀리건이 없죠."

"하하하! 그러니까 영순씨도 하나님께 무릎 꿇고 기도하세요. 티샷이 OB나지 나지 않도록, 세컨드 샷이 뒷땅을 치지 않도록, 롱퍼팅이 홀컵 옆에 붙을 수 있도록 모든 것을 하나님께 맡기고 기도해 보세요. 그럼 영순씨의 골프가 훨씬 즐거워지고 인생이 훨씬 행복해질 거예요. 홀아웃이 걱정스럽지 않게 되고 죽음이 두렵지 않게 될 겁니다."

## 89

"윤형! 내일 전변호사랑 경기 잘해서 꼭 우승하소."

진주CC 전반 마지막 홀인 9번 홀에서 드라이버 티샷을 계곡에 빠트린 후, 진주시내에서 골프샵을 운영하는 정원호 사장은 경기를 포기하듯 윤성주에게 말했다.

"아이구! 정사장님 왜 이러십니까. 이제 겨우 전반전 끝났는데."

"허어! 윤형, 우리가 어디 장사 한두 번 해봅니까? 전반만 쳐보면 알지요. 오늘은 안 되겠습니다."

정원호 사장은 클럽챔피언전 8강에서 맞붙은 윤성주에게 전반에만 5타를 뒤졌다. 윤성주가 버디 1개로 1언더를 친 반면 그는 보기 2개와 더블보기 하나를 기록하였다. 정원호 사장은 3타 뒤진 상황에서 맞이한 핸디캡 1인 9번 홀에서 윤성주의 드라이버 티샷이 계곡을 넘어 그린 앞에 떨어지는 바람에 또다시 버디가 확실해지자 자신도 어쩔 수 없이 드라이버를 들고 티박스에 올랐었다. 진주CC 9번 홀은 드라이버로 티샷하기 힘들게 설계되어 있어 대부분의 아마추어들은 아이언으로 티샷을 하는 홀이었다. 티박스 전방 180미터부터 페어웨이가 계곡으로 끊어져 있고 그 계곡은 그린 오른쪽까지 연결되어 있었기 때문이었다. 그래서 만약 드라이버로 티샷을 할 경우 매우 정확한 샷이 요구되는데 프로들도 굳이 드라이버 티샷을 피할 정도로 계곡을 넘겨 페어웨이에 볼을 안착시키기가 쉽지 않았다. 그러나 이미 3타나 지고 있는 상황에서, 상대가 드라이버 티샷을 그린 앞에 떨어트려 놓은 상황에서는 어쩔 수 없는 일이었다. 자신도 버디를 하지 않으면 게임을 놓치는 상황이었기 때문에 어쩔 수 없이 드라이버로 티샷을 할 수밖에 없었다. 그러나 그런 심리적 압박감이 컸던지 정원호 사장의 티샷은 그가 우려했던 바처럼 슬라이스가 나면서 볼은 페어웨이 오른쪽 계곡으로 날아가 버렸다.

"만약 이번 티샷이 윤형처럼 페어웨이에 떨어졌다면 후반에서 기대를 좀 해 봐도 될 법했는데, 윤형과 저는 실력차가 너무 많이 납니다."

"그렇게 말씀해주시니 고맙습니다. 정사장님."

윤성주와 정원호 사장의 승패는 그렇게 판가름이 났다. 그들은 대회라는 모든 심리적 부담감을 버리고 후반전을 치렀다. 결국 윤성주는 3언더로 경기를 끝낸 반면 정원호 사장은 후반에만 이븐을 쳤다.

윤성주는 부담감 없이 후반 경기를 하는 중 내내 홍원식의 죽음에 대해 생각을 하였다. 홍원식이 자신에게 삼천만원을 주면서 진주를 떠나달라고 부탁한 직후 칼에 맞아 죽었다는 것이 그의 신경을 자꾸만 거슬렀다. 홍원식의 죽음에는 분명 자신도 밀접하게 관련되어 있는 것이 확실하였으며, 그렇다면 김은경과 자신이 키스를 하는 사진을 본 전국창이 홍원식을 시켜 자신을 죽이라고 하고, 또 홍원식이도 죽인 것일 수도 있다는 생각이 들었다. 그러나 윤성주는 설마 전국창이 그렇게까지 했으리라고는 믿겨지지 않았다. 그래도 그들은 평생을 같이 커온 친구 사이 아닌가. 윤성주는 이런저런 생각에 마음이 심란해지기 시작하였다.

전국창은 8강전에서 이븐을 쳐 2오버 파를 기록한 하명완 원장을 제치고 내일 4강에서 윤성주와 맞붙게 되었다. 대회에 참석한 거의 모든 사람들은 전국창과 윤성주의 4강전이 실질적인 결승전이 될 것이라고 여기저기서 쑥덕대었다. 그러나 전국창은 그런 그들의 말보다 윤성주와의 공식적인 대결이었기 때문에 더욱 긴장되었다. 그건 대학 4학년 때, 사우스캐롤라이나 머틀비치의 블랙리치 골프클럽에서 김은경의 사랑을 놓고 윤성주와 경기를 펼치기 직전의 바로 그 긴장감 넘치는 흥분과 동일한 것이었다.

오늘 전국창은 산부인과 의사인 하명완 원장과의 8강전 경기를 매우 거칠게 풀어나갔다. 그는 무엇인지 모를 불안감 때문에 정신을 집중할 수 없었다. 그 불안감은 경찰의 수사가 시작되자마자 자신을 찾을 것 같은 막연한 육감 때문이기도 하였지만 어제 장례식장 앞에서 보았던 김은경의 눈빛이 그의 신경을 더욱 자극했기 때문이었다. 김은경은 윤성주와 함께 있는 현장을 자신에게 들켰는데도 미안해하거나 당황하기는커녕 오히려 자신을 가증스럽다는 눈빛으로 노려보고 있었다. 그것은 마치 김은경은 자신이 홍원식을 죽인 범인이라는 것을 확신하고 있다는 듯한 눈빛이었다.

전국창은 그런 생각들 때문에 경기를 어떻게 치렀는지조차 기억나지 않았다. 만약 청부업자의 말이 사실이라면 누가 홍원식을 죽였을까? 누군가 자신에게 살인의 누명을 덮어씌우기 위해 홍원식을 죽인 건 아닐까? 아니면 단순히 폭력배들 간의 원한에 의한 칼부림이었을까? 전국창은 별별 생각이 다 들었다. 그러나 그러한 모든 생각의 결론은 홍원식이 어떻게 죽었던지 결국 경찰은 홍원식의 살해범의 배후 인물로 자신을 지목할 거란 것이었다. 전국창은 그 올무에서 빠져 나올 만한 특별한 방법이 없다는 억울함 때문에 화가 치밀어올랐다. 그래서 오늘 그의 경기는 거칠기 그지없었고 하명완 원장은 동반자를 배려하지 않는 거친 그의 경기에 말려 스스로 페이스를 잃고 말았다.


# 90


"김검사님! 이것 좀 들어보세요."

유형사는 카세트를 들고 김검사 책상으로 다가와 플레이 버튼을 급히 눌렀다.

"너에게 정말 중요한 일을 부탁하려고 왔다."
"또 무슨 중요한 일인데요?"
"………"
"형님은 양심이 있어요, 없어요? 저를 이렇게 만들어 놓고 또 무슨 일을 시키려고요?"
"성주를 한 번 더 손을 봐야겠다."
"예? 성주형을 또요?"
"그래, 한 번 더, 성주를. 그러나 이번에는 확실히!"
"형님! 제 정신이유? 그러다가 지난번처럼 또 일이 꼬이면 어쩌려고."
"그때는 네가 또라이 같은 놈에게 일을 맡겨 그렇게 됐잖아! 누가 팔만 부러트리라고 했지 그렇게까지 하라고 그랬어?"
"그렇다고 그 자식을 죽인 건, 형님이 너무 했잖아요?"
"내 아내가 될 여자를 강간해 순간적으로 그런 거야. 그렇지만 그놈은 어차피 내가 안 죽여도 죽을 놈이었어. 가만 놔두었어도 죽을 놈이었단 말이야. 알았어? 그 병신 같은 놈 때문에 내가 고생한 걸 생각하면……."

카세트에서 흘러나오는 대화를 듣고 있던 김검사와 유형사는 서로 눈빛을 교차하더니 누가 먼저라고 할 것도 없이 자리를 박차고 일어나 김병도를 조사하고 있던 방으로 뛰어들어갔다.

"이 테이프 어디에서 누구에게 받은 거죠?"

바이오제약 주식건 때문에 금융감독원에서 나온 검사관에게 조사를 받고 있던 김병도는 눈이 휘둥그레졌다. 자신의 주머니에 있던 테이프를 가져갔던 유형사는 얼굴에 흥분이 가시지 않은 눈빛으로 김병도를 다그쳤다.

"예, 그 테이프는 어젯밤 대학병원 응급실에서 죽은 홍원식 사장이……."

"유형사! 강력계 박반장 오라고 해요! 빨리! 아! 그럴 필요 없어요. 지금 나랑 같이 갑시다. 전국창 변호사는 지금 진주CC에 있을 테니까."

김병도는 얼떨결에 경찰차를 타고 진주CC를 향해 출발했다. 그는 경찰차 안에서 테이프 속의 대화를 들었다. 그것은 분명히 전국창과 홍원식의 대화였다. 진주CC 클럽챔피언 선발 4강전이 펼쳐지던 가을날 아침이었다.

# 17

# 멀리건은 없다

**91**

진주경찰서장실을 나올 때 경찰서장이 김기선의 뒤에서 그의 어깨를 조심스럽게 잡았다. 김기선은 뒤도 돌아보지 않고 자신의 어깨 위에 얹어진 경찰서장의 손을 잡고 고개를 숙인 채 말했다.

"금방 다녀옴세."

김기선은 천천히 경찰서를 빠져 나와 진주CC로 향했다. 진주CC에서는 윤성주와 전국창이 백여 명의 갤러리를 이끌고 후반전 경기를 펼치고 있었다. 윤성주와 전국창의 경기는 말 그대로 흥미진진하였다. 전반에만 서로가 버디 둘, 보기 하나씩을 기록하며 후반에 들어왔는데, 누가 보아도 그들의 실력은 비교하기 어려울 정도로 박빙이었다. 그러나 윤성주의 골프는 사람들이 보는 것과는 조금 달랐다. 윤성주는 철저히 전국창의 골프를 따라 하고 있었는데 전반이 끝날 무렵에 전국창은 그것을 눈치채고 소름이 돋았다.

전국창이 페어웨이 오른쪽으로 볼을 보내면 윤성주도 같은 방향으로 볼을 보냈다. 심지어 전국창의 볼이 벙커에 빠지면 윤성주도 벙커에 볼을 의도적으로 집어넣는 것처럼 보였다. 전국창이 파를 하면 윤성주도 파를 하였고, 전국창이 어렵게 버디를 하면 윤성주도 어김없이 버디를 하였다. 전국창은 처음에는 윤성주의 그런 플레이가 기분이 나빴으나 전반을 마치고 후반 나인으로 걸어가면서 뭔가 귀신에 홀린 듯한 멍한 상태가 되어 버렸다. 윤성주에게 끌려가고 있는 듯한 착각이 들면서 계속 경기를 해야 할지 말아야 할지조차 헷갈리기 시작하였다. 그는 후반 나인으로 가는 길목에 있는 휴게실 앞에서 윤성주에 대해 생각을 하였다.

어렸을 때부터 윤성주는 자신과 비교해 볼 때 그의 상대가 되지 않았다. 공부도 자신이 훨씬 잘했으며, 키도 더 컸고 얼굴도 더 잘생겼었다. 기타도 자신이 더 잘 쳤으며 여학생들에게 인기도 훨씬 더 좋았다. 모든 면에서 윤성주보다 자신이 더 월등했는데 단 하나 골프만은 항상 그보다 약간 뒤진다는 생각이 들었었다. 그리고 결정적으로 김은경의 사랑을 윤성주에게 빼앗겼다고 생각한 대학 4학년 때 그는 처음으로 윤성주에게 부끄러운 패배를 하였다.

머틀비치 블랙리치GC에서 김은경을 앞에 두고 그 수모를 겪은 후 전국창은 그의 인생항로가 비뚤어지기 시작했다고 생각했다. 가만히 생각해 보면 김은경과의 결혼조차도 윤성주에 대한 자신의 질투 때문이었던 것 같았다. 그건 마치 자신이 먹어서는 안 되는 것을 먹고 난 후 겪어야 하는 고통과도 같이 자신의 삶을 괴롭히고 있었다. 전국창은 모든 것이 자신의 작은 욕심 때문에 꼬였다고 생각하였다. 윤성주보다 무엇이든지 월등해야 한다는 자신의 생각 때문에 그것을 입증하기 위해 약간씩 무리했던 것이 자신의 인생을 송두리째 바꿔 버렸다고 생각하였다.

전국창은 처음으로 왜 윤성주보다 자신이 골프를 더 잘 쳐야 하는지에 대해 회의가 들기 시작하였다. 그것은 윤성주가 자신보다 골프를 더 잘 칠 수도 있는 것을 자신은 왜 참지 못하는 것일까에 대한 후회였다. 김은경과 윤성주와 결혼하는 것을 왜 참지 못했을까 하는 후회였다. 자신은 골프와 김은경만 제외하면 모든 면에서 윤성주보다 월등한데도 윤성주가 가진 그 두 가지마저 가지려 했던 욕심 때문에 자신의 모든 것을 잃어버릴 수도 있겠다는 후회였다.


전국창이 담배를 피우며 깊은 생각에 잠겨 있는 동안 윤성주는 자신의 아이언 클럽들을 하나씩 닦고 있었다. 윤성주는 오늘 그의 골프가 예상보다 잘 풀리고 있다고 생각했다. 첫 홀에서 전국창이 세컨드 샷을 벙커에 빠트리는 것을 보고 잠시 긴장이 풀어지는 바람에 자신도 실수를 하여 벙커에 볼을 빠트렸었다. 3번 홀에서는 전국창이 깃대 바로 옆에 볼을 붙여 버디가 확실했는데 자신의 티샷도 깃대 옆에 운이 좋게 붙어 주었다. 파 3의 7번 홀은 그린 전방에 깊은 벙커가 있고 깃대는 그 벙커 뒤에 꽂혀 있었다. 그린이 워낙 크기 때문에 벙커를 피해 그린에 볼을 올리더라도 투퍼팅으로 파를 세이브하기가 만만치 않았다. 따라서 벙커 뒤 깃대를 향해 아이언으로 직접 티샷을 하여 그린에 올려 세울 수 있으면 최상이고 벙커에 빠져도 샌드웨찌로 가볍게 홀컵 옆에 세우는 것이 확률적으로 훨씬 안전하였다. 그래서 전국창도 그와 같은 생각으로 벙커를 향해 3번 아이언으로 티샷을 하였고 윤성주도 마찬가지로 3번 아이언으로 티샷을 하였다. 둘은 공교롭게도 같이 벙커에 빠졌지만 그리 어렵지 않게 파를 할 수 있었다.

8번 홀로 들어섰을 때, 윤성주는 웃음이 나왔다. 평소 승부욕이 강하던 전국창의 얼굴이 홍분한 것을 보았기 때문이었다. 그리고 그 이유는 자신이 전국창의 골프를 따라 하고 있어 기분이 나빠진 것이 확실해 보였다. 윤성주는 전국창이 그것 때문에 마음이 동해 기분이 나빠졌다면 8번 홀에서 무리한 티샷을 할 것이라고 생각했는데 아니나 다를까 전국창은 무리하게 그린을 향해 직접 티샷을 하였다. 윤성주는 이번 경기의 승부처가 바로 그 8번 홀의 티샷이라고 생각했다. 그는 그런 긴장감을 감추기 위해 미소를 짓고 티박스에 올라갔다. 만약 자신의 티샷이 전국창과 똑같이 그린 앞에 멋지게 떨어진다면 전국창은 마음이 동요되어 전투의욕을 잃을 것이라고 판단되었기 때문이었다.

윤성주는 심호흡을 한 후 정신을 최대한 집중하여 티샷을 하였고 그의 볼도 전국창과 마찬가지로 그린 바로 앞에 떨어졌다. 윤성주는 그것으로 전국창과의 승부가 끝났다고 생각했다. 그리고 그의 생각은 정확히 맞아 떨어졌다. 9번 홀의 티박스에 전국창은 아이언을 들고 올라갔다. 평소의 전국창은 이렇게 많은 사람들 앞에서 아이언으로 티샷을 하는 성격이 아니었다. 자신을 드러내는 것을 즐겨하는 그의 성격과는 맞지 않기 때문이었다. 윤성주는 전의를 잃은 전국창을 읽었다. 비록 전반을 동타로 끝낸다 하더라도 이미 승부는 갈라져 있었다. 골프는 심칠기삼이라고 했다. 심리적인 싸움이 칠할을 차지한다는 이야기다. 그 칠할의 싸움에서 이미 승리를 거둔 윤성주는 여유가 만만

하였다.

"찰칵!"

윤성주는 클럽을 닦다가 자신을 향해 사진을 찍는 고영순을 보았다.

"승부가 좀처럼 나지 않는 박빙이네요?"

고영순이 사진을 찍고 난 후 하얀 이를 드러내며 웃었다. 언제 보아도 고영순의 웃음은 보기 좋게 시원하였다.

"영순씨가 보기에 그렇게 보여요?"

"네, 보는 사람은 흥미진진해서 재미있지만 정작 플레이하는 사람은 애간장 타시겠어요. 호호호!"

윤성주는 고영순의 웃음에 자신도 이를 드러내며 웃었다. 검게 그을린 얼굴색에 두드러지게 윤성주의 하얀 이가 빛났다. 고영순은 그의 빛나는 하얀 이를 보자 가슴이 턱 막힐 것 같았다. 그녀는 그런 그녀의 감정이 얼굴에 드러날까 봐 고개를 뒤로 돌려 클럽하우스 앞에서 김기선과 함께 서 있는 김은경에게 손짓을 해 보였다. 윤성주도 고개를 돌려 그들을 보았다. 윤성주는 김기선을 보자 자리에서 일어나 고개를 숙여 인사를 하였다.

김기선은 말없이 윤성주를 내려다보고 있었다. 김기선에게 윤성주나 전국창은 어렸을 때부터 보아오던 자식과 같은 아이들이었다. 옛날 윤태경이나 전희만이 자신의 외동딸 은경이를 서로 며느리 삼겠다고 실랑이를 하는 바람에 얼마나 즐겁게 곤혹스러웠는지 몰랐다. 그런 그들의 운명이 어떻게 이렇게 되어 원수가 되어 있는지 김기선은 한탄스러워 슬픈 눈으로 윤성주와 전국창을 보고 있었다. 마치 둘 중

하나는 죽어야 결판이 날 것처럼 골프클럽을 들고 승부를 펼치고 있는 모습이 김기선에게는 가슴아픈 슬픔이었다. 그는 전국창의 볼이 벙커에 들어가도 불안하였고 윤성주의 볼이 전국창을 쫓아 벙커에 들어가도 슬펐다. 전국창의 버디퍼팅은 차마 볼 수가 없었고 윤성주의 짧은 버디퍼팅도 안 들어갈까 봐 고개를 돌려 버렸다. 김은경은 그런 김기선의 마음을 아는 듯이 그의 팔을 꼭 붙들고 있었다.

# 92

"선배님! 잠깐 저 좀 보시죠."

담배를 피우며 먼 산을 보고 있는 전국창이 뒤를 돌아보았다. 대학 후배 김검사가 유형사와 함께 뒤에 서 있었다.

"전변호사님을 살인혐의로 체포……."

유형사가 성급하게 수갑을 꺼내들고 말을 하려는 것을 김검사가 손으로 잽싸게 막아섰다.

"선배님! 잠깐 안으로 들어가서 이야기하죠."

김검사는 전국창에게 휴게실 안을 가리키며 말했다. 전국창은 당황하였다. 어떻게 이렇게 일이 빨리 진행될 수 있는지 놀라웠다. 홍원식의 장례도 아직 치러지지 않았는데 벌써 경찰이 찾아왔다는 것이 믿어지지 않았다. 전국창이 의아한 눈빛으로 김검사를 따라 휴게실 안으로 들어가는 것을 유형사는 의기양양한 얼굴로 지켜보고 있었다.

"윤성주씨!"

김병도는 윤성주를 발견하고 급하게 뛰어왔다.

"아니, 김교수님이 어떻게?"

어제 금융감독원에서 나왔다는 사람들과 같이 병원을 나갔던 김병도가 다급히 윤성주를 찾아오자 윤성주도 깜짝 놀랐다.

"어떻게 되었어요? 아무 문제없데요?"

"아니, 그게 문제가 아니고, 저기 좀 보세요."

김병도는 휴게실 안으로 김검사와 함께 들어가는 전국창을 가리켰다.

"이거 어디서부터 어떻게 설명을 해야 될지 모르겠네요."

김병도는 윤성주의 팔을 붙들고 우왕좌왕하였다.

"김교수님! 좀 침착하게 천천히 말씀해 보세요."

윤성주 옆에 있던 고영순이 참다 못해 김병도에게 말했다.

"예, 예, 알았어요."

김병도는 아침에 자신이 들었던 테이프 이야기부터 서둘러 말했다. 김병도가 이야기하는 동안 고영순은 너무 놀라워 믿기지 않는다는 듯 눈을 동그랗게 뜨고 두 손으로 입을 가렸다. 그러나 김병도의 이야기를 듣고 있던 윤성주의 눈동자는 점점 슬픈 눈이 되어갔다. 그는 고개를 돌려 멀리 언덕 위에 서 있는 김은경을 바라보았다. 윤성주의 눈에서는 금방이라도 눈물이 떨어질 것 같았다.


<h1 style="text-align:center">93</h1>


"알았네. 모두 다 사실이야."

전국창은 담배를 한 가치 꺼내 물었다. 김검사가 라이터를 꺼내 불을 붙여주었다. 전국창은 깊게 담배 한 모금을 빨아 허공에 '후!' 하고 뱉었다. 만감이 교차되었다. 홍원식 살해범의 배후로 지목된 것이 아니라 5년 전 윤성주 사건이 백일하에 드러났다는 것이 전국창의 맥을 빠지게 하였다. 그 사건은 홍원식이 죽으면서 세상에 완전히 묻힌 줄 알았는데 홍원식이 죽자마자 세상 밖으로 튀어나왔다는 것이 차라리 전국창에게는 우스웠다. 그렇지 않아도 방금 전 윤성주와 전반 라운딩을 끝내고 자신의 과거에 대해 후회를 하고 있었던 전국창은 모든 것이 이제 자신이 컨트롤할 수 없는 지경이 되어 버렸음을 알았다. 자신의 힘으로, 자신의 계획대로 세상을 멋지게 살아왔는데 이제 그것이 한계에 달했다는 것을 절감하자 전국창은 자포자기가 되어 버렸다.

"자! 가세!"

담배를 비벼 끄고 전국창은 담담히 자리에서 일어났다.

"가긴 어딜 가! 임마!"

윤성주였다. 휴게실 문 앞에 윤성주가 버티고 서 있었다. 전국창은 자신을 노려보고 있는 윤성주의 눈을 똑바로 볼 수 없어 시선을 돌려 버렸다.

"이 나쁜 자식아! 왜 그랬어?"

윤성주의 주먹이 전국창의 왼쪽 볼을 강타했다.

"와장창! 쨍쨍……쨍."

전국창이 넘어지며 탁자가 쓰러졌고 탁자 위에 놓여 있던 유리컵들이 바닥에 떨어지며 깨졌다.

"이러시면 안 됩니다!"

김검사가 윤성주의 팔을 붙들고 막아섰다. 휴게실 밖에서 사람들이 안을 들여다보며 웅성대기 시작했다.

"왜? 왜 그랬어?"

전국창은 입가로 흘러나오는 피를 천천히 닦으며 일어섰다. 그는 모든 것을 포기한 듯 천천히 말을 뱉었다.

"너희가 미웠어. 왜 그랬는지 나도 몰라. 그냥 나보다 못하다고 생각한 네가……, 나도 은경이를 좋아했는데……, 네가 차지한다고 생각하니……, 참을 수가 없었어."

"그래도 그렇지 이 나쁜 자식아! 어떻게 네가 우리한테 그럴 수 있어!"

다시 윤성주가 전국창에게 달려들자 윤성주의 팔을 잡고 있던 김검사가 막아섰다.

"죽이려고 그랬던 것은 아니야. 내가 어떻게 너희들을……, 은경이를……, 그렇게 할 수 있었겠어. 다 재수가 없어서 일이 커진 것뿐이라고……, 단지 그것뿐이라고……"

"야! 이 나쁜 자식아! 그럼, 이제 어떻게 할 건데. 어떡할 거냐고?"

윤성주는 이성을 잃은 듯 고래고래 소리를 질렀다.

"가서 죄값을 받아야겠지. 죄값을 달게 받으면 될 것 아니야! 저리 비켜!"

전국창은 윤성주를 밀치고 문 쪽으로 걸어갔다. 그때 뒤에서 윤성주가 절규에 가까운 큰 목소리를 외치며 전국창의 어깨를 잡았다.

"못 가! 못 간다구. 이대로는 절대로 못 간다구!"

윤성주의 절규에 전국창은 서서히 고개를 돌렸다. 그의 눈동자는 이미 젖어 있었다.

"아직……, 아직 전반 나인밖에 안 끝났어. 아직도 우리에게는 후반 나인이 남아 있다고. 이 나쁜 놈아……."

"너……, 이 자식……."

전국창은 입술을 깨물었다. 윤성주는 김검사를 애처로운 눈빛으로 바라보았다. 김검사는 윤성주의 눈물 가득한 눈빛이 하도 애달파서 어찌할 줄을 몰랐다. 전국창도 고개를 돌려 김검사를 쳐다보았다. 김검사는 난처한 표정을 짓더니 결국 고개를 끄덕일 수밖에 없었다.

그렇게 전국창과 윤성주는 휴게실 밖에서 웅성거리는 사람들을 제치고 후반 나인 첫 홀 티박스에 올랐다. 티박스 아래로 멀리 페어웨이가 파랗게 펼쳐져 있었다. 가을의 한가운데인데도 양잔디가 깔려 있는 진주CC의 페어웨이는 더더욱 푸른빛을 발하고 있었다.

전국창은 드라이버를 잡았다. 그린 앞에 있는 연못 옆으로 볼을 보내는 것은 그리 쉬운 일이 아니라 평소 같으면 3번이나 5번 우드로 티샷을 하였지만 전국창은 마음껏 한번 질러보고 싶었다. 어쩌면 윤성주와 마지막 라운딩이 될 수도 있는 경기라 생각하니 하고 싶은 대로 마음껏 경기를 펼쳐보고 싶었다. 승부에 대한 욕심은 이미 그의 마음속에 없었다. 그의 아크 큰 드라이버가 스윙을 시작했고 드라이버 헤드의 가운데에 맞은 볼이 까만 점을 만들며 가을 하늘 위를 날랐다.

# 94

전국창과 윤성주의 후반전도 지켜보는 사람들의 손에 땀을 쥐게 만들었다. 그들의 경기를 구경하던 갤러리들은 그들의 한샷 한샷에 탄성을 질러댔다. 김검사나 유형사도, 김기선이나 김은경도 모두 손에 땀을 쥐었다. 진주CC에 있던 모든 사람들의 가을이 그렇게 깊어 갔고 김병도와 고영순도 갤러리들 틈에서 소리죽여 그들의 승부를 지켜보고 있었다. 그리고 그들의 승부는 마지막 파 5홀을 남겨놓고도 가려지지 않았다.

윤성주와 전국창은 둘 다 3언더를 기록하며 마지막 홀에 도착했다. 둘은 전반 나인과는 확연하게 다른 골프를 구사하고 있었다. 전국창은 화려하고 공격적인 골프를 하였고 윤성주는 차분하면서도 전략적인 골프를 하였다. 전국창은 적극적으로 홀컵을 공략하여 버디를 노렸고 윤성주는 차분히 파온을 한 후 조심스럽게 버디퍼팅을 하였다.

전국창은 마지막 홀의 티박스에 오르면서 심호흡을 크게 하였다. 그는 이것이 마지막 티샷이라고 생각하니 아쉬움이 컸다. 숨을 죽이고 그의 어드레스를 지켜보고 있던 갤러리들 앞에 윤성주가 예의 그 슬픈 눈으로 전국창을 바라보고 있었다. 전국창은 어드레스한 상태에서 윤성주의 눈을 보았다. 그리고 떨리는 목소리로 말을 하였다.

"성주야! 나는 멀리건을 받고 다시 치고 싶어……."

윤성주는 고개를 숙인 채 전국창이 말하는 것을 묵묵히 들었다.

"다시 옛날 머틀비치로 돌아가 너와 승부하고 싶어. 나는 거기서부터 다시 살고 싶어!"

전국창의 드라이버 티샷이 페어웨이 가운데를 향해 날아갔다. 윤성주는 티박스에 오르면서 눈물이 아른거리는 것을 참을 수 없었다. 지독히도 꼬여 있는 그들의 운명이었다. 그는 어드레스를 취하였으나 젖은 눈동자 때문에 볼이 보이지 않았다. 그는 고개를 돌리고 있는 전국창에게 말했다.

"그래, 나도 머틀비치로 돌아가는 멀리건을 받고 싶어!"

윤성주는 눈을 감고 백스윙을 시작했고 소리를 지르며 다운스윙을 하였다.

"나도 멀리건을 받고 싶다고!"

볼이 클럽헤드에 맞는 순간 윤성주의 눈에서 눈물 한 방울이 떨어졌다. 그 순간, 갤러리들 뒤에 서 있던 김기선의 눈에서도 눈물이 흘러나왔고 김기선의 팔을 붙들고 있던 김은경도 고개를 숙인 채 울고 있었다.

'나도……, 나도 머틀비치로 돌아가고 싶어요……'

김은경은 어깨를 들썩이며 흐느꼈다.


<h2 style="text-align:center">95</h2>


그 해, 2002년도 진주CC 클럽챔피언은 신천웅이 차지하였다. 결승전에 윤성주가 불참하는 바람에 부전승으로 챔피언 트로피가 신천웅에게 돌아갔다. 윤성주는 4강전에서 전국창과 마지막 홀까지 손에 땀을 쥐게 만드는 명승부전을 펼쳤다.

전국창은 동타로 맞이한 파 5인 마지막 홀에서 세컨드 샷을 그린 앞까지 보내는 데 성공하였고 윤성주의 세컨드 샷은 그린에 올라갔으나 홀컵까지는 30미터 정도나 남았었다. 전국창은 어프로치로 볼을 홀컵 근처에 붙였는데, 그때 윤성주는 마치 기다리기라도 한 듯이 큰 목소리로 '컨시드!' 라고 크게 외쳤다. 하도 그의 목소리가 커서 숨을 죽이며 지켜보고 있던 갤러리들은 모두 깜짝 놀라서 윤성주를 쳐다보았다.

　컨시드를 외친 윤성주의 얼굴은 마치 전국창의 모든 죄를 용서한다는 단호한 표정이었다. 그리고 그는 평온한 얼굴로 돌아와 30미터짜리 자신의 긴 이글 퍼팅을 하였는데 2단 그린을 타고 올라간 그의 볼은 그림같이 홀컵 안으로 굴러 떨어졌다.

　그것으로 끝이었다. 윤성주는 홀컵 안으로 떨어진 볼을 집어 들고 사라진 후 더 이상 사람들 앞에 모습을 드러내지 않았다.


# 96


　겨울이 되고 전국창의 재판이 시작되어도 윤성주는 사람들 앞에 나타나지 않았다. 전국창은 홍원식의 살해를 사주한 혐의까지 덮어쓰면서 작은 도시 진주가 다시 한 번 시끌벅적해졌다. 그러나 더욱 놀라운 사실은 홍원식을 살해한 범인이 김기선이었다는 사실이었다. 한동안 진주 사람들은 삼삼오오 모이면 모두 그 사건에 대해 이야기하였다.

　촉석골프랜드에서도 마찬가지였다. 김은경이 떠난 촉석골프랜드의 휴게실에서도 사람들은 전국창, 김은경 그리고 윤성주에 대해 수군거렸다. 혜은이는 그런 수군거림을 듣기 싫어했다. 혜은이는 사람들이 그들에 대해 수군거리면 잘 알지도 못하면서 남의 말을 함부로 하지 말라고 핀잔을 주곤 하였다.

　김기선은 그날 윤성주가 마지막 홀 그린에서 전국창에게 컨시드를 외치는 모습을 뒤로 하고 조용히 다시 진주경찰서로 향했다. 그는 눈부신 가을하늘을 한동안 바라보다가 눈을 감았다. 자신의 삶이 어디

서부터 잘못 되었는지 알 수가 없었다. 나름대로는 열심히 살아 왔지만 제대로 된 것이 하나도 없었다. 마치 죽음을 앞두고 돌아본 과거가 후회로 점철된 것처럼 그 동안 어떻게 살아 왔는지 제대로 기억이 나지 않았다.

김기선이 홍원식을 죽여야겠다고 생각한 것은 김은경이 고영순에게 전화로 살인을 청탁하는 것을 들은 직후였다. 당시 김기선은 전국창에게 참을 수 없는 분노를 느꼈다. 그러나 그것도 순간이었고, 불쌍한 자신의 딸 김은경이 살인을 하도록 내버려 둘 수는 없었다. 차라리 자신이 모든 것을 뒤집어쓰는 것이 나을 듯했다. 이제 살 만큼 산 자신이 모든 것을 정리하고 가는 편이 낫다고 판단했다. 김기선은 홍원식은 죽어 마땅하다고 생각하였다. 눈에 넣어도 안 아플 자신의 외동딸 김은경의 인생을 한순간에 망쳐 놓은 홍원식을 꼭 자신의 손으로 해치워야 한다고 생각하였다. 그리고 홍원식에 대한 그의 폭발할 듯한 분노와 그를 사주했다는 전국창에 대한 증오는 윤성주에 대한 사죄로 이어졌다. 그러나 무엇보다도 당시 그의 머리 속에는 오로지 자신의 불쌍한 딸 김은경을 지켜야 한다는 생각밖에 없었다.

김기선은 눈을 뜨고 다시 한 번 푸르디푸른 가을하늘을 올려다보았다. 하늘 한가운데에서 자신과 가장 친했던 친구 윤태경이 그를 내려다보고 있었다.

'나의 죽음으로 성주의 죄값까지 덮어주게나.'

김기선은 너무나 부끄러웠다. 정작 죄를 지은 사람은 자신이었다. 가장 정직하게 살아왔다고 자부했던 자신이었다. 지금까지 하늘을 우러러 한점 부끄럼 없이 살아온 자신이었다. 그런 자신이……, 돌이켜보니 그렇게 살아온 자신이 죄인이었다.

# 18

# 용서의 근원

## 97

　김병도는 바이오제약 사건을 계기로 경남국립대학교의 교수직을
그만 두었다. 바이오제약의 김성훈 사장은 불법적인 무상증자에 따른
주가조작과 거액의 공금유용으로 구속수감되었고, 김병도는 국립대
학 교수로서 적절치 못한 행위를 하여 품위를 손상시켰다는 것에 대
한 책임을 져야 했다. 그 후 김병도는 분당에 있는 한국병원의 불임크
리닉 연구실장으로 일하고 있다.

　김병도는 한국병원으로 자리를 옮긴 후 생활의 안정을 찾았다. 물
론 그의 아내 하영주와 안정되고 평온한 생활을 영위하고 있다. 하영
주는 쌍둥이를 임신하였는데, 그녀는 3년 전 진주에서 있었던 그 사건
으로 인해 정상적인 방법으로는 더 이상 임신이 가능하지 않게 되었
으나, 남편 김병도의 첨단기술이 쌍둥이의 임신을 가능케 만들었다.

　김병도는 한국병원의 불임크리닉에서 일하면서 안정된 가정 때문인지 놀라운 연구 성과를 거둬 그의 꿈대로 올해 봄에 세상을 깜짝 놀라게 만들었다. 그것은 인간 배아의 줄기세포를 이용하여 불치병을 치료할 수 있는 방법을 세계 최초로 찾아낸 연구였다. 그 연구는 서울대학교 연구팀과 함께 수행한 공동연구였는데 김병도의 아내 하영주는 매스컴에서 공동 연구의 연구책임자만 집중적으로 보도하는 것을 매우 못마땅해 하였다. 하지만 김병도는 이제 그런 것에 크게 개연하지 않았다. 자신을 드러내는 것이 꼭 좋은 것만 아니라는 것을 그는 이미 잘 알고 있기 때문이었다.

　김병도는 그의 책상 위에 윤성주가 그에게 일러준 성경문구 한 줄을 붙여두고 있다. '내가 어렸을 때에는 말하는 것이 어린아이와 같고 깨닫는 것이 어린아이와 같고 생각하는 것이 어린아이와 같다가 장성한 사람이 되어서는 어린아이의 일을 버렸노라.' 그는 종종 시간이 나면 이 성경구절을 소리 내어 읽으며 진주에서 있었던 시간들을 반추해 보곤 했다. 그럴 때마다 그는 그가 진주에서 겪었던 일과 시간이 그를 장성하게 만들었다는 생각이 들었다. 확실히 윤성주 전도사의 말 없이 행동으로 보여준 가르침이 그를 더욱 깊이 있는 사람으로 만들었다. 김병도는 만약 자신이 아직도 어린아이와 같이 생각하고 깨닫고 말한다면 아내 하영주와 다시 살 수 없었을 것이라고 생각했다.

　윤성주는 김병도에게 사랑은 의지라고 자주 말하곤 하였다. 사랑하는 사람을 사랑하는 것은 누구나 할 수 있는 쉬운 일이나 진정한 사랑은 미운 사람을 사랑할 수 있는 의지라고 하였다. 김병도는 윤성주의 그 말을 충분히 이해할 수 있었다. 그가 아내 하영주와 다시 살 수 있었던 가장 큰 이유는 순전히 자신의 의지 때문이었다. 문득문득 남의 아이를 임신했던 아내가 혐오스러울 정도로 미워지는 감정이 치솟아오를 때마다 그는 그래도 사랑해야 한다는 굳은 의지로 참아냈다. 그리고 그 보상은 너무나 달콤하게 그에게 돌아왔다. 세상에서 가장 남편에게 잘해주는 따뜻한 아내를 가지게 된 것이었다.

그러나, 그러나 김병도가 그런 그의 생각이 얼마나 오만한 것이었는지를 깨달은 것은 불과 얼마 전, 윤성주 전도사를 영국에서 만나고 돌아오던 비행기 안에서였다.


김병도는 느닷없이 고영순으로부터 한 통의 전화를 받았다. 전화에서 고영순은 밑도끝도없이 김병도에게 스코틀랜드에서 열리는 브리티시오픈에 같이 갈 것을 제안하였다. 그녀는 스코틀랜드의 글래스고우에서 차로 1시간 반 거리의 서쪽 해안가에 자리잡은 로열트룬GC에 취재차 나가는 데 이번에는 아주 특별한 기획취재가 있다고 했다. 아프리카 가나에서 흑인선수 하나가 본선에 출전하는데 그 선수의 캐디 겸 매니저가 바로 윤성주라고 했다.

김병도는 고영순으로부터 윤성주의 이야기를 듣고 깜짝 놀랐다. 지금껏 한번도 고영순은 김병도에게 윤성주에 대해 말하지 않았기 때문이었다. 김병도는 몇 번이나 고영순에게 김은경과 윤성주에 대해 물어보았는데 그때마다 고영순은 둘 다 좋은 곳에 있다고 대답만 했을 뿐 자세한 이야기를 해주지는 않았었다. 그런데 그녀가 어제 김은경과 통화를 했는데 윤성주가 김병도를 한번 보고 싶다며 괜찮다면 영국으로 같이 올 수 있는지 물어봤다고 했다. 김병도도 윤성주를 다시한 번 만나서 꼭 물어보고 싶은 말이 있었다. 그래서 그는 병원에 급히 휴가를 내고 고영순과 함께 무작정 영국으로 날아갔다.

김병도는 런던행 비행기 안에서 마치 중학교 때 짝사랑했던 첫사랑
의 연인을 어른이 되어 만나러 가는 것처럼 내내 가슴이 설렜다. 3년
전 진주에서 두 달 정도 짧은 기간의 만남이었지만 그 만큼 동갑나기
윤성주로부터 받았던 인상이 컸기 때문이었다. 아니, 그건 인상이라
고 표현하기에는 적절하지 않을 정도였다. 거친 격랑과 같았던 삶과
인생역경을 담담히 맞서던 윤성주의 선한 눈빛은 김병도와 같은 보통
사람들은 쉽게 이해할 수 없는 것이었다.

확실히 그것은 인상이라기보다는 교훈에 가까웠다. 감당하기 힘든
삶의 문제에 부딪쳤을 때, 어떻게 사는 것이 옳은 것인가를 가르쳐 주
는 모범정답 같은 지침을 윤성주는 보여주었다. 김병도는 윤성주로부
터 어떻게 그렇게 할 수 있었는지 언젠가 한번은 그 이유를 꼭 물어보
고 싶었다. 자신의 인생을 망쳐 버린 전국창을 정말 진심으로 용서한
것인지 묻고 싶었다. 자신 같으면 도저히 용서할 수 없을 것 같은데 어
떻게 그럴 수 있었는지 진짜 그 이유를 묻고 싶었다.

# 98

런던 히스로공항에 도착한 고영순과 김병도는 지하철을 타고 런던
시내로 들어와 트라팔가 광장에서 내렸다. 그들은 트라팔가 광장에서
넬슨제독의 동상과 그 주변에 있는 라이온상과 분수 등을 보면서 윤
성주와의 약속시간이 되기까지 두 시간 가량을 보냈다. 그리고 약속
시간이 되자 광장 뒤에 있는 내셔널 갤러리에서 5분 거리에 있는 한국
음식점인 뉴서울 레스토랑으로 들어갔다. 식당 종업원은 김병도와 고

영순을 구석 창가의 테이블로 안내했는데 거기에 까맣게 그을린 윤성주와 김은경이 하얀 이를 드러내며 반갑게 웃고 있었다.

김은경은 테이블에 걸쳐둔 목발이 바닥으로 떨어지는 것도 아랑곳하지 않고 두 팔을 벌리며 고영순에게 달려와 깊은 포옹을 하였다. 고영순도 금방 눈물을 머금은 채 말없이 김은경을 안았고 그녀들은 눈을 감고 한동안 포옹을 풀지 않았다. 윤성주는 반갑게 김병도의 손을 덥석 잡았다. 막노동자의 손과 같이 투박한 윤성주의 손이 김병도의 부드러운 손에 잡혔다. 김병도와 윤성주도 붙잡은 손을 자리에 앉은 후에도 한동안 놓지 못하고 있었다.

윤성주는 그 해 늦가을에 아프리카 가나로 떠나왔다고 했다. 가나로 오게 된 것은 감옥에서 윤성주에게 하나님의 사랑을 전했던 장상호 전도사의 역할이 컸는데, 윤성주는 자신이 하나님으로부터 받은 사랑을 아프리카 지역에 전파하는 일에 평생을 바치기로 했다고 했다. 김은경도 윤성주가 한국을 떠난 지 한 달도 안 돼 가나로 왔다고 했다. 그것은 충분히 이해할 수 있는 대목이었다. 김은경에게는 세상의 규약들이 아무런 의미를 갖지 못할 정도로 윤성주를 향한 지독한 사랑이 있었을 테니까 말이다.

김병도는 된장찌개를 너무나 맛있게 먹고 있는 김은경을 보았다. 까맣게 그을린 김은경의 얼굴에는 더 이상 외모에 큰 의미를 두지 않고 있는 그녀의 일상이 그대로 묻어나왔다. 한쪽 다리가 불편한 조그만 동양 여자가 아프리카에서 산다는 것이 그리 쉽지만은 않을 터인데 그래도 김은경의 얼굴은 행복하고 평온해 보였다. 김병도는 그런 김은경을 보면서 사랑의 힘은 세상의 그 어떤 것보다 위대하고 강하다는 것을 새삼 깨달았다. 남녀간의 진정한 사랑이란 김은경처럼 자

신의 모든 것을 던질 수 있어야 비로소 그 의미가 있을 거라는 생각이
들었다.


김병도는 윤성주와 영국에서 헤어지기 바로 직전에야 겨우 그가 그
렇게나 궁금했던 것을 물어볼 수 있었다. 윤성주와 김은경이 가나로
돌아가기 위해 짐을 꾸리고 있을 때였다. 김병도는 클럽하우스 앞에
서 윤성주에게 조심스러운 목소리로 조용하게 물었다.
"성주씨! 아니, 윤전도사님! 오랫동안 물어보고 싶은 게 하나 있었
어요."
"예, 말씀하세요."
윤성주는 마치 김병도가 무슨 질문을 할지 아는 듯이 대답을 했다.
"전국창 변호사 말인데요……."
그러나 정작 김병도로부터 전국창 변호사란 말을 들은 윤성주는 순
간적으로 눈빛이 흔들렸다.
"윤전도사님은 정말, 진심으로 전변호사를 용서하신 건가요? 어떻
게 그럴 수 있죠? 나 같은 사람은 도저히 그렇게 할 수 없을 것 같은
데……."
윤성주는 김병도의 눈동자를 한참 동안이나 따뜻하게 쳐다보았다.
그리고 입가에는 다정다감한 미소를 지으며 대답했다.
"김교수님! 사랑하는 사람을 사랑하는 것은 누구나 할 수 있는 쉬운
일입니다. 그러나 김교수님! 진정한 사랑은 원수를 사랑하는 것입니
다. 죽이고 싶도록 미운 사람을 사랑하는 것은 감정이 아니고 의지입
니다. 하나님께서는 우리에게 그래서 명령하신 거랍니다. 우리가 감
정적으로는 도저히 하기 힘들기 때문에 아니, 할 수 없는 일이기 때문

에 그 분은 우리에게 강하게 명령을 하신 겁니다. 사랑하라고, 원수를 사랑하라고요."

윤성주는 하늘을 한번 올려다본 후, 고개를 숙여 잔디를 손으로 만지며 말했다.

"김교수님! 제가 국창이를 용서하는 일은 제 의지가 아닙니다. 저도 사람인데 어찌 국창이가 제게 한 일이 쉽게 용서가 되겠습니까. 믿지 않으실지 모르지만, 국창이의 잘못은 하나님께서 담당하실 겁니다. 저는 다만 그 분이 명령하신 대로 용서하고 사랑할 뿐입니다."

"아니, 어떻게 그럴 수 있죠? 저는 정말 이해할 수가 없습니다. 전변호사가 윤전도사님께 한 잘못에 대한 벌을 하나님께 맡기다니요."

"후훗, 김교수님! 김교수님이 보시기에 제가 국창이보다 선하다고 생각하십니까? 아니요. 하나님이 보시기에는 저나 국창이나 똑같은 죄인입니다. 제 마음 속을 보세요. 오늘 하루도 얼마나 많은 추악한 생각으로 보냈는지 김교수님은 아마 상상도 못하실 거예요. 국창이가 제게 한 것 이상으로 저는 국창이에게 했어요. 하나님을 어기고 제 맘대로 국창이의 아내와 사랑을 나눈 제가 오히려 국창이를 용서한다고요? 아니요. 제가 하나님께 먼저 용서를 빌어야지요."

김병도는 윤성주의 말에 충격을 받았다. 윤성주는 정말 전국창을 용서한 것이 확실하였다. 그리고 그렇게 할 수 있는 이유는 철저한 자기반성 때문이고 그 자기반성은 그가 믿고 있는 하나님 앞에 온전히 자기를 드러냄으로써 가능한 것이었다.

## 99

　김병도는 한국으로 돌아오는 비행기 안에서 윤성주가 한 말들을 곰곰이 되씹어보았다. 그는 윤성주가 말한 용서가 무슨 뜻인지 어렴풋이 알 것도 같았다. 그러다가, 창밖으로 펼쳐진 하얀 구름들을 보다가, 문득 그는 자신의 깊숙한 내면을 되돌아보고 깜짝 놀라 얼굴이 벌겋게 달아올랐다.

　윤성주 전도사가 자신의 마음속에 얼마나 많은 추악한 생각들이 있는지 상상할 수도 없다고 했듯이 김병도는 그의 마음속에 차마 말로 표현할 수 없을 정도로 추악한 생각들이 가득 차 있는 것을 발견하였다. 그 순간 그는 자신이 너무 부끄러워 고개를 창밖으로 돌려 버렸다.

　김병도는 아내 하영주를 자기의 의지로 힘들게 용서했다고, 그래서 자기 자신을 자랑스럽게 여겼던 것이 너무나 부끄러웠다. 깨닫고 나니, 용서는 아내가 자기에게 해야 하는 것이었고 이미 그는 매일 같이 아내에게 용서받는 삶을 살고 있었다. 김병도는 그런 아내 하영주에게 오히려 고마워해야 하는 입장이었다. 자기의 추악함을 이해하고 용서하고 있는 아내에게 매일 같이 고마워하며 살아야 하는 자신이었다.

　김병도는 더 이상 창밖에 펼쳐진 하얀 구름을 볼 수 없어 눈을 감아 버렸다. 그는 눈물이 핑 돌았다. 세상을 깜짝 놀라게 만든 연구를 했다고 우쭐했던, 아니 우쭐해야 되는 것을 겸손하게 참아냈던, 그렇게 대단한 자신이 너무나 하찮은 존재라는 것을 깨달았다. 다른 사람의 아이를 임신했던 아내를 그래도 사랑해야 한다는 의지로 용서했던, 그렇게 훌륭한 자기가 너무나 초라하게 발가벗은 모습으로 드러났다.

모든 것을 확연하게 깨달은 김병도는 흘러나오는 눈물을 주체할 수 없었다. 그는 옆에 앉아 있는 고영순이 볼까 봐 창밖으로 고개를 돌린 채 몰래몰래 눈물을 훔쳐내기 시작하였다. 그러나 한번 시작된 그의 눈물은 그칠 생각을 하지 않았다. 김병도는 도저히 자리에 앉아 있을 수 없어 자리를 박차고 화장실로 뛰어가 문을 걸어 잠궜다. 그리고 그는 목소리를 내어 본격적으로 울기 시작하였다. 그것은 이제서야 윤성주가 말하던 죄가 무엇인지 알게 되었다는 회개의 눈물이었다. 그리고 그것은 지금까지 인생을 자신의 판단에 의해 누구보다 양심적으로 올바르게 살아왔다는 생각이 얼마나 같잖은 잘못이었는가를 깨달은 회한의 눈물이었다.

김병도는 변기통을 붙잡고 큰소리를 내며 울기 시작하였다.

"몰랐어요. 하나님! 나는 정말 몰랐어요."

김병도는 이제야 자신이 죄인이라는 사실을 깨닫고는, 어리석었던 지난날이 설움으로 복받쳐올랐다. 죄가 무엇인지도 모르고 오만을 부렸던 과거가 부끄러워 고개를 들 수가 없었다. 그는 두 손을 모으고 아내 하영주에게 감사하는 마음으로 용서를 빌었다. 아들 종수에게도 진심으로 용서를 빌었다. 그리고 종수를 살려준 하나님께 눈물로 용서를 빌었다.

"하나님! 용서하세요. 용서하세요. 하나님! 제가 죽을 죄인입니다."

김병도는 죽을 수밖에 없는 자기의 모든 죄를 용서하고자 대속물로 아들 예수를 십자가에 매달아 죽였다는 그 하나님께 빌고 또 빌었다. 그는 또 자신의 죄를 대신해서 십자가 위에서 모든 피와 물을 흘리며 죽어야 했던 그 예수에게 감사하며 빌고 또 빌었다. 그가 죽어 자신의 죄가 용서를 받았다는 사실이 염치없게도 그를 기쁘게 하였다. 김병도는 정말 아무것도 아닌, 벌레보다 못한 미물인 자신을 살리기 위해 목숨보다 소중한 아들 예수까지 죽였던 아버지 하나님의 사랑이 뜨겁게 느껴져 왔다. 비행기가 인천공항에 도착할 때까지 김병도는 하나님 앞에 무릎을 꿇고 너무나 벅차고 행복한 감격의 눈물을 하염없이 흘리고 있었다.